DIRK STERMANN

MAKSYM

ROMAN

ROWOHLT HUNDERT AUGEN

Originalausgabe
Veröffentlicht im Rowohlt Verlag, Hamburg, August 2022
Copyright © 2022 by Rowohlt Verlag GmbH, Hamburg
Satz aus der Bely, InDesign
Gesamtherstellung CPI books GmbH, Leck, Germany
ISBN 978-3-498-00267-1

Die Rowohlt Verlage haben sich zu einer nachhaltigen Buchproduktion
verpflichtet. Gemeinsam mit unseren Partnern und Lieferanten setzen
wir uns für eine klimaneutrale Buchproduktion ein, die den Erwerb von
Klimazertifikaten zur Kompensation des CO_2-Ausstoßes einschließt.
www.klimaneutralerverlag.de

«Mögen deine Probleme unlösbar und deine
Schwierigkeiten unüberwindlich sein.»

UKRAINISCHER SEGEN

«Wo aber Gefahr ist, wächst das Rettende auch.»

FRIEDRICH HÖLDERLIN

EINS ZEHENNEBEL

In dieser Geschichte komme ich nicht gut weg. Vielleicht hätte ich ja doch meine Handschuhe ausziehen sollen? Auf der Kärntner Straße hatte mich eine Wahrsagerin angesprochen. Die Dame mit dem bunten Halstuch und der tiefen Stimme fragte mich freundlich und in gebrochenem Deutsch, ob sie mir aus der Hand lesen dürfe. Es war Winter, und ich trug Handschuhe. Die Wollhandschuhe, die ich zu heiß gewaschen hatte. Jetzt waren sie verfilzt und eigentlich eine Nummer zu klein, aber ich trug sie trotzdem, obwohl ich meine Finger in dem steifen Gewebe kaum bewegen konnte. Handschuhe wie in Schockstarre. Trotzdem wärmten sie besser als keine Handschuhe, und ich wollte sie nicht ausziehen, und durch den Handschuh konnte sie nicht lesen.

«Ausziehen», sagte sie.

«Nein, zu kalt», entgegnete ich.

«Doch, ich will deine Hand sehen!»

«Nein, ich will nicht, dass Sie meine Hand sehen und dann irgendetwas Schlimmes vorhersagen. Ich will es lieber nicht wissen.»

«Doch, ich sage dir die Zukunft voraus. Ich bin Hellseherin.» Kalte Atemwolken drangen aus ihrem Mund. Als rauchte die Hexe ohne Zigarette.

«Nein, danke. Sehr freundlich. Und wenn Sie wirklich die Zukunft kennen, wissen Sie ja, dass ich meinen Handschuh nicht ausziehen werde.»

«Ich sehe die Zukunft, und ich sehe deine Hand in der Zukunft.»

«Na ja, vielleicht im Sommer mal. Aber jetzt hat es Minusgrade. Ich zieh den Handschuh nicht aus. Und wie gesagt, ich will es überhaupt nicht wissen.»

Sie starrte mich wütend an. In ihren überschminkten Wimpern funkelten Eiskristalle.

«Tja, also dann», sagte ich fröhlich und schritt ungelesen davon.

«Du wirst an der nächsten Straßenkreuzung totgefahren», schrie sie mir nach.

Vermummte Passanten schauten mich neugierig an. Ein Todgeweihter.

Ich ging über die nächste Straßenkreuzung bei der Staatsoper. Kein einziges Auto ringsumher. Vielleicht war sie gar keine echte Hellseherin, sondern einfach nur eine arme Frau aus einem südosteuropäischen Land. Ihr Fluch hatte auch eher etwas von Dunkelsehen. In Ungarn, der Ostslowakei oder Rumänien hatte sie sich entscheiden müssen, ob sie als Hellseherin oder beinlos bettelnde Frau arbeiten wollte. Sie hatte sich für Beine entschieden.

Statt des Autos, das mich totfuhr, kam ein Anruf aus New York.

Der Wetterbericht im Radio verkündete Zehennebel. Ich schaute auf meine Füße.

«*Zähen* Nebel», sagte Nina. «Die meinten zähen Nebel, nicht Zehennebel. Was soll das denn bitt schön sein: Zehennebel?»

Ich zuckte mit den Schultern und aß ein Stück von der kalten Pizza Caloria. Eigentlich sollte jede Pizza so heißen, selbst die mit Spinat oder ohne alles. Irgendetwas Unheimliches geschieht im Ofen mit dem Teig, das alle Kohlehydrat-Tabellen sprengt. Teig, Öl, Käse, Hitze. Unheilige Verbindungen. Und dann geht man auf wie der Teig selbst.

«Hab ich dir erzählt, dass ich gestern an einem Schulhof vorbeigegangen bin?»

Sie schüttelte den Kopf, wie sie es nur an Wochenenden tat. Langsamer als normal. Erschöpft von der ganzen Woche. In der Hand hielt sie ihre Kaffeetasse mit der Aufschrift «Carpe That Fucking Diem».

«Die Pizza ist von vorgestern», sagte sie, als wäre ich ihr Feind. Sie war wütend eingeschlafen, geladen aufgewacht und hatte sich diese Tasse genommen. Sie hätte auch die Tasse mit dem Reh nehmen können oder die mit dem schielenden Eichhörnchen, die mir von einem Schwerstbehinderten aus einem Heim in Niederösterreich geschenkt worden war. Nach meinem Auftritt war er gekommen und hatte mir die selbst bemalte Tasse lächelnd überreicht. Er sagte etwas, das ich nicht verstehen konnte, und ich bedankte mich. Das Eichhörnchen schielt so stark, dass es seinen eigenen Schweif sehen kann. Den Oachkatzlschwoaf, den ich hervorragend aussprechen kann, sehr zum Ärger vieler Österreicher. Die sind immer enttäuscht, wenn der gschissene Deitsche sich da überhaupt nicht schwertut. Oachkatzlschwoaf, Oachkatzlschwoaf. Dafür kann ich *Hendl* noch immer nicht richtig aussprechen. Bei mir klingt es wie Händel. Wann immer ich dialektal versage, behaupte ich, in meinem Tal spräche man so.

«Dein Tal gibt es nicht», sagt Nina.

«Doch, es ist das Tal, in dem alle so sprechen wie ich»,

sage ich. Eine Melange aus Dialektwörtern des ganzen Landes.

«Neandertal?», tippt sie.

«Nein, zwischen Donau und Inn. Sehr versteckt.»

Die «Carpe That Fucking Diem»-Tasse hatte mir mein depressiver Lateinlehrer Guminski zum Abitur geschenkt. Er fuhr Fiat und wusste, was das in den späten Siebzigerjahren bedeutete.

«*Fiat* ist Latein und heißt: Es möge etwas geschehen. Das denke ich mir jedes Mal, wenn die Scheißkarre nicht anspringt. Also jedes Mal, wenn ich die Scheißkarre starten will.»

Ich hatte die Tasse jetzt schon über dreißig Jahre. Von Düsseldorf hatte ich sie mit nach Wien genommen, mehrmals umgezogen war ich mit ihr. Von der Papagenogasse in die Kettenbrückengasse, vom Rudolfsplatz in den Alsergrund. Verschiedene Frauen hatten in der Früh aus ihr getrunken.

«Und, was war auf dem Schulhof?», fragte Nina gelangweilt und schluckte den viel zu heißen Kaffee, ohne eine Miene zu verziehen. Sie ist komplett hitzeunempfindlich. Schält dampfende Kartoffeln mit der bloßen Hand, greift ohne Handschuh in Öfen, holt gekochte Eier ohne Löffel aus dem sprudelnden Wasser. Mit den Fingern. Würde es bei uns brennen, sie würde das Feuer mit der flachen Hand ausdämpfen.

«Da war ein kleines Mädchen. Vielleicht elf oder zwölf. Und sie schrie die anderen am Pausenhof an: Wenn ich erst die Pille nehme, ficke ich euch alle vom Platz!»

«Wow. Tolle Geschichte. Weißt du, du bist ein wunderbarer Mensch, aber ich mag dich nicht», sagte sie, warf mir die «Carpe That Fucking Diem»-Tasse vor die Füße und stürmte hinaus. Der heiße Kaffee dampfte auf dem Boden.

«Also doch Zehennebel», rief ich ihr hinterher. «Das Radio hatte doch recht.»

Aber sie hörte mich wohl nicht mehr. Ich klebte die Tasse, legte mich ins Bett, das noch nach ihr roch, und nutzte den Tag. Mehrere Minuten lang. Dann stand ich auf und ging Hermann wickeln, und wie immer sang ich dabei mit ihm eine für ihn abgewandelte Version meines liebsten Arbeiterliedes. «So flieg, du flammende, du rote Fahne, voran dem Wege, den wir zieh'n. Wir sind der Zukunft getreue Kämpfer, wir sind die Säuglinge von Wien.»

Ich wickelte Hermann, so wie meine Mutter den anderen Hermann Stermann gewickelt hatte in den letzten Jahren seines Lebens, als er tablettensüchtig war und immer schwächer wurde.

«Jeden Tag habe ich deinen Opa gewickelt und gewaschen», hatte meine Mutter mir später erzählt. «Aus Scham hat er sich nie dafür bedankt. Wir schwiegen und taten, als gäb's das nicht.»

«Als wäre er ganz normal aufs Klo gegangen?»

«Ja.»

Hermann Stermann war im Gefängnis auf die Welt gekommen. Sein Vater Heinrich war Polizist und wohnte mit seiner Familie im Gefängnis in Beeck, einem Stadtteil von Duisburg. Die Wohnung lag im Stockwerk über den Zellen und war gut belegt. Hermann, der kleine Peter, der andere Bruder, dessen Namen ich nie wusste, und die zwei Schwestern, die beide Diakonissen wurden. Meine Urgroßmutter, die nichts Einnehmendes an sich hatte und leer und böse wirkt auf dem Schwarz-Weiß-Foto, das ich in meinem Arbeits-

zimmer hängen habe. Heinrich mit imposantem Backen-
bart, mein Großvater mit Segelohren, der kleine Peter schief
sitzend auf einem zu großen Sessel im Fotostudio. Peter
wirkt verschreckt. Vielleicht ahnte er schon den Magen-
krebs, der ihm gegen Ende des Zweiten Weltkriegs während
eines Bombenangriffs in einem Berliner Keller den Tod
bringen sollte. Peter war Maler, der einzige Künstler in meiner Familie. Ein sehr düsteres Ölgemälde hängt in meinem
Wohnzimmer. Ein Bahnübergang in einer Duisburger Arbeitersiedlung. Mattes Licht kommt von einer Laterne. Verschwommen erkennt man dunkle, gebeugte Körper, auf dem
Weg zur Arbeit, es ist vielleicht sechs Uhr morgens, an einem
Wintertag. Der Himmel hängt tief und schwarz. Das Bild ist
wirklich bedrückend. Aber von meinem Großonkel. In der
Schule sollten wir im Kunstunterricht mit Öl malen. Ich
schlug vor, im Stil Peter Stermanns zu malen. Meine Lehrerin traute mir das nicht zu und überredete mich stattdessen,
Ansichtskarten von Duisburg zu übermalen. Also gab ich auf
den blauen Himmel einfach in dicken Schichten schwarze
und graue Ölfarbe. Sonst veränderte ich die Karten nicht.
Die fertigen Bilder sahen anders aus als die meines Groß-
onkels, aber sie gefielen mir. Trotzdem bekam ich eine 5.

Meine Großtanten: resignative Mädchen, eins sechzehn,
eins achtzehn, die ihre beste Zeit weder vor noch hinter
sich haben. Von Duisburg-Beeck, wo es in meiner Vorstellung immer Winter und sechs Uhr früh war, direkt ins Dia-
konissen-Mutterhaus Kaiserswerth, in dem sie irgendwie
lebten, bis sie starben und auf dem angrenzenden Friedhof
ihre letzte Ruhestätte fanden.

Mein Urgroßvater steht in der Mitte seiner Familie.
Heinrich, mit der soliden Anstellung. Als er ein junger
Mann war, hatte sein Freund Theodor König ihn gefragt,

ob er nicht mit einsteigen wolle in die Gründung einer Brauerei. Heinrich hatte abgewinkt: «Bier braut man nicht, das trinkt man. Gefängnisse sind sicherer. Eingesperrt wird immer.» Theodor König gründete also seine Brauerei allein und nannte sie nach sich selbst. König Pilsener.

Hätte Heinrich anders entschieden, wäre ich heute ein Bierbaron. Hat er aber nicht. Und so kam mein Großvater Hermann nicht im reicheren Duisburger Süden in einer Villa auf die Welt, sondern im Norden, in einem Gefängnis. Und kackte dann als alter Mann in Windeln, die meine Mutter unbedankt wechselte.

So wie ich bei meinem Sohn Hermann jetzt. «So flieg, du flammende, du braune Windel.»

Es läutete an der Tür. Mit Hermann auf dem Arm öffnete ich. Meine hustende Hausbesorgerin stand vor der Tür.

«Ich habe Grippe, aber kein Mensch besucht mich. Da hab ich mir gedacht, ich dreh den Spieß um. Kranke besuchen Gesunde. Sind Sie gesund?»

Ich nickte.

«Und Hermann?»

«Auch. Noch. Sie sollten nach Hause und sich ins Bett legen.»

«Ja, wahrscheinlich. Kann ich mich kurz bei Ihnen auf dem Sofa ausruhen?»

«Lieber nicht.»

«Verstehe», sagte sie leise. Sie schwitzte stark. «Diese Katze macht mich wahnsinnig. Was die wohl mit dem armen Tier machen. Das Schreien geht einem durch Mark und Bein.»

«Hier hört man sie auch», sagte ich. «Keine Ahnung, was da los ist, aber die schreit ja schon seit Monaten so. Ich gehe jetzt mal mit Hermann im Kinderwagen raus.»

«Draußen nebelt's. Vorhin hab ich meinen Ex-Mann besucht. Ich hab kaum die Hände vorm Gesicht gesehen!»

«Hoffentlich haben sie den nicht auch angesteckt.»

«Doch. Hoffentlich schon.»

Sie schlurfte keuchend zurück in ihre kleine Hausbesorgerinnenwohnung, in der sich Berge von Gerümpel auftürmten. Ich habe unsere Hausbesorgerin noch niemals mit einem Wasserkübel oder einem Wischmopp gesehen. Trotzdem ist das Stiegenhaus sehr ordentlich, beinahe übersauber. Sie habe einen *Schmutzengel*, hat mir die Hausbesorgerin einmal verraten. Tatsächlich gibt es da den älteren Herrn von Tür 12, der gerne nachts wischt, wenn alles schläft.

Der Vorteil beim Kinderwagen für ältere Väter ist, dass sie ihn gleichzeitig als Gehhilfe nutzen können. Ich stützte mich also auf den Schiebebügel und schob Hermann durch den dichten Nebel. Man sah tatsächlich die Hand vor Augen nicht. Ich seh die Hand vor Augen aber auch ohne Nebel nie. Warum sollte ich mir die Hand vor die Augen halten? Wo Nina wohl hingegangen war?

Ich war erst in der Nacht von einem Auftritt in Linz zurückgekommen und hatte ihr meinen Tourplan fürs Frühjahr und den Herbst auf den Frühstückstisch gelegt.

Sie wirkte müde, am nächsten Morgen. Wahrscheinlich hatte Hermann sie in der Nacht wach gehalten. Ich war ganz frisch.

«Du trittst im nächsten Jahr an fast 400 Abenden auf», sagte sie und griff sich die Tasse.

«Nein. Ich glaube, es sind nur 140 Auftritte», antwortete ich. «Im August hab ich zum Beispiel überhaupt nur zwei Auftritte.»

«Und jede Woche die Fernsehsendung.»

«Ja, und jede Woche die Fernsehsendung.»

«Du hast einen kleinen Sohn», sagte sie.

«Ich weiß. Hermann.»

«Gut, dass du dich erinnerst.»

Hermann lag auf dem großen Sofa und zerriss die Seite mit dem Kreuzworträtsel im Zeit-Magazin. Er hatte wohl keine Lust, um die Ecke zu denken.

«Und wie stellst du dir das vor?»

«Wir brauchen wohl manchmal einen Babysitter.»

«Ich werde wieder arbeiten», sagte sie.

«Prima. Ein neues Projekt?» Nina hatte im Vorjahr zwei kleine Jobs gehabt, ein paar Stunden die Woche, einmal im Museum für Angewandte Kunst und einmal in der Sammlung Leopold. Ich fand gut, dass sie mal rauskam, es war ja auch gar nicht leicht in ihrer Branche, irgendetwas zu finden.

«Kein Projekt», sagte sie. «Ich meine richtig.»

«Du hast mir gar nicht erzählt, dass du dich wo bewirbst. Das ist ja super.»

«Hab ich auch nicht. Ich habe einen Anruf bekommen. Aus New York. Ich kann dort im österreichischen Kulturforum anfangen.»

Hermann zerriss jetzt auch das Cover des Zeit-Magazins. Der Schauspieler Ethan Hawke war darauf, mit rosafarbenem Anzug und im Ausfallschritt. *Ich fühle mich wie ein junger alter Mann*, stand unter dem Bild. Hawke hatte einen Bart wie ich und eine ähnliche Frisur, nur dunkleres, noch nicht so weißes Haar. Jetzt lag der junge alte Mann in Fetzen auf unserem Sofa.

«New York», murmelte ich. «Und wie stellst du dir das vor?»

«So wie die letzten vier Jahre», sagte Nina. «Nur umgekehrt.»

«Ich war nicht in Amerika.» Das kam jetzt ein bisschen schneidend. «Im Ernst, wie soll das funktionieren?»

Immer und immer wieder hatten wir diskutiert. Natürlich wollte ich, dass Nina wieder arbeitet. Ihre Halbtagsjobs hatten ihr und uns gutgetan.

«Das ist eine Chance, die kommt so schnell nicht wieder», sagte sie. «Ich bin jetzt wirklich lange von der Bildfläche verschwunden gewesen. Es ist einfach cool, so ein Angebot zu bekommen in meiner Situation.»

«*Cool*? Und was heißt: *deine Situation*. Du hattest doch keinen Schlaganfall. Du hast ein Kind bekommen. Es wird doch wohl irgendein verpisstes Museum in Wien geben, das einen Job für dich hat.»

Verpisstes Museum, das war so ein Running Gag gewesen, seit wir mit unserem Babysohn in einer Ausstellung in der Kunstsammlung NRW gewesen waren. Wir hatten ihm keine Windel angezogen, und das Bild, vor dem er pinkeln würde, sollte das beste der Ausstellung sein. Nina hielt ihn auf dem Arm, wir schlenderten von Bild zu Bild. Ließen Hermann Zeit für die Entscheidung. Matisse, Miró, Dalí, nichts. Schließlich pinkelte er doch los, und wir kürten Francis Picabias Gemälde «Les Points» zum Sieger. Ich mochte unsere Methode der Kunstbewertung, und mir gefiel Picabias Bild. Zwei gelbe Farbpunkte, ein grüner, ein schwarzer. Es war so schwer, Kunst einzuschätzen, und mit Hermann gab es zumindest ein verbindliches Kriterium. Kunst soll etwas auslösen im Betrachter. Bei Hermann war es eine direkte körperliche Reaktion. Wir hängten in unserer Wiener Wohnung ein Plakat des Bildes aufs Klo. Als Erinnerung und als Hilfe bei Blasenschwäche.

«Freust du dich gar nicht für mich?»

Sie schaute mich so wütend an, dass es mir schwerfiel, mich für sie zu freuen. Im Radio liefen die Nachrichten, und ich hörte das Wort *Zehennebel*.

New York, dachte ich. Nicht Linz oder Ybbs an der Donau, Orte, in denen ich auftrat. Oder Dresden. Vor Linz war ich zwei Tage lang Teil der «Humorzone Dresden» gewesen. Achtzig Künstler auf elf Bühnen an fünf Tagen unter dem Motto «Man darf auch mal lachen müssen!». Normalerweise meide ich solche Ansammlungen von Humorarbeitern, aber ich kannte den Veranstalter schon seit Jahren. «Du steckten Finger innen Po und dresden!», hatte mir ein lustiger Taxifahrer gleich bei der Ankunft verkündet.

Die gesamte Spaßmeute war in einem noblen Hotel beim Bahnhof untergebracht. In der Lobby traf ich einen schwäbischen Kollegen, der in den letzten Jahren vor allem in England aufgetreten war. Auf britischen Bühnen sorgt er schon mit seinem Eingangssatz für Gelächter. «Hello, I am a German comedian.» Für Engländer ein Schenkelklopfer. Ein lustiger Deutscher? Das muss ein Witz sein. Und tatsächlich habe ich in den beiden Tagen ausschließlich traurige Künstler erlebt. Man erzählte einander von Niederlagen, künstlerischen Hinrichtungen und privaten Katastrophen. Schon im Shuttlebus zum Theater saß ein verzweifelter Humorschaffender aus dem Rheinland neben mir. Seine Tränensäcke hingen so schlaff unter müden Augen, als würden sie sich bald vom Gesicht lösen. «Meine Tochter ist neun Monate alt und schreit seit ihrer Geburt. Tag und Nacht», erklärte er seine Erschöpfung. «Jetzt hat ein Arzt herausgefunden, dass ein Wirbel bei ihr verrutscht ist. Sie hat vor Schmerzen gebrüllt!» Was für eine Vorstellung. Sein Leben mit chronischen Schmerzen beginnen. Das arme Kind, der arme Witze-Vater.

In der engen und überhitzten Garderobe hockte ein Humorist aus Hessen einsam auf einem wackeligen Holzstuhl, neben sich eine fast leere Flasche sächsischen Weißweins. Proschwitzer Katzensprung. Ich kannte ihn von einem gemeinsamen Fernsehauftritt in Norddeutschland und grüßte, aber er starrte nur unverwandt auf sein Handy.

«Facebook?», fragte ich.

Er schüttelte müde den Kopf. «Nein», sagte er. «Taschenrechner. Ich rechne immer. Gebe irgendwelche Zahlen ein, völlig wahllos, und addiere oder subtrahiere. Je nachdem. Das mach ich immer in der Garderobe. Vor dem Auftritt und in der Pause.»

«Cool», sagte ich. «Macht's Spaß?»

«Nein», antwortete er. «Überhaupt nicht. Aber ich weiß meine App-ID nicht, deshalb kann ich mir kein Spiel aufs Handy laden. Und Rechnen ist besser als nichts. Ich sitz ja immer allein backstage, normalerweise.» Er trug auf dem Kopf ein graues Bundeswehrbarett, Teil seines Bühnenoutfits. Ich sah auf sein Display.

«812», sagte ich. Er nickte. «Ist das gut?»

«Gut?» Er lachte kurz. «Weiß nicht. Egal. Ist ja nur eine Rechnung, ohne Ziel. Das Ergebnis spielt keine Rolle.»

«Warum drückst du dann überhaupt auf ‹ist gleich›?»

«Das muss ja alles ein Ergebnis haben. Nur ist das Ergebnis mir eben scheißegal, verstehst du?»

«Du könntest jetzt 812 durch irgendwas dividieren», schlug ich vor und setzte mich neben ihn.

Er hielt das Handy so, dass ich mit draufsehen konnte.

«Gut. 812 geteilt durch. Hast du einen Vorschlag?»

«Sich selbst. 812 durch 812. Zum Beispiel.»

«Okay.» Er tippte. «Ist gleich. Eins», sagte er. «Steht hier. Wow, dachte, das ergibt null.»

Ich nahm den letzten Schluck aus der Flasche mit dem Proschwitzer Katzensprung.

«Hab ich noch nie gemacht. Dividieren. Gute Idee», sagte er. Dann stand er auf und ging zum Bühnenaufgang. Unterhaltung ist kein Honiglecken.

«Mama ist nicht hier, ist nicht da, ist wohl in Amerika», sagte ich zu Hermann. Wieso hatte sie mir nicht früher davon erzählt? Darüber war noch nicht das letzte Wort gesprochen. Natürlich war es klar, dass sie wieder arbeiten gehen würde, aber gleich auswandern?

«Willst du, dass ich hier verkümmere?», hatte sie gebrüllt. Nein, das wollte ich nicht, und ich verstand, dass New York ihr zugefallen war, dass sie nicht aktiv einen Arbeitsplatz gesucht hatte, der möglichst weit von Wien entfernt war.

«Wir sollten uns von unserer Arbeit nicht auseinanderdividieren lassen», sagte ich. Sie lachte.

«Sagt jemand, der nie da ist?»

«Einen Atlantik entfernt. Sechs Stunden auf jeder Uhr. Weiter weg, als ich je war. Und Hermann?»

Sie begann zu weinen. Ich nahm sie in den Arm. Sie schüttelte mich ab. «Denkst du, die haben angerufen und ich hab sofort meinen Koffer gepackt? Ich habe mir die Entscheidung schwerer gemacht, als je ein Koffer sein könnte.»

«Und jetzt?»

«Jetzt ist nicht Herbst. Wir haben Zeit, das alles zu organisieren. Wir finden jemanden.»

«Einen Babysitter?»

«Natürlich eine Babysitterin. Jemanden, der fix da ist.

Verlässlich. Lieb. Eine, der wir unseren Sohn anvertrauen können. Nicht so wie damals bei Kina.»

Sie wusste, dass ich mit meiner großen Tochter schlechte Erfahrungen mit der Babysitterin gemacht hatte. Meine Tochter Kina. Sie kommt in «6 Österreicher unter den ersten 5» vor. Meine damalige Frau Sophie hat es furchtbar wütend gemacht, dass ich ohne ihr Wissen einen Roman über uns geschrieben habe. «Du bist nicht Knausgård», schreit sie mich heute noch an, wenn wir uns zufällig sehen. «Du hast nur einen von Motten zerfressenen Norwegerpulli und kein Recht, über uns zu schreiben!»

Wahrscheinlich war das Buch der endgültige Grund für unsere Trennung. Und meine Tourneen. Damals hatte es angefangen. Der Agenturchef hatte vor der ersten Saison zu mir gesagt: «Du wirst sehen, wenn man auf Tournee ist und dann nach Hause zurückkehrt, ist es, als käme man aus der Kriegsgefangenschaft. Du bist zwar wieder da, gehörst aber irgendwie nicht dazu. Weil alle ihren Alltag ohne dich gestalten.» Er sollte recht behalten.

Damals arbeitete ich noch beim Radio. An zwei Tagen in der Woche hatte ich abends Sendungen, an den anderen war ich auf Tournee. Und wenn ich zu Hause war, kümmerte ich mich um den Haushalt und das Kind. Beides machte ich schlecht. Kina zog ich zu warm oder kalt an, und egal, was ich im Haushalt auch tat, es war falsch. Ich kaufte falsch ein, wischte oberflächlich, übersah Schmutz, wusch Wäsche zu heiß oder zu kalt. In der kurzen Zeit, die ich zu Hause war, machte ich so viele Fehler wie andere, die den ganzen Tag daheim sind. Am schlimmsten waren die Fenster. Ich putzte, so gut ich konnte, aber immer fand Sophie Grund zur Kritik. Schlieren. Unsichtbare Schlieren. Sie konnte sie im Dunkeln sehen, ich noch nicht einmal bei starkem Gegenlicht. Ich hasste die Fenster. Ich verbrauchte Unmengen an Glasreinigern, aber es reichte nie. Sie blickte zum Fenster und schüttelte stumm den Kopf.

Irgendwann schenkte ich Sophie eine Reise nach Südfrankreich. Eine Woche allein, in einem teuren Hotel. In dieser Woche ließ ich professionelle Fensterputzer kommen. «Bitte, egal, was es kostet, putzen Sie bitte so gut, wie Sie noch nie geputzt haben», sagte ich. Und als jedes Fenster perfekt geputzt war, ließ ich sie sicherheitshalber ein zweites Mal putzen. Am Ende hatten wir die saubersten Fenster von ganz Wien. Die Fensterputzer und ich waren hochzufrieden.

Ich holte Sophie mit Kina vom Flughafen ab. Wir fuhren nach Hause, ich öffnete die Haustüre. Sophie sah zu den Fenstern und sagte: «Da sind Schlieren.»

In diesem Moment wusste ich, dass es vorbei war.

Da war die Geschichte mit der Babysitterin erst ein paar Monate her. Martina.

Sie sah aus wie der Tod und tunkte Pommes in Ketchup. Ein Soßenrest klebte in ihrem Mundwinkel. Spröde Lippen, wächsernes Gesicht, ihre strähnigen, langen Haare schienen am Kopf angeklebt zu sein. Hinter ihr starrte mich ein serbischer Heerführer an, links und rechts von dem Bild hingen Wandteppiche. Neben uns aß eine Großfamilie ein riesiges Hunnenschwert. Aufgespießte Fleischberge, grobe Visagen, selbst die Kinder hatten die stämmigen Körper von Schwergewichtsboxern. Eine Band spielte Balkanmusik, es war drei Uhr früh. Die Kinder waren im Volksschulalter. Ich fragte mich, wie sie in fünf Stunden dem Unterricht würden folgen können.

Das «Beograd» in der Nähe des Funkhauses hatte die

ganze Nacht geöffnet. Meine Regisseurin Angelika hatte vorgeschlagen, dass wir uns hier nach der Sendung treffen. Ich hatte ihr Martinas Brief gezeigt. Sie war genauso geschockt und berührt gewesen wie ich.

«Ich bin nur zwei Jahre älter als du und möchte noch nicht sterben», hatte Martina mir geschrieben. Und: «Ich würde dich gerne einmal treffen.»

«Tamo daleko», sang die Band, ein altes Kriegslied. «Tamo daleko gde cveta beli krin, Tamo su živote dali zajedno otac i sin.» Dort, weit weg, wo die Lilien blühen, dort gaben Vater und Sohn gemeinsam ihr Leben. Die serbische Großfamilie sang lautstark mit. Martina starrte auf ihren Teller, als wollte sie sich *Teller* einprägen für die Ewigkeit, die vor ihr lag. Sie trug ein zerknittertes T-Shirt, in ihrer Armbeuge war ein grünblauer Fleck.

«Ist es zu laut hier?», fragte ich.

Sie lächelte, schüttelte fast unmerklich den Kopf und nahm einen Schluck Wasser. Ihre Lippen blieben trocken, unbefeuchtbar, als würden sie jeden Augenblick von ihr abbröckeln.

«Ich habe mich sehr gefreut, dass ihr wirklich gekommen seid», sagte sie.

«Klar», sagte ich, dabei war überhaupt nichts klar. Mir hatte der Brief Angst gemacht. Vor zwei Wochen hatte Martina in meiner Sendung *Talk Radio* angerufen. Ich war der Moderator, und es war ein großartiges Gespräch über Angst und Hoffnung. Sie hatte die Hörer dazu aufgerufen, sich als potenzielle Spender bei der Knochenmarkzentrale zu melden. Es seien viel zu wenige registriert. Für sie selbst gebe es keine Hoffnung mehr, aber so viele Kranke warteten verzweifelt auf Hilfe. Der Aufwand sei gering. Man müsse sich nur Blut abnehmen lassen, falls es ein «Match» sei, werde Knochenmark entnommen und dem Leukämie-patienten verpflanzt.

Durch die Scheibe sah ich in den Regieraum. Angelika, der Techniker und die Telefonistin saßen reglos da und hörten ihr zu. Die Nacht schien noch stiller geworden zu sein.

Einige Tage später informierte uns die Knochenmark-zentrale, nach der Sendung hätten sich so viele Menschen bei ihnen gemeldet, dass sie organisatorisch völlig überfor-dert seien.

Dann kam der Brief.

«Lieber Dirk, ich bin nur zwei Jahre älter als du und möchte noch nicht sterben. Ich würde dir gerne von An-gesicht zu Angesicht mein Leben erzählen. Das wünsche ich mir, so kurz bevor ich mir gar nichts mehr wünschen kann.»

Ich war gerade dreißig geworden. Sie war also 32. 32 und todgeweiht.

«Wie lange hast du noch zu leben?», fragte Angelika.

Was für eine Frage. Ich war zu diesem Zeitpunkt noch nie auf einer Beerdigung gewesen, hatte noch nie einen To-ten gesehen, noch nie an einem Sterbebett gesessen. *Wie lange hast du noch zu leben*, das war ein Satz aus Filmen, und das hier war kein Film.

«Ein paar Wochen, ein paar Monate», antwortete Mar-tina. Ich nickte, als könne ich diesen Satz begreifen. Sie sprach von weißen und roten Blutkörperchen, von Zahlen und Statistiken.

Ich hörte zu und stellte mir ihre Organe vor, die, wäh-rend wir sprachen, zerstört wurden. Ihre Blutbahnen, die Achterbahnen in den Untergang waren. Die Schlachten, die in ihr tobten, während ich aus meinem Weinglas trank.

«Aber gibt es nicht doch noch irgendwie die Chance auf eine Knochenmarkspende?», fragte Angelika.

Martina schüttelte den Kopf und wischte sich das Ketchup aus dem Mundwinkel.

«Eigentlich bin ich Stewardess», sagte sie leise. Ich verstand sie kaum neben den schmetternden Serben. «Bei Lauda Air. Bevor ich krank wurde. Als Stewardess bekomme ich manchmal Freiflüge. Ich habe meinen Eltern einen Flug nach Thailand geschenkt. Das war die Maschine, die abgestürzt ist. 1991. Meine Eltern hätten mich retten können mit einer Spende. Aber ich habe sie in den Tod geschickt.»

Weit weg, dort wo die Lilien blühen.

Ich hatte sofort Niki Lauda vor Augen. Wie er ernst durch die Trümmer im Dschungel schritt, die rote Kappe auf dem verbrannten Kopf, zwischen den qualmenden Überresten von Flug 004. Wie er roboterhaft über technische Details sprach, während 223 Tote um ihn herumlagen. Das Wort *Schubumkehr* hatte ich da zum ersten Mal gehört.

«Oh, mein Gott», sagte Angelika, als wäre Martina nicht der lebende Beweis für dessen Nichtexistenz.

«Das tut mir leid», sagte ich.

Sie lächelte, als wollte sie mir zu verstehen geben, dass meine hilflose Floskel wie ein feuchter Waschlappen war, mit dem man einen Buschbrand löschen will. Oder ein brennendes Flugzeug.

«Ich habe auch einen Bruder», sagte sie.

«Könnte dessen Knochenmark nicht auch passen?», fragte Angelika hoffnungsvoll.

«Daniel hat sich umgebracht. Er war überfordert. Er hätte spenden können, aber die Verantwortung hat ihn überfordert. Es war eine furchtbare Zeit nach dem Tod meiner

Eltern. Daniel hing so sehr an Mama und Papa. Und wir beide hatten auch ein ganz enges Verhältnis. Als ich krank wurde, brach für ihn eine Welt zusammen. Es gab schon einen Termin für die Transplantation, aber dann fand ich ihn in seiner Wohnung. Er hat sich erhängt. Er war meine letzte Chance. Mein kleiner Bruder.»

Sie begann zu weinen. Angelika nahm sie in den Arm und sprach leise zu ihr. Ich verstand nichts. Hörte die Serben singen. Dachte *Unglück*. Rutschte auf meinem Stuhl, als könnte ich mich so von dem Wahnsinn entfernen, den Martina schilderte. In dem sie lebte. In dem sie starb.

Ich blickte auf die Uhr, die für sie schneller ging. Halb vier in der Früh.

«Ich muss gehen», sagte ich. «Ich hab eine kleine Tochter und muss mit ihr in drei Stunden aufstehen. Aber ich weiß nicht, wie ich mich von dir verabschieden kann.»

«Sag einfach: Bis bald», antwortete Martina.

Am darauffolgenden Sonntag stand sie im Foyer des Funkhauses. Kreidebleich. Sie sah noch schlechter aus, als ich sie in Erinnerung hatte. In ihrer Armbeuge steckte eine Kanüle unter einem Verband.

«Du kommst uns besuchen?», fragte ich überrascht.

«Ich mache jetzt Telefondienst bei euch. Angelika hat mich gefragt, ob ich Lust dazu hätte, und ja, das klingt interessant.»

«Aha, prima», sagte ich. Mit mir hatte vorher niemand gesprochen. Ich wusste, dass Angelika sie noch einmal getroffen und mit ihr das Grab der abgestürzten Eltern besucht hatte. Ein schlichter Stein mit zwei Vornamen. Aber dass sie jetzt Mitarbeiterin von *Talk Radio* war, hätte man mit mir abklären müssen. Immerhin war ich der Moderator der Sendung. Von Mitternacht bis zwei Uhr morgens war es meine Aufgabe, amüsante Gespräche zu führen. Wie sollte das gehen, wenn mir auf der anderen Seite des Studiofensters eine sterbende Frau gegenübersaß?

Mit schweren Schritten gingen wir die Treppen in den zweiten Stock hinauf.

«Warte kurz», sagte sie im ersten Stock. «Ich muss mich mal ausruhen.»

«Klar», sagte ich. «Soll ich dich stützen?»

«Nein, es geht schon. Ich brauche nur ein paar Minuten.»

«Ja, sicher. Es ist nur, die Sendung beginnt gleich.»

Sie nickte und schloss die Augen. «Verstehe. Es geht gleich wieder.»

So standen wir im menschenleeren nächtlichen Treppenhaus. Ich stellte mir vor, sie würde hier, in meinen Armen, sterben.

Einige Jahre zuvor war ein Kollege während einer Jazzsendung an einem Herzinfarkt gestorben. Die Sendung wurde von zwei Moderatoren präsentiert. Der eine fiel während einer Moderation vom Stuhl, und der andere moderierte so lange weiter, bis eine Platte startete. Erst dann rief er den Notarzt. Gnadenloser, missverstandener Professionalismus. Daran dachte ich, während sie, ein weißes Gespenst, neben mir nach Luft schnappte. Ich hörte über die Ganglautsprecher bereits die Nachrichten um Mitternacht. «Und nun noch die Wetternachrichten für heute, Montag, den 14. Mai 1996.»

«Wir kommen gleich», brüllte ich Richtung Studio.

Bei jeder Sendung saß sie nun am Telefon. Wenn ich das Funkhaus betrat, erwartete sie mich schon beim Empfang und begrüßte mich mit einem Kuss auf beide Wangen. Ihre

Lippen waren unverändert spröde, sie roch nach Jod und Metall. Mit gedämpfter Stimme berichtete sie mir, was Angelika während der vergangenen Woche mit ihr unternommen hatte.

«Ich will ihr die letzten Tage ihres Lebens bereichern», hatte Angelika mir erklärt. «Sie hat ja niemanden, nur uns und die Ärzte.» Und so ging sie mit Martina ins Theater und zu Kabarettveranstaltungen, organisierte Bootsausflüge und kochte für sie.

«Du hast sie adoptiert», sagte ich.

«Ich will, dass sie ein erfülltes Leben hat, bevor alles für sie vorbei ist», sagte Angelika, die Florence Nightingale des Radios. «Ich habe das Gefühl, ihre Werte werden besser, wenn ich mich um sie kümmere. Als wären ihre Thrombozyten auch gespannt, was als Nächstes kommt.»

«Echt? Du glaubst, Thrombozyten mögen Kabarett?»

«Keine Ahnung, aber sie sagt, dass es ihr besser geht, wenn wir uns sehen.»

Wer bei *Talk Radio* anrief, musste zuerst mit Martina sprechen. Sie entschied dann gemeinsam mit Angelika, wer zu mir in die Sendung geschaltet wurde. Gespräche über Haustiere, kaputte Beziehungen, Astrologie, Radtouren, Obst, Zahnschmerzen, defekte Trockenhauben, Migranten. Und nach den Sendungen Gespräche mit Martina über ihr Blutbild.

So vergingen die Wochen und Monate. Die Sendung und Angelika schienen Martina am Leben zu halten. Hin und wieder luden die beiden mich zu ihren Aktivitäten ein, aber ich fand meist Ausreden. Fensterputzen, Kina betreuen, Auftritte. Ich wollte nicht auch noch abseits der Sendung so intensiv in ihr Leben eintauchen. Wann immer ich Martina sah, reduzierte sich meine Lebenslust. Als saugte sie mir Energie ab. Die Chronik ihres angekündigten Todes. Wenn sie lächelte, ihr letztes Lächeln. Wenn sie seufzte, ihr letzter Seufzer.

«Es geht mir nicht so gut», war der Satz, den sie vor sich hertrug; ob sie ihn aussprach oder nicht. Die Präsenz ihrer Krankheit war erdrückend.

«Wenn du mal einen Babysitter brauchst, mach ich das gerne», sagte sie eines Tages unvermittelt. «Ich mag Kinder.»

«Danke für das Angebot», log ich. «Gut zu wissen.»

Die Vorstellung, dass sie mit Kina allein in meiner Wohnung war, machte mir Angst, und ich hasste mich für dieses Gefühl. Sie war ja kein Monster, sondern eine junge Frau, deren Schicksal zu Tränen rührte. Aber ich brauchte Distanz zum Schicksal. Anders als Angelika, die jetzt mit Martina sogar mehrtägige Reisen unternahm. Budapest, Berlin, Triest.

«Ist das nicht zu anstrengend?», fragte ich.

«Sie hat ihre Medikamente und Kanülen dabei, wir machen viele Pausen.»

«Nicht für sie», sagte ich. «Für dich.»

Angelika sah mich an, als hätte man mir mein Empathiezentrum herausoperiert.

«Nein», antwortete sie.

Ich sah, dass im Regieraum Aufregung herrschte. Über die Gegensprechanlage erklärte mir Angelika, am Telefon sei ein Hörer, der suizidal wirke. Sie würden die Musik früher abbrechen und ihn sofort in die Sendung schalten.

Der Hörer sprach stockend, atmete schwer, machte lange Pausen. Wollte nicht mehr, kündigte an, Tabletten zu nehmen. Es war diffus. Er hatte angerufen, um zu sprechen, sprach aber kaum. Dann legte er unvermittelt auf. Ich bat ihn, noch einmal anzurufen, sich noch einmal zu melden. Gab eine Nummer durch, die nicht öffentlich war. Wo er anrufen konnte, abseits der Sendung.

Angelika hatte währenddessen die Polizei informiert. Es gab immer die Möglichkeit einer Fangschaltung, für genau solche Fälle. Es war eine Nummer aus Wien. Angelika hielt mich während der restlichen Sendung auf dem Laufenden. Ein junger Mann, Mitte zwanzig. Die Polizei und der Psychosoziale Dienst waren ausgerückt. Er lebte, aber man hatte tatsächlich eine große Menge an Tabletten gefunden.

«Wir haben ihn angerufen und mit ihm ausgemacht, nach der Sendung zu ihm zu fahren», sagte Angelika.

«Wir? Sollen wir das nicht lieber den Fachleuten überlassen?»

«Er möchte das gern», sagte Martina. «Wir haben es ihm versprochen.»

Bis fünf Uhr in der Früh saßen wir in dem tristen Apartment auf abgenutzten Ikea-Möbeln. Zwei Mitarbeiter vom Psychosozialen Dienst, Angelika, Martina und ich. Der junge Mann hockte still da. Martina erzählte ihm ihre Geschichte. Die Eltern in Thailand, der Bruder, der sich umgebracht hatte, und, neu für mich, von ihrem Mann, der auf dem Weg ins Krankenhaus zu ihr tödlich verunglückt war.

«Ich will leben und muss sterben. Du darfst leben. Weißt du, wie großartig das ist? Leben dürfen?»

Sogar die zwei Psychologen schienen schockiert von ihrer Ansprache, und der junge Mann wirkte nun zusätzlich zu seiner Lebensmüdigkeit auch noch schuldbewusst. Ich verließ die Wohnung. Angelika und Martina blieben.

«Du wusstest das mit ihrem Mann?», fragte ich Angelika.

«Natürlich», antwortete sie. «Das ist vielleicht eine faszinierende Wende.»

Ich blickte sie verständnislos an.

«Sie hat Samen von ihm. Sie lässt sich künstlich befruchten. Die Wahrscheinlichkeit, dass ihr eigenes Kind als Knochenmarkspender infrage kommt, ist sehr groß. Es gibt Hoffnung!»

«Hoffnung?»

«Dass sie es doch noch schafft!»

Ein paar Monate später sah man schon was. Eine kleine Wölbung unter ihrem T-Shirt. Die Befruchtung war erfolgreich verlaufen. Trotz der Medikamente, die Martina weiterhin nehmen musste, hatte es funktioniert. Das ungeborene Kind wuchs in ihrem verwüsteten Körper. Neben den aktuellen Blutwerten wurden wir jetzt auch mit Informationen über den Embryo versorgt.

«Es ist klein, aber sonst ist alles in Ordnung», sagte Martina. «Die Ärzte sind zufrieden mit der Kleinen. Mit mir nicht so. Gut möglich, dass ich bei der Entbindung verblute, weil meine Gerinnung so niedrig ist. Darum rät mein Frauenarzt dringend ab. Aber das ist meine einzige Chance. Wenn ich es nicht versuche, sterbe ich genauso.»

Angelika ging mit Martina zum Jugendamt. Sie unterschrieb, dass sie, falls Martina wirklich bei der Geburt sterben sollte, das Kind adoptieren würde.

«Das ist das Mindeste, was ich tun kann», sagte Angelika. Ihr sah man die Belastung inzwischen auch an.

Da Martinas Zustand immer kritischer wurde, sollte die Geburt früher als geplant eingeleitet werden. Sechs Wochen vor dem eigentlichen Termin.

Martina trug einen verwaschenen blassrosa Bademantel über dem Krankenhausnachthemd. Angelika und ich saßen ihr gegenüber im Besucherraum des Hanusch-Krankenhauses. Wir hielten beide ihre Hände.

«Ich bin so froh, dass ihr da seid», flüsterte Martina. Ihre Stimme war kaum wahrnehmbar und zitterte.

Angelika nahm sie in den Arm. Sie streichelte ihre strähnigen Haare. Beide begannen zu weinen.

Martina sah auf die Krankenhausuhr. «Ich muss zum Professor», sagte sie und verließ den karg eingerichteten Raum.

«Wie stehen ihre Chancen?», fragte ich.

Angelika schüttelte den Kopf.

Nach wenigen Minuten kam Martina wieder. «Es geht los. Sie haben gestritten, aber am Ende entschieden, dass wir es machen.»

Wir begleiteten sie zum Aufzug.

«Vielleicht sehen wir uns jetzt zum letzten Mal», flüsterte sie. «Ich danke euch für alles, für die ganze Zeit, die ihr...»

Sie brach zusammen. Wir knieten uns zu ihr auf den Boden, nahmen sie gemeinsam in den Arm, weinten gemeinsam.

Dann halfen wir ihr hoch. Sie drückte auf den Aufzugknopf. Die Anzeige war wie der Countdown einer Hinrichtung. 5, 4, 3, 2, 1, E. Die Tür öffnete sich. Sie stieg ein, blickte uns über die Schulter an. Ein letztes gequältes Lächeln. Die Tür schloss sich.

«Wie lange wird es dauern?», fragte ich Angelika.

Sie wischte sich Tränen aus dem Auge. «Ich weiß es nicht. Es wird ein Kaiserschnitt. Ihr Körper schafft es nicht auf natürlichem Weg.»

«Was für ein Wahnsinn», stöhnte ich erschöpft.

«Es war die intensivste Zeit meines Lebens, diese Zeit mit ihr», sagte Angelika. «Mein Freund hat mich verlassen, weil ich so viel Zeit mit ihr verbracht habe. Viel mehr als mit ihm. Er war tatsächlich eifersüchtig auf eine Sterbende.»

Wir sahen auf die Uhr. Stellten uns vor, was jetzt im OP geschah. Ihr Blut, das sich nicht stillen ließ.

Ich dachte an den Brief. *Ich bin nur zwei Jahre älter als du und möchte noch nicht sterben.* Wie lang war das jetzt her? Eineinhalb Jahre? Ich hatte das Gefühl, seit achtzehn Monaten nicht mehr wirklich unbeschwert gewesen zu sein. Als hätte sich ein Schatten über unser Leben gelegt.

Plötzlich öffnete sich die Glastür, Martina stand vor uns. Mit roten, verquollenen Augen. «Sie haben es abgebrochen. Sie können die Verantwortung nicht übernehmen, dass ich während der Operation sterbe!»

Die nächsten beiden Wochen erschien sie nicht zur Sendung. Ich war erleichtert und fühlte mich gleichzeitig schuldig. Es war, als hätte man im Studio die Fenster geöffnet. Die Sendung war endlich wieder nur harmloses Geplauder, meine Lebenslust stieg.

Dann wartete sie wieder kurz vor Mitternacht beim Empfang. Bleich und verloren wie immer.

«Hallo, schön, dich zu sehen», murmelte ich und hoffte, dass meine Enttäuschung mir nicht anzumerken war.

«Das Kind ist gestorben. In mir liegt ein totes Kind», sagte sie, und jedes Licht am Horizont erlosch.

Wochen vergingen. Sie kam wieder regelmäßig ins Funkhaus und nahm die Anrufe entgegen. Ich spürte, dass nun auch Angelika ganz erschöpft war. Mit dem Baby war die

Hoffnung gestorben. Martina sagte, man könne das Kind nicht herausholen, weil die Operation zu gefährlich sei. Sie saß am Telefon der Radiosendung, mit einem toten Körper in ihrem sterbenden Körper.

«Könntest du mit ihr nicht auch vielleicht einmal etwas unternehmen?», fragte Angelika. «Ich versuche gerade, die Beziehung zu meinem Freund zu kitten.»

«Ich bin die nächsten beiden Tage auf Tournee», sagte ich.

«Und was machst du mit Kina? Sophie ist doch noch auf der Exkursion.»

Sophie, meine Frau, war Biologin und in Osttirol auf der Suche nach einem Endemiten, dem Laufkäfer *Carabus alpestris hopii*, auf den sie sich spezialisiert hatte. «Ich weiß noch nicht. Die Oma ist ausgefallen, und Kina ist krank. Sie hat dieses Dreitagefieber. Die sechste Krankheit. So nennt man das.»

«Martina könnte doch auf deine Tochter aufpassen. Sie kann wirklich gut mit Kindern umgehen.»

«Ich checke erst mal noch andere Möglichkeiten», sagte ich. Aber niemand hatte Zeit. Also rief ich Martina an. Sie erklärte sich sofort bereit und stand kurz darauf mit einer kleinen Tasche vor unserer Wohnungstür. Meine Tochter begann zu weinen, als Martina sich zu ihr auf die Spieldecke setzte. Aber schon bald bauten sie zusammen Türme aus Holzklötzen.

Ich hatte im Gästezimmer ein Bett für Martina hergerichtet und verließ die Wohnung. Eine Notlösung, die einzige mögliche. Ich fuhr nach Graz, am nächsten Tag weiter nach Klagenfurt. Sophie konnte ich nicht erreichen, weil sie irgendwo in den Dolomiten ohne Empfang ihre Käfer suchte.

Nach dem Auftritt in Graz rief ich Martina an. Kina schlief. Alles war in Ordnung. Ich solle mir keine Sorgen machen.

Am nächsten Tag fuhr ich weiter nach Kärnten. Als ich im Hotel ankam, läutete mein Telefon. Angelika war am Apparat.

«Es geht um Martina», sagte sie. «Es gibt eine gute und eine schlechte Nachricht. Welche möchtest du zuerst hören?»

«Die gute», sagte ich. Schlechte Nachrichten hatte ich in der letzten Zeit zu oft gehört.

«Gut», sagte Angelika. «Martina ist gesund.»

Ich verstand gar nichts.

«Keine Leukämie. Und jetzt kommt die schlechte Nachricht. Sie hatte nie welche. Sie war auch keine Stewardess, ihre Eltern leben, es gibt keinen Bruder und keinen Mann. Und keine Schwangerschaft. Nichts. Sie hat uns angelogen, die ganze Zeit. Sie ist ein Psycho!»

Und sie erzählte mir aufgeregt, wie ihr Freund zu recherchieren begonnen hatte, weil ihm die Geschichte mit dem toten Kind merkwürdig vorkam. Das Leichengift hätte sie längst umbringen müssen. Man kann nicht mit einem toten Embryo im Körper leben.

Er rief bei Lauda Air an und fand heraus, dass sie dort nie gearbeitet hatte. Die vermeintliche Grabstätte ihrer Eltern war irgendein Grabstein von wildfremden Menschen. Schließlich fand er Martinas echte Eltern, und die erzählten ihm, sie sei lange in stationärer Behandlung gewesen, habe aber den Aufenthalt auf eigenen Wunsch abgebrochen. Nichts war wahr. Im Hanusch-Krankenhaus wusste man nichts von ihr, es gab keinen «Fall Martina».

Ich saß in Klagenfurt erstarrt am Hörer. Ich legte auf

und wählte meine eigene Nummer in Wien. Ich ließ es ewig läuten. Niemand hob ab.

Ich lief ins Hotelfoyer und schrie panisch nach der Polizei. Die Rezeptionistin starrte mich entsetzt an.

Ich rief ein Taxi und brüllte den Fahrer an, er solle so schnell wie möglich nach Wien fahren. Während die Karawanken hinter uns kleiner wurden, telefonierte ich mit der Polizei und mit Angelika.

Die Beamten brachen die verschlossene Tür auf, aber die Wohnung war leer. Auch Martinas kleine Reisetasche fehlte. Kinas Schrank stand offen, ein Großteil ihrer Kleidung war weg und ihr Lieblingskuscheltier.

Im Kommissariat wartete Angelika auf mich. Sie hatte ein Foto dabei, das Martina am Brandenburger Tor zeigte. Das wurde an die Presse weitergegeben. Die Fahndung lief. Mir blieb nichts übrig, als zu warten und immer panischer zu werden. Angelika und ihr Freund betreuten mich.

Zwei furchtbar lange Tage später fand man Martina und Kina. Auf einer Parkbank am Donaukanal sprach Martina mit einer anderen Frau über die Probleme von Alleinerziehenden. Gott sei Dank hatte die Frau das Foto von Martina und Kina in der Zeitung gesehen und heimlich die Polizei benachrichtigt.

Zwei Beamtinnen brachten Kina nach Hause. Ich schloss sie in meine Arme und brach in Tränen aus. Martina war schon auf die Wache gebracht worden.

Sophie, die in den Bergen Osttirols nichts von dem Drama mitbekommen hatte, hatte erst auf einer Hütte die Schlagzeilen gesehen und war sofort ins Tal gefahren, um mir am Telefon furchtbare Vorwürfe zu machen.

«Aber ich halte sie im Arm, sie ist in Sicherheit», sagte

ich heiser. Kinas Stirn war immer noch warm, obwohl es der vierte Tag des Dreitagefiebers war.

«Wie konntest du? Wie konntest du sie dieser Frau anvertrauen? Einer wildfremden Verrückten?»

«Sie war nicht fremd. Ich kenne Martina schon lange.»

«Noch schlimmer. Du kennst diese Irre und gibst unser krankes Kind in ihre Hände? Wegen deiner Scheiß-Auftritte?»

«Du warst doch auch nicht da!»

«Es war eine Exkursion! Eine! Du trittst vierhundertmal im Jahr auf! Und machst Radiosendungen. Kina glaubt manchmal, du wärst vermisst. So wie Soldaten im Krieg!»

Ich schaltete das Handy aus. Meine Tochter war blass. Ich legte mich mit ihr ins große Elternbett und erzählte ihr ein neues Abenteuer der Speibbanane. Eine Geschichte über eine kotzende Banane. Eine Banane, die von der Staude geschüttelt wird, auf einem holprigen Lastwagen zum Hafen gebracht und auf stürmischer See nach Europa gebracht wird, von einem wackligen Kran vom Schiff gehoben wird und schließlich einer alten Frau in den Einkaufskorb kotzt und so wieder nach Hause gebracht wird, weil niemand speibende Bananen will. Kina liebte diese Geschichten. Später machte ich daraus ein Kinderbuch.

«Wieso verkaufst du sogar die allerprivatesten Momente?», warf mir Sophie damals vor. «Die speibende Banane war etwas zwischen dir und Kina, das waren eure Momente. Warum musst du das veröffentlichen?»

«Astrid Lindgren hat Pipi Langstrumpf auch für ihre Tochter erfunden.»

«Die Frau war komisch», sagte Kina, als wir im Bett lagen.

«Hat sie dir wehgetan?»

«Nein, aber sie hat gesagt, sie sei jetzt Mama.»

«Da hat sie Quatsch geredet. Deine Mama heißt Sophie und wird immer deine Mama bleiben.»

«Sie hat gesagt, meine alte Mama ist weg.»

«Nein, sie hat Laufkäfer gesucht, aber jetzt läuft sie, so schnell sie kann, zu dir zurück.»

«Und die komische Frau?»

«Die komische Frau kommt nicht mehr. Sie ist krank.»

«So wie ich?»

«Anders. Du wirst wieder gesund.»

«Und wenn die komische Frau auch wieder gesund ist, kommt sie dann wieder?»

«Nie mehr. Das verspreche ich dir.»

Als Kina eingeschlafen war, putzte ich die Fenster. Zweimal. So gut ich konnte.

Schon während der Schwangerschaft hatte mir Nina das Versprechen abgenommen, niemals über sie oder unseren Sohn einen Roman zu schreiben. Sie hatte «6 Österreicher unter den ersten 5» gelesen und sich ausgeschlossen gefühlt.

«Es ist verletzend, zu lesen, wie glücklich du warst», sagte sie. «Und für deine erste Frau und deine Tochter ist das doch idiotisch, Romanfiguren zu sein. Es ist doch ihr eigenes Leben.»

«Gut, ich verspreche dir, niemals über dich und Hermann zu schreiben», sagte ich, aber da wusste ich auch noch nicht, dass sie einen Arbeitsweg von 7000 Kilometern haben würde. Und auch Nina warf mir meine Tourneen vor. Hermann denke bereits, sein Vater sei Banksy, weil er mich nie sehe.

«Das ist doch Blödsinn», sagte ich. «Hermann weiß gar nicht, wer Banksy ist.»

«Doch, das weiß er. Aber das weißt du nicht, weil du ihn nie siehst!»

Das war sehr ungerecht, weil ich seit Hermanns Geburt meine Auftritte stark eingeschränkt hatte. Höchstens 120 im Jahr, hatte ich zu meiner Agentur gesagt. Plus wirklich gut bezahlter Auftritte. Galas für Parodontose-Kongresse oder die fleischverarbeitende Industrie. Dazu die wöchentliche Fernsehsendung, die aber nur zwei Tage Arbeitsaufwand pro Woche bedeutete. Und dazwischen brauchte ich meine Freiräume für Romane und Kolumnen. Das war's. Ich wollte bei Hermann nicht die gleichen Fehler machen wie bei meiner Tochter. Nina hatte sich eine dreijährige Auszeit von ihrem Job als Kunstvermittlerin genommen. Und in wenigen Monaten würde sie also nach Amerika gehen.

«Du solltest deine Agentur anrufen und im Herbst weniger auftreten», sagte sie. «Und wir werden uns einen Babysitter suchen.»

«Ich werde mich einmal erkundigen, ob Martina kann. Vielleicht ist sie ja wieder auf freiem Fuß.»

«Ruf du deine Agentur an, und ich recherchiere Babysitter.» Es ist nahezu unmöglich, ein halbes Jahr vorher Auftritte abzusagen; der Herbst war bereits fix verbucht. Aber in unserem Streit wollte ich nicht noch zusätzliche Kriegsschauplätze aufmachen und nickte einfach nur. Das geht sich schon aus, dachte ich.

Im Müllcontainer unten im Hof lagen eine Toilettenschüssel, ein altes Fauteuil mit herausgesprungenen Federn und die «Gesammelten Werke» von Sigmund Freud aus den Fünfzigerjahren, erschienen im S. Fischer Verlag. Ein paar Bände fehlten. Die Mülltonne war so vollgestopft, dass ich meinen Müllsack nicht mehr hineinstopfen konnte. Neben der Mülltonne hing ein großer Zettel:

Liebe Mitbewohner, folgende Dinge gehören nicht in die Misttonne: Toiletten, Möbel, Literatur, Kinder, alte Menschen. Liebe Grüße, Stiege 1, Tür 5.

Stiege 1, Tür 5 hatte diese Nachricht am Computer geschrieben und in einer Größe ausgedruckt, dass man sie auch ohne Brille lesen konnte. Das war vorbildlich, denn in unserem Haus leben viele alte Menschen, wie in jedem Wiener Haus viele alte Menschen leben. Wien selbst ist ein altes Haus. Manchmal, wenn ich länger fort war und zurückkomme nach Wien, rufe ich: Na, Wien, altes Haus!

Mein eigenes stammt wie viele Häuser der Stadt aus der Zeit um die Jahrhundertwende. Gemeint ist natürlich die vorletzte Jahrhundertwende. Dicke Mauern hat mein Haus. Jahrhundertwände, sage ich. Damals, als die armen Tschechen im Süden Wiens noch die Ziegel herstellten, die Ziegelböhmen, da konnte man das noch. Bevor man Häuser aus Sperrholz fertigte oder aus reinem Asbest. Damals war Wien noch die zweitgrößte tschechische Stadt nach Prag, und Häuser waren so solide wie der Hass der Alteingesessenen auf die Ziaglbehm.

Mein Haus hat zwei Stiegen und wunderschöne Jugendstilfenster im Stiegenhaus. Auf dem Glas stehen in geschwungener Schrift so schöne Wörter wie *Bildung* und *Wissen* und *Neugier* und *Freude*. Das waren Begriffe, die man damals für wichtig hielt. In den heutigen Häusern aus Sperrholz und Asbest steht mit Edding auf den Fenstern *unlügbar* oder *selfiecide* oder *tinderjährig* oder *noicemail*. Das hält man heute für wichtig.

In Deutschland wurde im Zweiten Weltkrieg jedes Haus mehrmals komplett zerbombt und ist mehrfach ausgebrannt. Weil die Alliierten sichergehen wollten, dass da niemals wieder etwas Hausähnliches stehen kann. Sie behielten recht. Die meisten deutschen Sachen, die nach dem Krieg gebaut wurden, sind nicht hausähnlich. Es sind funktionale Wohnwaben. Für jeden Deutschen ist Wien deshalb wie eine 3-D-Zeitreise in die Häuser unserer Vorfahren. Jedes stinknormale Wiener Mietshaus wäre in Deutschland offizieller Sitz des Bundespräsidenten. Und interessanterweise ist das einzige hässliche Gebäude Wiens die deutsche Botschaft in der Metternichgasse. Ein Zweckbau ohne Charme, umzäunte Trostlosigkeit, sieht aus wie ein vergessenes Krankenhaus für unheilbare Krankheiten.

Ich bin sehr glücklich, in Wiens Häusern leben zu dürfen.

Am nächsten Tag stand beim Müllcontainer unter der freundlich gemeinten Nachricht von Stiege 1, Tür 5: *Heul doch.* Mit einem Kugelschreiber hingeschmiert. Nicht einmal für ein Ausrufezeichen hatte sich derjenige Zeit genommen.

Stiege 1, Tür 5 antwortete am nächsten Tag: *Okay!*

Eine sehr souveräne Art, mit Unfreundlichkeit umzugehen, wie ich finde. Und tatsächlich zeigte es Wirkung. Am übernächsten Tag lagen auch die fehlenden Freud-Bände im Mistkübel.

«Naomi-Lea ist 21 Jahre alt und hat 10 plus Erfahrung als Babysitterin», sagte Nina.

«10 plus?»

«Mehr als zehn Jahre», erklärte Nina geduldig.

«Dann hat sie sich ja selbst schon gesittet», sagte ich. Wir betrachteten das Foto. Naomi-Lea war eine der 42 Bewerberinnen, die sich auf unsere Annonce auf babysitter.at gemeldet hatten.

«Wieso spitzt die ihre Lippen so komisch», fragte ich.

«Das machen heute alle so», sagte Nina und hatte recht. Die meisten Fotos sahen aus, als wären sie dem jeweiligen Tinder-Profil entnommen. Als schmollten alle möglichen Babysitterinnen der Stadt.

«Komplett verklumt», sagte ich.

«Wundert's dich? Aber beeindruckend, wie erfahren diese jungen Mädchen alle schon sind.»

Dorentina, Tea, Estella. Schmollmünder mit perfektem Anforderungsprofil.

«Muss man das heute haben? Zusatzausbildungen? Als Babysitterin?» Ich war auch überrascht, wie pädagogisch versiert diese jungen Frauen alle waren.

«Die vielleicht? Die schaut sehr freundlich aus», sagte Nina und zeigte auf ein dunkelhaariges Mädchen mit nur angedeutetem Schmollmund.

«Siti? Was ist das für ein Name?», fragte ich.

Nina googelte. «Kurdisch oder mongolisch.»

«Baby-Siti. Ein bisschen sehr gewollt, finde ich. Mir gefällt Pollyana.» Ich zeigte auf eine Frau, die eine Perserkatze auf dem Schoß hatte. «Schau, was sie schreibt: *Es würde mir imponieren, einmal etwas anderes als nur Bücher zu sehen*», las ich vor. «Sie schreibt *etwas*, als sei Hermann irgendein Ding, das man ins Regal zurückstellen kann, wenn's sie fadisiert.»

«Und Hildegard, 72?»

Hildegard, die mit Abstand älteste Bewerberin, hatte schmale Lippen, die sie immerhin nicht schürzte. Sie sah streng aus, ihr Lächeln wirkte, als würde es ihr Schmerzen bereiten.

«Vor Hildegard, 72, hätte ich Angst.»

«Als Kind?»

«Als Erwachsener.» Ich erinnerte mich an einen Hollywoodfilm, in dem eine alleinerziehende Mutter eine Nanny aus Österreich engagiert, die sich als Nationalsozialistin entpuppt.

Nina schloss den Laptop. «Ist ja nur mal ein erster Eindruck.»

«Klar», antwortete ich. «Wir haben ja noch Zeit.»

«Ich will das nur früh genug klären, bevor ich anfange.»

«Ich auch, aber nicht jetzt. Ich muss zum Bahnhof.»

«Gut, Banksy. Du kannst dir alle Bewerbungen im Zug ansehen.»

Im Speisewagen nach Innsbruck saßen zwei koboldhafte Männer am Nebentisch und spielten Karten. Dabei unterhielten sie sich in einem merkwürdigen Dialekt. Ich weiß, dass Deutsche österreichische Dialekte generell merkwürdig finden, aber jetzt lebe ich schon mehr als dreißig Jahre in Österreich, eigentlich kann man mir dialekttechnisch nichts mehr vormachen. Die Sprache dieser beiden Männer um die vierzig klang jedenfalls wie eine Mischung aus Osttirolerisch, Bregenzerwäldlerisch und Südsteirisch. Beide hatten hohe Stimmen und spielten lautstark ihr Kartenspiel, das keinen Regeln zu folgen schien. In rasender Geschwindigkeit wurden unaufgedeckte Kartenstapel hin und her geschoben, begleitet von spitzen Freudenlauten.

Ich fragte die Mitreisenden an meinem Tisch, ob sie irgendetwas verstehen würden. Alle schüttelten den Kopf. Eine Frau kam aus dem Tiroler Oberland, eine andere aus Lienz in Osttirol, und der dritte am Tisch war Linguist aus Dornbirn.

«Das muss irgendein abgelegenes Tal sein, in dem sich dieser Dialekt ohne Einflüsse von außen gebildet und hartnäckig erhalten hat», vermutete der Linguist.

«Dass es das noch gibt», sagte ich. Das Gleiche galt wohl auch für ihr bizarres Kartenspiel. Die beiden faszinierten mich. Vielleicht waren sie die einzigen beiden Vertreter dieses vergessenen Tals. Menschliche Endemiten.

Ich bestellte mir noch einen Wein und scrollte von Gerlinde zu Halmai zu Summer, Zahra und Alberta Samira. Dann musste ich lachen. Was hatte sich da in die Bewerberinnenliste verirrt? Maksym. «Mache alles», stand über dem Bild des Mannes, der kahlköpfig war und ein verwaschenes, schmutziges Sweatshirt trug. Wie kam dieser Ostschlächter auf die Liste der gut ausgebildeten Mädchen? Offensichtlich ein Versehen. Wahrscheinlich hatte er sich für so eine Arbeiterstrich-Seite melden wollen, aber wegen nicht vorhandener Deutschkenntnisse war er hier gelandet. Wie ein Elefant im Kinderporzellanladen. Vielleicht war er ja auch ein Päderast aus Kiew? Dann sollte man ihn der Polizei melden. Ich klickte weiter. Die jungen Frauen verschwammen vor meinen Augen zu einem Brei. Einige sahen wirklich wunderschön aus, aber war das ein Kriterium? Ich beschloss, Hermann auswählen zu lassen. Schließlich musste er mit dem Babysitter klarkommen.

Kurz vor Jenbach packten die Kobolde ihr Kartenspiel ein und standen auf. Spontan legte ich Geld auf den Tisch und folgte ihnen. Bis zu meinem Auftritt in Innsbruck hatte ich noch genug Zeit, und selbst wenn ich zu spät käme. Mit dem Wein im Blut hatte ich das Gefühl, hier und jetzt lauere vielleicht eines der letzten Abenteuer unserer gleichgeschalteten Zeit.

Die beiden bewegten sich mit kleinen, hastigen Schritten,

legten dabei aber eine enorme Gehgeschwindigkeit an den Tag. Sie gingen am *Hotel Toleranz* vorbei zu einer Trafik, wo sie haltmachten und eine Stange Mentholzigaretten kauften. Ich beobachtete sie durch die Glasscheibe. Viel größer als eins fünfzig war keiner von beiden. Sie waren zierlich und trugen normale Straßenkleidung. Im Zug hatten sie sehr schnell sehr viel Bier getrunken. Eine mächtige Fahne umwehte sie, ich roch es sofort, als sie die Trafik verließen.

Sie waren gut gelaunt und lachten laut. Außerhalb von Jenbach bogen sie von der Landstraße ab und verschwanden blitzschnell im Wald. Ich lief ihnen nach, aber sie waren wie vom Erdboden verschluckt. Nur eine ganz leichte Erinnerung an ihre Fahne lag in der Luft. Ratlos stand ich zwischen Bäumen.

Ich ging zurück in den Ort und fragte Passanten, ob hier ein kleinwüchsiges Männerpaar bekannt war. Aber niemand konnte mir etwas über sie erzählen. Ein Blick auf die Uhr, ich war noch immer gut in der Zeit. Ich ging zurück an die Stelle im Wald, wo ich sie verloren hatte, es dunkelte bereits, setzte mich auf einen abgestorbenen Baum und meinte plötzlich, aus dem Baum Geräusche zu hören. Tatsächlich war der Stamm hohl. Ich steckte den Kopf in das Loch und roch die Bierfahne. Dann biss mich ein Marder ins Gesicht.

In Innsbruck fuhr ich gleich ins Landeskrankenhaus. Überall roch es nach frischem Gips, wie immer in der Skisaison in Tiroler Spitälern. Sie nähten mich mit sechs Stichen, und so unbefriedigend diese Geschichte für mich war, so unbefriedigend muss ich sie hier präsentieren.

Ich kam jedenfalls noch rechtzeitig zu meiner Lesung. Als ich erklärte, wie es zu meiner Verletzung gekommen war, erzählte mir der Veranstalter eine Geschichte über den Tiroler Humoristen Otto Grünmandl. Eine wahre Geschichte, in der auch ein Wald eine bedeutende Rolle spielte. Sie waren einmal gemeinsam in der Nähe von Jenbach viel trinken. Auf dem Rückweg zum *Hotel Toleranz* verschwand Grünmandl im Gebüsch, um sich zu übergeben. Morgens, beim Frühstück, kam Grünmandl ohne Gebiss an den Tisch. Das hatte er beim Speiben im Wald verloren. Irgendwo, er könne sich nicht mehr erinnern, wo. Ein zufällig anwesender Bergführer bot seine Hilfe an und ließ den Rettungshund am Grünmandl riechen. Sie gingen dann los, im Wald nach dem Gebiss zu suchen. Kurze Zeit später kamen der Bergführer und sein Hund zurück ins Hotel. Der Hund hatte Grünmandls Gebiss im Maul. «Brav», sagte der Gründmandl, nahm dem Hund das Gebiss aus dem Maul und steckte es sich selbst wieder in den Mund, ohne es abgewaschen zu haben. Das erzählte der Tiroler Veranstalter und lachte. Ein hohes, merkwürdiges Lachen. Ähnlich dem der beiden Kobolde. Vielleicht liegt es an der Gegend. So hohe Berge, so tiefe Schluchten.

Auf der Rückfahrt nach Wien saßen zwei Herren aus Salzburg im Speisewagen am Nebentisch. Das war sehr langweilig.

«Und die beiden Kobolde?» Ich lag mit Hermann in seinem Bett, das wie eine Höhle ausstaffiert war. Viele Polster, bunte Tücher als Himmel. Ich lag auf seinem Dinosaurier aus Holz, aber es war trotzdem gemütlich.

«Ich weiß nicht», sagte ich. «Vielleicht sind sie in der Erde verschwunden.»

«Waren sie tot? Nur Tote sind in der Erde», sagte mein Sohn.

«Nicht nur. Auch Würmer, zum Beispiel.»

«Kann ich auch meine Zähne im Wald verlieren, wenn ich betrunken bin?»

«Nein, deine Zähne sitzen fest.»

«Aber du hast gesagt, meine Zähne fallen aus.»

«Die Milchzähne, ja, die fallen aus.»

«Wenn ich betrunken bin?»

«Nein, du wirst sehr wahrscheinlich nüchtern sein, wenn du deine Milchzähne verlierst.»

Ich betrachtete Hermann. Sein blonder Lockenkopf lag auf dem Kissen. Die Wimpern waren lang, als wären sie aufgeklebt. Die Gene seiner Mutter.

«Kennst du eigentlich Banksy?», fragte ich ihn.

Er lachte. «Du bist Banksy. Mama und ich nennen dich so.»

«Aber ich bin doch da. Banksy ist ein Mann, der immer weg ist.»

«Du bist hier, weil dich der Marder gebissen hat. Sonst wärst du in dem Baum.»

Jetzt lachte ich auch.

«Gut, dass der Marder mich gebissen hat. Ich bin lieber hier bei dir als in dem Baum.»

Dann gab ich ihm einen Kuss und machte das Licht aus.

Der Schlagersänger Heino hat in seiner Autobiografie beschrieben, wie er als junger Vater jede Nacht auftreten musste, um dann am Morgen von seinem Neugeborenen aufgeweckt zu werden. Heino war deshalb immer müde und beschloss, den Sohn zu den Großeltern zu bringen. Dort blieb Uwe dann die nächsten sieben Jahre. Ich wollte es nicht wie Heino machen. Außerdem hätte ich dafür Großeltern zur Hand haben müssen. Mein Vater war tot, meine Mutter lebte 1000 Kilometer entfernt. Ninas Mutter hatte sich mit der Frau, die sie nach ihrer Scheidung geheiratet hatte, ein Fischerhaus in Portugal gekauft, Ninas Vater lebte auf Teneriffa und wartete seit zehn Jahren auf den Tod der alten Spanierin, deren Haus er gegen eine monatlich zu leistende Erbpacht günstig erworben hatte. Die Dame war achtzig, als der Vertrag unterschrieben worden war, der ihr lebenslanges Wohnrecht garantierte. Jetzt war sie über neunzig und immer noch kerngesund. Jeden Morgen ging sie im Meer schwimmen, und Ninas Vater sah ihr mit dem Fernglas verbittert dabei zu.

Die Globalisierung ist kinderfeindlich. Großeltern sollten in der Nähe ihrer Enkel sein, um die Eltern zu unterstützen.

«Ihr könnt mich gerne in den Ferien besuchen», sagte Ninas Mutter.

«Ihr könnt mich gerne in den Ferien besuchen», sagte Ninas Vater.

«Ich bin zu alt, mich um euch zu kümmern, wenn ihr kommt», sagte meine Mutter.

Und aufs Grab meines Vaters konnte ich Hermann ja kaum setzen und darauf hoffen, dass sich die Grabpfleger auch um meinen Sohn kümmern.

Ich rief meinen Agenten an, um vorsichtig anzufragen, ob sich im Herbst und dem darauffolgenden Frühling ein paar Auftritte absagen ließen. Er hob nicht ab, schrieb mir aber eine SMS: «Hab noch viel Bügelwäsche.»

Er war in Babykarenz und tat so, als hätte er nie Zeit. Seit Monaten hatte er Bügelwäsche.

«Wozu bügelst du? Du bist in Karenz. Scheißegal, wie du aussiehst!», schrieb ich zurück. Er antwortete nicht.

Ich ging noch einmal meine Termine durch. Bis zu Ninas Abreise nach New York hatte ich noch 24 Auftritte. Danach wäre ich mit dem Kind allein, müsste aber bis Weihnachten noch 75-mal auftreten, dann erst käme Nina über die Feiertage für eine Woche zurück. Gut, immerhin ginge sich so die Silvestergala problemlos aus.

Bis zum Ende des Jahres müsste ich außerdem den neuen Roman fertig schreiben, ich stand beim Rowohlt Verlag im Wort, der Vorschuss war längst ausgegeben. Dazu die wöchentliche Fernsehsendung. Und Hermann. Immerhin war er im Kindergarten, das war eine große Entlastung. Leider hatte der Kindergarten am Wochenende geschlossen und in der Nacht auch, aber gerade da hatte ich meine Auftritte. Gab es Nachtkindergärten?

Lustlos klappte ich den Laptop auf und sah mir weitere Bewerberinnen an. Tilda, 22, mit Helm in einer Kletterhalle. An einem Seil baumelnd, grinste sie mir entgegen. Meine Höhenangst ließ mich sofort weiterklicken. Berta, 21, wirkte anämisch, blass und freudlos. Wahrscheinlich aus der Psychiatrie ausgebrochen. Gundula, 29, war so kunterbunt angezogen, dass sie selbst wie ein Kindergartenkind aussah. Sie fände es *supi*, unseren Sohn zu betreuen, teilte sie mit und unterschrieb mit *Gundi*.

Dann stieß ich auf Anastasia, zwanzigjährige russische Medizinstudentin mit pädagogischen Zusatzausbildungen und unglaublich schön. Ich bin ein Helikoptervater, obwohl ich selten daheim bin oder vielleicht gerade deswegen. Würde Hermann einen Unfall haben, die schöne Anastasia wüsste sofort, was zu tun sei. Je länger ich mir ihre beiden Bilder anschaute, umso begeisterter war ich von meiner Wahl. Auf einem war nur sie zu sehen, mit gespitzten Lippen und offenem Haar. Einfach elegant, das sah nach Mailand oder Paris aus. Auf dem anderen, zugeschnittener auf den Babysitterjob, war sie mit einem lachenden Kleinkind fotografiert worden. Sie hockten auf einem Parkettboden, und alles an diesem Stillleben sagte: Mit mir ist die Welt in Ordnung. Ich bin schön, und genauso wird die Zeit mit mir.

Ich schickte Anastasias Foto über Whatsapp meiner Mutter. Umgehend kam die Antwort. «Mach das nicht. Bist du wahnsinnig? Eine Russin? Viel zu schön! Willst du deine Beziehung riskieren?»

Ich zeigte Hermann die zwei Fotos.

«Schau, wie lieb sie mit dem Kind spielt!»

«Nein, die ist doof, Banksy. Wieso macht die so?» Er spitzte seine Lippen.

«Nenn mich nicht Banksy. Sag Papa. Und das sieht doch lustig aus, wenn man die Lippen so vordrückt.»

«Nein, das sieht blöd aus», sagte er, und ganz widersprechen konnte ich ihm nicht.

«Sie heißt Anastasia und kommt aus Russland.»

«Ich kann kein Russländisch.»

«Sie spricht bestimmt Deutsch.»

«Glaub ich nicht», sagte er und scrollte auf meinem Laptop weiter. Wieso konnte er scrollen? Ich dachte, wir würden unser Kind analog aufziehen. So hatten es Nina und ich beschlossen. Kein Handy, kein Tablet.

«Wieso kannst du das?»

«Was?»

«Scrollen.»

«Ist doch babysch», sagte er und blieb beim Bild einer sehr robust wirkenden Bewerberin hängen.

«Die will ich.»

Sie hieß Maria, kam aus Kärnten und sah aus, als könnte sie eine Kuh hochheben. Wie die blonde Version einer bulgarischen Hammerwerferin.

«Wieso die?»

«Weil sie malt.»

Auf dem Foto saß sie neben einem Kind, auf dem Tisch vor ihnen lagen Blätter, Pinsel und ein Tuschkasten.

«Anastasia kann bestimmt auch Bilder mit dir malen», sagte ich.

«Nein, ich will die. Die hat einen normalen Mund.»

Nina setzte sich zu uns und schaute sich die Kärntnerin an.

«Die sieht nett aus. Gefällt sie Banksy nicht?»

«Doch», log ich. «Aber man kann ja wohl schwer nach einem Foto entscheiden.»

«Eben. Soll ich mit ihr einen Termin ausmachen, oder machst du das vielleicht mal? So wie du dich um seine Arzttermine kümmerst oder seine Kleidung kaufst? Ich weiß gerade nicht, wo wir bei dem 50/50 stehen, das du für dich immer in Anspruch nimmst.»

Mein Vater erkannte als alter Mann plötzlich, dass er von meiner Kindheit eigentlich gar nichts mitbekommen hat. Er kam aus einer anderen Generation. Damals konnten Männer nicht kochen und wussten nicht, wieso das Klo immer sauber war, wie von Zauberhand, fragten sich das aber auch gar nicht. Und der immer gut gefüllte Kühlschrank? Vielleicht kaufte man den schon voll, dachte mein Vater. Mein Vater verließ morgens das Haus und kam mittags essen. Da stand immer etwas auf dem Tisch, das wurde nicht hinterfragt. Dann legte er sich nach dem Essen eine halbe Stunde hin, nach «vorne», ins Wohnzimmer, was nicht vorne war, aber früher einmal waren Wohnzimmer wohl immer nach vorne, auf die Straße hinaus. Während er schlief, mussten alle anderen im Haus aus Rücksicht auf ihn leise sein. Nach dem Mittagsschlaf ging es noch einmal ins Büro, und um 18 Uhr kam er wieder nach Hause, setzte sich nach vorne und las Zeitung, wobei man ihn nicht stören durfte. Immerhin kümmerte er sich dreimal die Woche selbst um Tennispartner, und nach dem Joggen duschte er, ohne eigens dazu aufgefordert werden zu müssen. Neben der Dusche hing immer ein frisches Handtuch. «Wir leben wie im Hotel», sagte er einmal.

Alles machte meine Mutter, unterstützt von Frau Bornträger, die einmal in der Woche zum Putzen kam.

Meine Mutter wäre wahrscheinlich vor Lachen aus dem Sessel gefallen, wenn mein Vater behauptet hätte, fünf Prozent der Hausarbeit würde er erledigen. Nein, wäre sie nicht, weil sie praktisch nie saß, sondern im Haus unterwegs war oder frische Handtücher aufhängte oder uns zur Schule fuhr, zum Arzt, zu Freunden.

Seit damals hat sich die Welt verändert. Heute sagen Männer: «Ich bin für eine 50/50-Aufteilung.» Sagen es und verlassen das Haus.

Mein Freund Robert hat sich irgendwann vorgenommen, zum ersten Mal in seinem Leben für Frau und Kind zu kochen. Frankfurter Würstchen. Er wusste, man muss Frankfurter im Topf heiß machen. Welche Flüssigkeit benutzen die im Fernsehen immer beim Kochen, fragte er sich. Olivenöl. Er wunderte sich ein wenig, wie teuer es ist, Frankfurter zu kochen. Das naturgepresste Olivenöl vom Feinkostladen *Meinl am Graben* kostete fast fünfzig Euro, der Würstchentopf war ja nicht klein. Er schüttete also fünfzig Euro in den Topf und drehte dann den Gasherd ordentlich auf. Kurz darauf hockte er nach der Explosion in seiner ehemaligen Küche.

50/50 ist die Chance, dass sich Väter doch so langsam in

den Haushalt und die Erziehung einbringen. Große Veränderungen brauchen Zeit und viele kleine Schritte. Für meinen Vater wären 5 Prozent schon eine absurd übertriebene Selbsteinschätzung gewesen. Vielleicht sind wir heute bei 12? Oder 16?

Robert hat aus seinem Unfall mit den Frankfurtern gelernt. Er kauft sein Olivenöl jetzt nicht mehr im Delikatessengeschäft, sondern im Supermarkt ums Eck. So geht Evolution.

Fünfzig hatte ich mir als Limit gesetzt, um noch einmal Vater zu werden. Als Nina schwanger wurde, errechnete die Frauenärztin das voraussichtliche Geburtsdatum auf den Tag vor meinem fünfzigsten Geburtstag. Ich würde also ein vergleichsweise junger Vater sein.

«Wenn dein Kind maturiert, bist du siebzig», sagte Robert damals.

«Vielleicht ist es höchstbegabt, und ich bin erst achtundsechzig», antwortete ich.

«Bei deinen Genen würde ich nicht davon ausgehen. Schon im Kindergarten werden die Leute denken, du wärst der Leihopa.»

«Sie werden denken, schau, der Typ vom Fernsehen hat ein kleines Kind. Das hält ihn so jung.»

Robert lachte. «Nein, die werden denken, schau, der Leihopa vom Fernsehen, jetzt passt er auch noch auf fremde Kinder auf.»

«Ich habe das Gefühl, du findest mich zu alt als Vater.»

«Das ist kein Gefühl», sagte Robert. Wir waren in seinem Wochenendhaus im Waldviertel, in der Nähe der braunen Thaya. Ein Fluss, der aussieht, als sei er gerostet. Vielleicht liegen auch einfach nur sehr viele Autos und Waschmaschinen am Grund dieses Grenzflusses zu Tschechien. Ein Braunwasserbach. Früher, als es noch den Eisernen Vorhang gab, schoss die örtliche Fußballmannschaft immer wieder einmal einen Ball über die Grenze. Über die politischen Systeme hinweg, mitten in den Kalten Krieg hinein. Aus dem Nichts wurde der Ball dann zurückgekickt. Man sah keinen Menschen, drüben in der Tschechoslowakei, aber irgendwann flog der Ball zurück.

«So hielt man irgendwie freundschaftlichen Kontakt zu denen da drüben», sagte Robert. «Man kann auch in freundschaftlicher Absicht aufeinander schießen. Fußballer eher als Soldaten.»

Mein alter Freund Robert, für den Fußball immer schon mehr gewesen ist als ein Spiel, nämlich ein Spiegel unseres Lebens, wohnte in einem der zahlreichen Schlösser. Viele Wiener haben ein Schloss im Weinviertel. Ein Schloss, eine Burg oder ein ehemaliges Försterhaus. Kreisverkehre und Schlösser, in denen Wiener wohnen, das ist das nördliche Niederösterreich. Die wenigen echten Waldviertler leben nicht in Schlössern und stehen missmutig an den Kreisverkehren. Jede Abzweigung führt zu einem Schloss, in dem ein Wiener sitzt, während sie selbst in baufälligen Bauernhäusern leben, die ihnen andere Wiener abkaufen wollen, weil die Wiener, anders als die Waldviertler, glücklich sind, wenn es romantisch durchs Gebälk zieht und das Haus windschief auf dem kargen Waldviertler Boden steht. Alle Waldviertler Bauern träumen von einem modernen Fertigteilhaus in Kotzgrün oder Pissgelb, während die Wiener umso begeisterter sind, je ruinöser die Altimmobilie aussieht. Es sind Welten, die da aufeinanderprallen. Die Wiener wollen ihre Ruhe vor der Großstadt, und die Waldviertler wollen ihre Ruhe vor den Ruhe suchenden Städtern.

Was aber alle im Waldviertel vereint, ist eine Internetverbindung, die schlechter ist als die in der Tschechoslowakei vor dem Prager Frühling. Bill Gates würde die Internetverbindung des Waldviertels nicht als Internetverbindung erkennen.

«Es ist so eine Art ‹Internetverbindung›, die wirkt, als hätte man sie aus Steinen, Ästen und Moos gebastelt», sagte Robert. «Die ist nicht viel besser als zu der Zeit, in der mein Schloss gebaut wurde.»

Ich wollte ihm Bilder von alten Vätern zeigen, aber die Seite baute sich nicht auf. Wir saßen frierend vor dem Bildschirm, aber kein alter Vater erschien.

«Es hat keinen Sinn», sagte Robert und stand auf, um Holz nachzulegen. Sein Schloss erinnerte mich an die Kirche in der Schweiz, in der ich als Kind mit meinen Eltern Weihnachten verbracht hatte. Nur ohne das gut renovierte Kirchenschiff, in dem die reichen Besitzer wohnten. Roberts Schloss war wie der unbeheizbare Kirchenturm mit den toten Fliegen, in dem wir damals untergebracht waren.

Er hatte das Schloss sehr günstig erworben, doch die Renovierung überstieg seine finanziellen Möglichkeiten bei Weitem, obwohl es das kleinste Schloss war, das ich je gesehen hatte. Es war so groß wie das Klo in Schönbrunn.

«Sind die Mauern zu dick, Graferl?», fragte ich. Ich nannte ihn Graferl, weil der ursprüngliche Besitzer des Minischlosses mit Sicherheit von allerniedrigstem Adel gewesen war.

«Hier drin ist die Verbindung eher besser als im Freien», sagte Robert. «Komm, gehen wir raus. Ich will gar nicht alte Väter sehen müssen.»

Wir zogen unsere warmen Mäntel an, Hauben und Schals und verließen das Schloss. An der zu niedrigen Eingangstüre stieß ich mir den Kopf. Es blutete. Wir gingen wieder hinein, und Robert gab mir ein Pflaster, das ich mir auf die kleine Wunde klebte. Beim Rausgehen stieß ich mir wieder den Kopf.

Es war neblig. Immer wenn ich meinen alten Freund besuchte, war es neblig. Im Haus, weil sein Holzofen defekt war, und draußen, weil es das Waldviertel war, das Schottland Österreichs. Robert hatte sich das Schloss nach seiner letzten Trennung gekauft. Seine kleine, günstige Wohnung in Wien hatte er behalten, er verbrachte aber inzwischen die meiste Zeit am Land. Wir tasteten uns durch die Nebelschwaden.

«Ich liebe diese Landschaft», sagte er.

«Welche Landschaft? Ich sehe keine Landschaft», sagte ich.

«Ja, mystisch, nicht?»

«Es geht so», antwortete ich. «Was man nicht sehen kann, ist nicht zwangsläufig gut.»

«Sprichst du über dein Kind?»

Ich schüttelte den Kopf, aber das konnte er ja nicht sehen. Wir gingen den schlecht befestigten Weg zum Kreisverkehr. Im Nebel näherten sich Motorgeräusche.

«Gefährliche Gegend», sagte ich.

«Man gewöhnt sich daran», sagte Robert. Wir blieben sicherheitshalber stehen. Schließlich sahen wir zwei unscharfe, verschwommene Lichter, die sich von uns entfernten. Wir gingen weiter. Waldviertler Roulette.

Aus dem Nichts drang plötzlich eine Stimme.

«Grüß Gott.»

Wir bewegten uns vorsichtig, über Knollen und Baumwurzeln stolpernd auf die Stimme zu.

«Mein Nachbar. Er ist Landwirt», sagte Robert, als wir dicht vor dem fremden Mann standen, der im offenen

Sommerhemd ohne Jacke vor uns hockte, als wolle er sich da gerade im Schutz des Nebels erleichtern.

«Das ist mein Feld», klärte er mich auf. «Lupinen.»

«Aha», sagte ich und ließ mir nicht anmerken, dass ich keine Ahnung hatte, was Lupinen sind.

«Sagen Sie, haben Sie heute auch so eine zähe Internetverbindung?», fragte Robert.

«Nein, es ist so wie immer», sagte der Bauer und schaute resignativ zu uns auf. Sein schütteres Haar hatte er über die altersfleckige Glatze gekämmt, wie ich von oben gut sehen konnte, die Ohren hingen kraftlos an am Kopf, als wären sie ihrer Füllmasse beraubt. Vielleicht ein Gendefekt? Ein Unfall? Im Nebel am Kreisverkehr beide Ohren verloren und irgendwie an den Kopf zurückgeklebt. Die Bügel seiner Brille rutschten, weil die kaputten Ohren keinen Halt gaben.

«Es ist praktisch unmöglich, irgendeine Seite im Netz aufzurufen», schimpfte Robert.

Der Bauer schaute ihn nachdenklich an. Was hatte der Städter nur? Der Einheimische kannte es nur so. Der Waldviertler war es gewohnt, auf Bildschirme zu starren wie andere auf das Meer.

«Aber wie machen Sie das dann», fragte ich.

Er erhob sich, kam einen Schritt auf mich zu und richtete sich dabei die Brille, die aber sofort wieder verrutschte.

«Sie bluten am Kopf», sagte der Bauer.

«Ja», antwortete ich.

Der Bauer schaute mich an. Drei Männer im Nebel an einem Kreisverkehr.

«Wie ich das mache? Ich warte, dass was kommt. Ich sitze und warte. Da dreht sich immer so ein Kreis, dann geht es irgendwann plötzlich kurz weiter, dann kommt wieder der Kreis. Ich sitze und warte.»

Robert glaubt, dass sich die Sexualität im Waldviertel verändern wird.

«Wenn der Bauer Youporn schaut, sieht er entschleunigten Sex mit unendlich langen Pausen und abgehackten Vögeleien. Er wird irgendwann für real halten, dass Sex so funktioniert. Langsam, mit Pausen, dann kurzen, abgehackten Bewegungen des Unterleibs, dann wieder Pause. Dazwischen Kreise. Eine Art Provinz-Kamasutra», sagte Robert. «Wo man sich Zeit nimmt.»

«Eigentlich eine schöne Vorstellung. Slow Sex im Waldviertel.»

Mein alter Freund hatte in seinem Liebeskummer die Verbindung zur Welt freiwillig gekappt. Da fiel das fehlende Netz nicht ernsthaft ins Gewicht.

«Liebe braucht Bewegung, sagte sie und bewegte sich fort», so hatte er mir das erzählt. Seitdem lief seine Sexualität auch in Kreisen. Dass ich mich noch einmal fortpflanzte, irritierte ihn merklich. «Wenn ich alte Väter sehen will, brauche ich kein Internet. Da reicht mir dein Anblick», sagte er bitter.

Am Abend fuhren wir zu *Literatur im Nebel* nach Heidenreichstein. Ein ganzes Wochenende lang stand dort der britische Autor Ian McEwan im Zentrum; es gab Lesungen und Gespräche mit ihm. Ich hatte außerdem Frank angerufen, ob er auch kommen wolle. Frank war selber Schriftsteller, wir drei hatten uns schon lange nicht mehr getroffen. Als ich nach Wien kam, Ende der Achtziger, hatten wir uns beinahe täglich gesehen. Jetzt trauerte Robert in seinem nebligen Kloster, und Frank wartete immer noch auf seine erste Veröffentlichung. Es gebe auch Soldaten, die noch nie einen Krieg geführt haben, sagte er immer. Kommen wollte er nicht.

«Zwei Tage lang wird da ein einziger Autor abgefeiert? Ich würde mich schon über zwei Minuten freuen.»

«Wie denn, wenn du nichts schreibst!»

«Ich schreibe. Aber ich nehme mir Zeit.»

Frank war freier Schriftsteller, zu frei, wie ich fand. Er war wie Wolfgang Koeppen, der Autor, der nichts schrieb. Dreißig Jahre lang hatte Koeppen den Verleger Siegfried Unseld mit dem Versprechen auf einen großen Roman hingehalten, aber der große Roman kam nicht. Nur die Vorschüsse, aus Frankfurt, die kamen.

So war es auch bei Frank, nur ohne Suhrkamp und ohne Vorschüsse.

Im ersten Jahr der Heidenreichsteiner Literaturtage hatte ich auch einen Auftritt dort gehabt. Salman Rushdie war zu Gast gewesen. Ich führte ein launiges Gespräch mit dem berühmten Mann, über Geräusche beim Schreiben, die einem Angst machen. Würde man den Satz beenden können, bevor der Schuss fiel oder das Messer sein Ziel fand? Er erzählte, dass er wohl deshalb so viele Literaturpreise bekäme, weil die britische Regierung nur vielfach dekorierten Schriftstellern Personenschutz gratis zur Verfügung stellen würde. Undekorierte Autoren seien längst den Fanatikern zum Opfer gefallen.

Am nächsten Morgen verkleidete er sich mit langem Mantel und Schlapphut, und wir unternahmen einen Spaziergang durch den Nebelwald, begleitet von fünfzig Mitgliedern der Spezialeinheit Cobra. Seitdem Rushdie auf der Todesliste der Mullahs stand, konnte er keinen Schritt alleine machen. Auf dem Dach eines jeden Hauses, in dem er schlief, lagen Dutzende Scharfschützen.

Auf unserem Spaziergang hatte ich mich irgendwann in

die Büsche geschlagen, um zu pinkeln. Als ich auf den Weg zurücktrat, konnte ich Rushdie im dichten Nebel nicht sehen. Ich rief laut seinen Namen.

«Salman? Mr. Rushdie?»

Sofort stürmten von überall Einsatzkräfte aus dem Dickicht hervor und warfen sich auf den Schriftsteller, um ihn zu schützen, jetzt, wo seine Identität idiotischerweise herausposaunt worden war.

Die Polizisten und Veranstalter machten mir schwere Vorwürfe, Rushdies Hut war nicht nur schlapp, sondern völlig zerknittert, und ich wurde fortan nicht mehr nach Heidenreichstein eingeladen.

Als ich jetzt mit Robert zusammen den Saal betrat, fiel die Begrüßung durch die Organisatoren entsprechend einsilbig aus. Sie hatten mir den Vorfall anscheinend noch immer nicht vergeben.

Burgtheaterschauspieler lasen aus Ian McEwans Roman «Der Zementgarten». Die meisten kannte ich privat, in der Regel hatte ich sie betrunken in der Burgtheaterkantine erlebt. Sie spielten die nüchtern Lesenden sehr gut.

«Hör dir an, wie grausam Kinder sind», flüsterte mir Robert zu. «Verscharren die Mutter im Keller in einer Kiste mit Zement, und dann treiben sie es miteinander. So sind sie!»

«Sie wollen halt nicht getrennt werden», flüsterte ich zurück. «Außerdem ist es ein Roman.»

«Jaja. Trotzdem. Geht man so mit seiner Mutter um? Ich war einmal in Turkmenistan, da hat der Präsident das Wort *Brot* in der Landessprache ersetzen lassen durch den Namen seiner Mutter. Gurbansoltan-eje. Mutter von Gurbunsoltan. Das ist Liebe. Der Mann hätte seine Mutter nicht im Keller in Zement eingegossen, Diktator hin oder her.»

Ian McEwan, der direkt vor uns saß, drehte sich um. Robert schwieg kurz, dann begann er wieder zu flüstern. Nicht so leise, wie es das Wort Flüstern nahelegt.

«Überleg's dir doch noch mal. Du wirst bald fünfzig. Dein Körper ist wahrscheinlich schon sechzig. Der Vater von den Kindern war jünger als du und hatte einen Herzinfarkt. Gut, immerhin wurde er nicht einzementiert.»

«Pscht!», rief eine Frau in der Reihe hinter uns, und auch der betrunken nüchtern wirkende Burgstar oben auf der Bühne schaute zu uns.

«Wieso hatte der überhaupt so viel Zement im Haus?»

«Hast du nicht zugehört? Weil er damit den Garten pflegeleichter machen wollte», flüsterte ich, so leise ich konnte.

«Was?»

Ich schüttelte genervt den Kopf.

«Ich hab dich nicht verstanden», sagte er in Normallautstärke.

Ich beugte mich zu ihm. «Er hat den Zement auf den Rasen schütten wollen, dass er nicht so viel Arbeit hat.» Beim Sprechen berührte ich mit meinen Lippen sein Ohr. Es schmeckte salzig. Er hatte sich die Ohrenhaare nicht ausrasiert.

Robert lachte. «Das kitzelt. Das machen die Leute hier auch. Schütten alle Kieselsteine vor ihre Häuser, damit sie sich den Rasenmäher sparen. Im Sommer knallt ihnen jetzt die Hitze von allen Seiten entgegen.»

«Please shut up», rief jetzt auch der eigentlich sehr freundliche Autor des «Zementgartens».

Robert war Reisejournalist, hat aber in den letzten Jahren nur noch über das Waldviertel geschrieben, weil er es inzwischen hasst zu reisen. Früher hat er eine Reihe herausgegeben mit dem Titel *Really Lonely Planet*. Ein Reiseführer über Orte, an die man wirklich nicht hinfährt. Ich habe ihm damals Duisburg ans Herz gelegt. Meine Heimatstadt, die aussieht, als hätte sie mehrmals beim Wettbewerb *Meine Stadt soll hässlicher werden* gewonnen. Robert fuhr also zu Recherchezwecken hin und schrieb mir aus Duisburg einen Brief, den ich noch immer habe.

Lieber Dirk,
ich habe vom Fremdenverkehrsamt Duisburg
einen Blumenstrauß bekommen, weil ich der erste
Nachkriegstourist bin. Ich bin im Stadthotel «Hotel
Stadt Duisburg» untergebracht, das nur nachts als
Hotel dient. Tagsüber wird hier in riesigen Fässern
Stahl gekocht. Das Fremdenverkehrsamt hat mir
freundlicherweise ein Besichtigungsprogramm
zusammengestellt. Als einziger Programmpunkt ist
vorgesehen, dass ich morgen das Fremdenverkehrsamt besichtige. Im Werbeprospekt Duisburgs (eine
DIN-A5-Seite) sind zwei Abbildungen zu sehen: eine
alte Eisenstange und das schöne Tuberkuloseheim,
das im Volksmund hier *Hustensaft* genannt wird.
An der Wand in meinem Zimmer hängen als Zierde
Röntgenbilder von lungenkrebskranken Mitarbeitern
des Hotels. Draußen regnet es seit Jahren in Strömen.
In den Pfützen sitzen hustende Kinder. Danke für
den Tipp. Ich verstehe jetzt besser, warum Du in
Wien jedes öffentliche Klo architektonisch aufregend
findest.
                                          Dein Robert

Duisburg reihte sich also stolz ein in Roberts Liste der hässlichen Orte. Norilsk, Charleroi, Luanda, Ludwigshafen, Prypjat, Duisburg. Dass es in Duisburg auch Wälder und Seen gibt, erwähnte Robert in seinem Reiseführer des Grauens natürlich nicht. Und selbst in Norilsk, der Stadt mit der größten Umweltzerstörung in der gesamten Arktis, in der es gar keine Natur mehr gibt, selbst dort wird in irgendeinem Zimmer ein kümmerlicher Zwergkaktus stehen und einer vom Nickel entstellten Dame oder einem aus dem Ohr blutenden Herrn ein wenig Freude ins triste Leben zaubern. Roberts Norilsk war kakteenlos. Die reine, destillierte Tristesse.

Irgendwann hatte er darunter einen Schlussstrich gezogen. Die Hässlichkeit der Welt, wie er sie beschrieb, hatte ihm aufs Gemüt geschlagen. Obwohl seine Bücher sehr erfolgreich waren, zog er die Reißleine und begann, über das liebliche Kamptal und Druiden mit Wackelsteinen zu schreiben. Es machte ihn nicht glücklicher.

Überhaupt, bei immer mehr Freunden hatte ich inzwischen das Gefühl, sie wären am falschen Platz im Leben, aber zu müde, etwas zu ändern. Die Nachricht, dass ich wieder Vater werden würde, irritierte sie alle.

«Im Ernst?», hatte mich Spön gefragt und war sich mit der Hand über seine Glatze gefahren. Er hatte sich den Kopf kahl geschoren, als kein Auftoupieren mehr möglich war. Die Glatze passte gut zu seiner klobigen schwarzen Architektenbrille. «Alles noch einmal von vorn? Wickeln, Schlafentzug, zum Kindergarten bringen? Ich versteh dich nicht.»

Spön hatte einen Achtzehnjährigen zu Hause und freute sich, dass sein Sohn bald zu seiner Freundin ziehen würde.

Er hatte mit dem jungen Pärchen zusammen eine Rateshow im Vorabendfernsehen gesehen, in der zwei Influencer eine Frage beantworten mussten. *Was existiert nach Analyse von NASA-Messdaten natürlicherweise auf dem Mars?*

Zur Auswahl standen vier Antworten: *WLAN, Öko- und Atomstrom, fließendes Wasser, Fußbodenheizung.*

«Sie haben sich für WLAN entschieden», erzählte Spön. «Wahrscheinlich, weil eine Welt, und sei es eine ferne, unvorstellbar ist ohne Netz. Die Influencer waren sehr erstaunt, als sie erfuhren, dass ihre Antwort falsch war. Was soll denn das für ein Planet sein? Da gibt es dann ja auch keine Influencer. Und weißt du, was mein Sohn gesagt hat?»

«Nein», sagte ich.

«Ben hat mich gefragt, ob sie am Mars noch Festnetz haben», sagte Spön und schüttelte den Kopf. «Ich bin einfach zu alt für diesen Mist.»

«Der Mars ist das Waldviertel unter den Planeten», sagte ich. Spön blickte mich verständnislos an. Sein Architekturbüro lief immer schlechter. Er war schon vor einigen Jahren in seine burgenländische Heimat zurückgezogen und hatte dort jetzt ein großes Haus mit Bioteich, das er sich in Wien nie hätte leisten können. Im Burgenland gibt es viel weniger Architekten als in Wien, aber auch deutlich weniger Kunden. Vor allem im Mittelburgenland, wo er jetzt lebte. Die Gegend strukturschwach zu nennen wäre eine grobe Untertreibung. Immerhin gut motorisiert ist man hier. Vor jedem zweiten Baum steht ein Kreuz, als Erinnerung an einen fatal ausgegangenen Discobesuch. Durch das ganze Dorf weht eine Wehmut. Der Quadratmeterpreis liegt im Centbereich, es will ja keiner herziehen. Spön lebt gerne in seinem Dorf, weil er immer einen Parkplatz direkt vor dem Haus findet. In Wahrheit könnte er im ganzen Dorf parken, weil die Alten kein Auto mehr haben und die Autos der Jungen an den Bäumen längs der Landstraße kleben.

Neben Spön und seiner Familie wohnt ein alter Mann

in einem Holzhaus beziehungsweise einem ehemaligen Holzhaus, denn es ist abgebrannt. Zufälligerweise war ich gerade zu Besuch, als das Feuer ausbrach. Spön und ich sahen die Flammen aus dem Dach schlagen und liefen sofort auf die Straße. Der Alte stand ohne Zähne vor seinem brennenden Haus und sah traurig aus.

«Wenn's brennt, dann brennt's, da kannst du nichts machen», sagte er niedergeschlagen.

«Doch!», rief ich. «Löschen zum Beispiel!»

«Das wäre keine Lösung», antwortete der Alte. Wir warteten vor seinem Haus, bis es in sich zusammenbrach. Die freiwillige Feuerwehr war bei einem Feuerwehrfest und zu betrunken, um sich in die Einsatzfahrzeuge zu setzen. So standen wir an diesem mittelburgenländischen Abend still nebeneinander und blickten in die Flammen. Als es dunkel wurde, sah das Feuer eigentlich sehr hübsch aus. Nach mehreren Stunden war nur noch Asche übrig, in der Glutnester funkelten.

Wir schritten die Brandstelle ab, und der Nachbar erklärte uns, wo sein ehemaliger Wohnzimmerschrank gestanden habe und wo sein ehemaliges Bett. Ich trat in sein ehemaliges Schlafzimmer.

«Hier war die Tür», sagte er. «Sie sind durch die Wand ins Schlafkammerl gegangen.»

«Oh, Entschuldigung», sagte ich und machte einen Schritt zurück durch die ehemalige Wand, um dann durch die ehemalige Tür zu gehen.

«Sie stehen auf meinem Nachtkastl», sagte er. Unter meinen Füßen war ein rauchender kleiner Aschehaufen.

«Und jetzt haben Sie alles verloren», sagte ich.

«Nein, nicht alles. Ich habe einen Doppler Weißwein gerettet und drei Gläser.» Er griff in die Billatüte, die er schon die ganze Zeit mit sich herumgetragen hatte, holte Flasche und Gläser hervor und schenkte uns lächelnd ein. Wir erhoben unsere Gläser auf sein ehemaliges Haus, in dem er glücklich viele Jahre gelebt hatte.

«Weißt du, wegen solchen Leuten lebe ich hier», sagte Spön. Ich verstand, was er meinte.

«Papa hat geglaubt, ich wüsste nicht, dass es kein Festnetz am Mars gibt», sagte Ben. «Er ist wirklich merkwürdig. Zeit, dass ich ausziehe.»

«Spön wird traurig sein, wenn du weggehst. Auch wenn er so tut, als ob er sich darauf freut.»

«Ich weiß. Und ich weiß, dass du Vater wirst. Find ich gut», sagte Ben und spielte lässig mit seinem Autoschlüssel. Ich sah schon ein Kreuz vor einem Baum.

«Ich auch», sagte ich.

«Vielleicht wär das für Papa auch gut. Aber er hat sich ja kastrieren lassen. Versteh ich überhaupt nicht. Mama ist eh in der Menopause. Die könnten jetzt herrlich rummachen, ganz carefree.»

«Stimmt», sagte ich. Ob Ben wirklich nichts von der Ungarin wusste, die sein Vater in der Therme kennengelernt hatte? «Und pass beim Fahren bitte auf!»

«Klar.» Er setzte sich in seinen alten Skoda. Skodafahrer, hatte mir ein Wiener Polizist einmal erklärt, seien früher von den Nutten am Straßenstrich immer weitergewinkt worden, weil sie als geizig galten.

Spön schob die Gardine zur Seite und sah dem Wagen seines Sohns hinterher.

Meine Freunde. Kastriert und hinter Nebelwänden. Und ich? Zeugungsfähig und im Scheinwerferlicht.

Als Hermann geboren wurde, stand ich vor der Kamera.

Die Produzenten meiner Fernsehshow hatten kurz vor der Aufzeichnung die Nachricht bekommen, dass Nina ins Krankenhaus gefahren war, und ganz pragmatisch beschlossen, mir erst nach der Sendung Bescheid zu geben.

«Das ist nicht in Ordnung, wirklich nicht», sagte ich verärgert, während ich abgeschminkt wurde. «Mein Kind kommt auf die Welt, und ihr sagt mir nichts?»

«Du hättest vielleicht die Sendung geschmissen», wandte mein Produzent ein.

«Hätte ich nicht, aber ihr hättet mich informieren müssen!»

Bevor ich endlich ins Taxi springen konnte, musste ich noch Pressefotos mit den Showgästen machen. Komiker Michael Niavarani und Sängerin Helene Fischer gratulierten mir und tranken ein schnelles Glas Sekt auf mein Wohl.

«Alles Gute für die Geburt», riefen die Stars und die Kolleginnen mir nach.

«Hätte man doch gut überkleben können», sagte die alte Frau im Bademantel, die im kalten Regen vor dem St. Josef Krankenhaus der Salvatorianerinnen stand und rauchte. Sie war kreidebleich, wie mit Wachs bestrichen, der Tod schien ihr von innen an die eingefallenen Wangen zu klopfen. Ihre gleich bleiche Nachbarin nickte und steckte sich auch eine schmale Damenzigarette an. Sie sog so sehr an der Zigarette, dass ich endlich den alten Ausdruck *Tabaksaufen* verstand.

Beide blickten missmutig auf die drei Bestattungswagen, die vor der Spitalsausfahrt neben dem Aschenbecher parkten. *Bestattung Wien* stand auf ihnen.

«Wie, mit schwarzer Folie? Damit man nicht merkt, dass das Leichenwagen sind? Leichenwagen sind die Kinderwagen der Alten.» Sie schluckte den Rauch, ein tiefer Schluck.

«Weiß gar nicht, ob es sich noch lohnt, wieder hineinzugehen», sagte die andere zur Tabaksäuferin.

«Na ja», mischte ich mich ein. «Jetzt malen Sie mal nicht so schwarz.»

Sie sahen mich an, als wäre ich ihr Tumor.

«Gehen S' scheißen», blökte mich die Tabaktrinkerin an. «Wer hat Sie denn gefragt?»

Das St. Josef Krankenhaus ist ein kleines Spital an der

Westausfahrt Wiens mit den Schwerpunkten Geburtshilfe und Tumorerkrankungen. Hochschwangere, Wochenbettnerinnen und Menschen, die dem Tod nicht so richtig von der Schippe springen. Wie die beiden starken Raucherinnen.

«Des is a Zumutung, mit die Holzpyjama-Tschesn direkt vor derer Pappn», sagte die andere.

Die beiden dämpften aus und gingen gekrümmt durch den Regen ins Gebäude zurück. Männer mit Babys in Maxi-Cosis kamen ihnen aus dem Ausgang entgegen.

«The circle of life», sagte ein südländisch aussehender Herr. «Babys und Zombies.»

Er hatte selbst eine Gesichtshaut, als wäre sie aus ausgedörrtem, brüchigem Pergament. Neben ihm stand ein Rollkoffer. Er schien mir weit über siebzig zu sein. Da stand wohl eine Operation an.

«Alles Gute», sagte ich.

«Danke», antwortete er. «Ein Wunder, so spät noch einmal Vater zu werden.»

«Meinen Sie mich?»

«Nein, mich. Meine Frau hat gestern entbunden. Ich bringe ihr Blumen und dem Kleinen eine Haube, die schon mein Vater als Säugling in Isfahan getragen hat. Schauen Sie!»

Er öffnete den Koffer und holte eine mit Rosen bestickte Babyhaube hervor.

«Die ist wunderschön», sagte ich. «Gratuliere.»

«Danke», sagte er. «Ich bin 78. Wie mein Vater, der war bei meiner Geburt fast 80.»

«Das heißt, der Großvater ihres Sohnes wurde vor fast 160 Jahren geboren?»

«1863 war das. Mein Enkel wird wahrscheinlich erst im 22. Jahrhundert zur Welt kommen.»

Wir verabschiedeten uns, und ich ging in die Tiefgarage des Spitals zu meinem Auto, einem alten, langweiligen Mercedes, den ich von meinem Vater geerbt hatte. Es war dunkel, ich schaltete das Licht der Tiefgarage an. Ein Dutzend Nonnen huschte aufgeschreckt an mir vorbei. Sie hatten dort aus unerklärlichen Gründen im Dunkeln zwischen den Autos gehockt.

«Grüß Gott», rief ich ihnen nach.

Eine blickte sich entgeistert nach mir um, blieb aber nicht stehen.

Ich stieg in mein Auto und fuhr aus dem Parkhaus. Links von mir sah ich drei Leichenwagen. Einer rollte langsam vom Spitalsgelände. Ich konnte nicht erkennen, ob er befüllt war oder nicht.

An der ersten Ampel zückte ich mein Handy und sah mir ein Foto meines neugeborenen Sohnes an. Er lag da mit geschlossenen Augen auf Ninas Brust.

Mein Vater konnte sich immer wieder über ein Schild im Fenster eines Duisburger Gasthauses amüsieren. *Kommen Sie rein, können Sie rausgucken!*

Tat man es, sah man aus dem Fenster auf andere Männer, die auf dieses Schild starrten. Ein gelungenes Perpetuum mobile. Mein Vater erzählte mir in meiner Kindheit immer dieselbe Geschichte, wenn ich ihn um eine bat. *Es war einmal ein Mann, der hatte sieben Kinder. Eins von den sieben Kindern sagte: Papa, erzähle uns eine Geschichte. Da fing der Vater an. Es war einmal ein Mann, der hatte sieben Kinder...*

Begleitete ich meinen Vater zu seiner Lieblingskneipe, standen wir zusammen vor dem Schild, gingen hinein, sahen hinaus auf die anderen Männer, und ich bat ihn, mir die Geschichte von dem Mann mit den sieben Kindern zu erzählen. Er erzählte, trank dabei ein Glas König Pilsener, und bevor er es austrank, erzählte er aufs Neue, wie wir fast einmal Bierbarone geworden wären, wenn sein Vorfahre nicht lieber Gefängniswärter geblieben wäre. Ich nickte dann und sagte: «Ja, schade.»

«Ja», sagte er dann und bestellte noch ein Bier.

Das Leben ein immerwährender Kreislauf. Wir alle sind nur Arbeiter am Fließband des Lebens. Nur dass am Ende kein neues Fahrzeug vom Band läuft, sondern ein Sarg, aus dem man nicht mehr rausschauen kann. Vielleicht hat man bis dahin ohnehin schon genug gesehen. Sich satt-gesehen am Ewiggleichen. Eine Freundin meiner Groß-mutter war einmal Gast bei einer Aufzeichnung des ZDF-Fernsehgartens gewesen und hatte von ferne, aber in echt die Operettensängerin Anneliese Rothenberger sehen kön-nen. Das war ihr Highlight. Darin verdichtete sich für sie rückblickend der Sinn des Lebens. Das reichte ihr. Einmal aus großer Entfernung Anneliese Rothenberger gesehen zu haben. Eine schöne Vorstellung. Und wenn man dann am Friedhof liegt, stehen oft andere Männer vor dem Grab und starren hinab. Und irgendwo liegt ein Mann mit sie-ben Kindern, und irgendwo liegen auch die sieben Kinder, deren sieben Kinder wieder auf die Gräber ihrer Väter star-ren, die nicht einmal mehr die Geschichte des Vaters mit den sieben Kindern erzählen.

Dazwischen putzt man sich zweimal täglich die Zähne und geht zweimal im Jahr zum Zahnarzt, dessen Zahnarzt-helferin einem mit der Zahnbürste in der Hand erklärt, wie man richtig putzt. Egal, wie alt man ist und wie jung die Zahnarzthelferin. Ich war jetzt über fünfzig, und die fünf-zehnjährige Zahnarzthelferin zeigte mir, wie ich richtig putzen soll. Das war demütigend und lächerlich. Ich hatte schon zweite Zähne, als bei ihren Eltern noch nicht einmal Milchzähne gekommen waren. Sie selbst hatte eine Zahnspange und Akne.

«Ist schon klar, ich putze schon eine ganze Weile», sagte ich.

«Aber falsch», antwortete sie.

«Dafür hab ich keine Akne, Klugscheißerin», sagte ich, erhob mich aus dem Behandlungsstuhl und verließ die Praxis, aber nur, um ein halbes Jahr später wieder da zu sitzen, mit einem Spiegel in der Hand und einer Vierzehnjährigen, die in meinem Mund mit einer Bürste herumrieb.

«So macht man das», sagte sie. Sie hatte glatte Haut, und ich hielt den Mund.

Wann immer ich beim Zahnarzt bin, habe ich das Gefühl, ich sei nie weg gewesen. Als säße ich mein ganzes Leben lang durchgehend auf dem Behandlungsstuhl. Genauso geht es mir mit der Kulisse meiner Fernsehsendung, «Willkommen Österreich». Dahinter warten mein Kollege und ich seit Hunderten von Wochen auf den Beginn der Sendung. Zwischen Kabeln und Pappwänden warten wir darauf, dass unsere Showband Russkaja zu spielen beginnt. Seit über zehn Jahren, Woche für Woche. Und mir ist, als wäre ich nie woanders. Nur dort. Zwischen Kabeln und billigen Kulissenwänden. Darauf wartend, dass etwas losgeht. Die immer gleiche Melodie, die immer gleiche Situation. Zwei Kinder habe ich schon, fünf fehlen noch. Dann kann mich eins meiner Kinder fragen, ob ich ihm eine Geschichte erzähle.

Dann werde ich ein Schild malen und ins Fenster meines Lieblingslokals *Anzengruber* stellen. Ich werde meine sieben Kinder mitnehmen. Wir werden uns von außen das Schild ansehen, hineingehen und hinausschauen. Auf andere Männer mit Kindern. Und ich werde mit meiner Geschichte beginnen. Und eins meiner sieben Kinder, wahrscheinlich das jüngste, wird sagen: Papa, darf ich dir mal zeigen, wie man sich richtig die Zähne putzt? Und ich werde antworten: Ja, gerne. Aber warten wir doch bitte noch, bis Russkaja mit der Musik beginnt. Und am Boden werden Kabel liegen. Und irgendwann schaue ich mal nach, wohin diese Kabel eigentlich führen. Es wird wahrscheinlich eine Steckdose sein. Und dort werde ich warten, bis der Stecker gezogen wird.

«Paris ist eine einzige Party. Schade, dass ich nicht eingeladen bin», hatte meine Tochter Kina auf die Postkarte geschrieben. Ich las Hermann jede Postkarte von seiner Halbschwester vor. Kina war mit ihrem Freund auf Weltreise. Jede Postkarte hatte ein ähnliches PS: «Eh alles schön, aber Wien ist schöner.»

Wiener, die verreisen, denken viel an Wien. Duisburger denken viel an andere Teile der Welt. Vor allem, wenn sie daheim sind. In New York oder Tel Aviv sitzen Wiener Exilanten, hören Walzermusik und essen Mehlspeisen. Wien muss gar nicht viel tun. Es muss nur sein. Andere Städte strampeln sich ab und erreichen doch nichts. Und niemanden.

Wien, die einzige Großstadt eines kleinen Landes. Ich hatte Kina damals ihren Namen gegeben. Weil ein kleines Mädchen aus einem kleinen Land einen großen Namen braucht. Kina, so spricht man in Österreich China aus. Nicht Schina, wie meine Duisburger Verwandten es aussprechen. Auch Hermann klingt groß und mächtig, trotzdem war ich überrascht, dass Nina nichts gegen meine Wahl einzuwenden hatte.

«Hermann? So wie Stermann?»
«Wie mein Großvater.»
«Und wie rufen wir ihn? Opa?»
«Nein, Hermann.»
«So ruft man kein kleines Kind.»
«Wir schon.»
«Hast du deinen Großvater sehr geliebt?»
«Geht so. Seinen Namen schon.»
«Also nennen wir ihn nicht nach deinem Großvater, sondern nach dem Namen deines Großvaters.»
«Genau.»
Sie überlegte kurz. «Einverstanden. Hermann Stermann.»

Ich legte die Postkarte zu den anderen aus London, Hamburg und Warschau. Bis jetzt war Kinas Weltreise eher so eine Art Interrail-Abenteuer, aber es sollten noch weiter entfernte Destinationen folgen.

«Pass mal auf, Hermann, ich zeige dir jetzt noch einmal das Foto von Anastasia.»

«Nein, ich will die nicht.»

«Nur noch einmal anschauen!»

«Nein.»

Es hatte keinen Sinn. Ich mailte also der Kärntnerin, dass wir sie gerne einmal kennenlernen wollten, natürlich in der Hoffnung, sie würde absagen. Aber nach zwei Minuten kam schon die Antwort. «Toll. Kann gleich kommen.»

Sofort? Saß die seit Wochen vor ihrem Laptop und hatte nichts zu tun im Leben, als auf eine positive Nachricht von uns zu warten? Die war mir suspekt. Ich schaute noch einmal auf das Foto, um zu überprüfen, ob ich in ihren Zügen eine Ähnlichkeit mit der irren Martina ausmachen konnte.

Dann antwortete ich der Kärntnerin, ja, sie könne gern vorbeikommen. Mir war etwas unwohl, das Treffen ohne Nina zu veranstalten, sie hatte einen Business Lunch mit der Kulturstaatssekretärin, um ihre Tätigkeit in New York zu besprechen, aber schließlich war ich es ja, der das nächste Jahr mit der Babysitterin auskommen musste.

Ich blickte in den Spiegel und fuhr mir mit nassen Händen durchs ungekämmte Haar. Machte ich mich gerade schön für die vierschrötige Babysitterin? Ich ärgerte mich über mich selbst und begann, die Wohnung ein wenig aufzuräumen, als es schon an der Tür läutete.

«Hermann, Hermann, das ist die schnellste Babysitterin der Welt», rief ich meinem Sohn zu und öffnete die Tür.

«Ich bin Maria», sagte die Besucherin. Ich musste zu ihr aufblicken; sie war fast zwei Meter groß und sah aus, als hätte sie noch jemanden in sich. Wie die äußerste Figur einer Matroschkapuppe.

«Sie schauen ja genau aus wie im Fernsehen», brüllte sie, obwohl wir nur wenige Zentimeter voneinander entfernt standen. «Krass!» Es ist interessant, dass es Menschen gibt, die glauben, man sähe in Wirklichkeit völlig anders aus als im Fernsehen.

«Ja, wahrscheinlich, weil ich es bin, im Fernsehen», sagte ich, bewusst leise, um ihr sanft zu signalisieren, dass wir hier nicht schreien mussten.

Sie stampfte herein und hängte ihre riesige Jacke über die Garderobe. Alle unsere Mäntel wurden unsichtbar unter dem gewaltigen Zelt. Hermann stand ängstlich hinter mir und hielt sich an meinem Pullover fest.

«Das ist Hermann?» Sie brüllte noch immer, als gelte es, bis nach Klagenfurt hörbar zu sein. Meinen subtilen Wink hatte sie nicht wahrgenommen.

«Ja, hinter mir, das ist Hermann. Willst du nach vorn kommen?», fragte ich meinen Sohn.

«Nein», hörte ich ihn leise flüstern. Wir gingen ins Wohnzimmer. Hermann hinter mir, gezogen von meinem Pullover, sie neben mir, mit so festem Schritt, dass sich der Parkettboden senkte. Bildete ich mir das ein, oder klirrte das Geschirr in der Küche?

«Tja», sagte ich unschlüssig. «Hermanns Mama ist gerade nicht da.»

«Wurscht», antwortete sie. «Gell, Hermann?»

Er klammerte sich stärker an meinen Pulli. Ich verstand das. Ich hätte mich auch am liebsten an seinen geklammert.

«Ich habe Papier und Stifte vorbereitet. Vielleicht malt ihr was zusammen?»

«Klar», schrie sie und strahlte. «Ich liebe malen. Komm, Hermann. Ich mal dir mal was.»

«Er malt selbst auch gern», sagte ich. «Ich glaube nicht, dass du ihm was vormalen musst. Vielleicht mit ihm zusammen?»

Maria schaute skeptisch. «Die meisten Kinder können aber gar nicht richtig malen. Gell, Hermann? Ich mal dir was vor, das kannst du dir dann anschauen.»

«Papa?» Hermann flüsterte fast unhörbar leise. Ich kniete mich zu ihm auf den Boden.

«Ja?» Nun flüsterte ich auch.

«Die Frau soll gehen.»

«Willst du nicht mit ihr malen?»

Er schüttelte seinen kleinen Kopf.

«Komm, Hermann», brüllte sie.

Hermann ließ mich los und lief in sein Zimmer. Ich hörte, wie er die Tür zuwarf.

«A wos hot der Klaane denn wischplt?»

Ich blickte sie fragend an.

«Was er geflüstert hat», wiederholte sie.

«Er will nicht mit dir malen.»

«Fralli wul!»

Das kannte ich von Auftritten in Kärnten. Freilich wohl.

«Fralli na. Ich glaub, es passt heut nicht so gut. Vielleicht ist er müde», log ich aus Höflichkeit.

«Homma jo kan Gneat», brüllte sie. Ich nickte, obwohl ich keine Ahnung hatte, was das bedeuten sollte.

Ich ging zur Wohnungstür und reichte ihr die riesige Jacke, in die Hermanns halbe Kindergartengruppe hineingepasst hätte.

«Danke, Maria. Wir melden uns bei dir.»

«Pfiati, Hermann. Bis bald!», brüllte sie Richtung Kinderzimmer, lächelte mich dann noch einmal siegessicher an und stapfte hinaus. Lautlos schloss ich die Tür hinter ihr.

«Hermann, du kannst wieder rauskommen. Sie ist weg!»

Ich hörte, wie sich die Tür seines Zimmers öffnete.

«Wirklich?»

«Ja, sie ist wirklich weg.» Wir atmeten beide durch.

«Die nehmen wir nicht», sagte Hermann.

«Nein, die nehmen wir nicht. Versprochen.»

Mein Sohn hat ein ausgesprochen sonniges Gemüt. Bisweilen wähnt man sich neben ihm auf der Straße in einem Bürgermeisterwahlkampf. Er grüßt alle Passanten mit *Hallo* oder *Servus*. In vierzehn Jahren ist er volljährig, und heutzutage kann man nicht früh genug mit dem Wahlkampf beginnen.

Umso überraschter war ich, als ich mit ihm vor einem Gasthaus beim Augarten saß. Es war ein lauer Abend, er aß begeistert sein Riesenwürstel. Er tunkte sein Würstel in den Senf, hatte dann mehr Senf an den Fingern als auf der Wurst und starrte dabei eine Frau am Nebentisch an. Er ließ sie nicht aus den Augen. Die Frau wirkte eigentlich sympathisch, sie lächelte ihn an. Vielleicht ahnte sie schon, dass da der künftige Bürgermeister saß. Hermann aber lächelte nicht zurück.

«Hab ich Eichhörnchen im Haar, oder warum schaust du so», fragte die Frau, die um die vierzig war.

Mein Sohn starrte sie weiter schweigend an. Plötzlich rief er so laut, dass jeder im Gastgarten ihn hören konnte: «Schiache Frau!»

Die Frau lächelte gequält zurück. Nun schauten mehrere Gastgartenbesucher interessiert zu der Frau. War sie tatsächlich so hässlich, wie der zukünftige Bürgermeister von Wien sie beschrieb?

Mir war die Situation sehr unangenehm.

«Die Frau ist nicht schiach», sagte ich, laut genug, dass sie mich hören konnte.

«Doch, schiach ist die», rief er wieder.

Ich zuckte mit den Schultern und wandte mich entschuldigend an die Frau, die ein frühlingshaftes Kostüm trug.

«Das meint er nicht so», erklärte ich ihr. «Er mag das Wort *schiach* gerade und benutzt es die ganze Zeit.»

«Nein, ich benutze es, weil die Frau wirklich schiach ist», sagte Hermann energisch.

«Kindermund tut Wahrheit kund», rief ein älterer Herr, der aussah wie der Psychoanalytiker und Kinderpsychologe Bruno Bettelheim, es aber nicht sein konnte, weil Bettelheim sich schon vor Jahrzehnten das Leben genommen hatte.

«Aber es ist ja nicht die Wahrheit. Die Dame ist doch sehr apart», antwortete ich dem Bettelheim-Doppelgänger.

«Nein, sie ist schiach», wiederholte mein Sohn, der aus seinem Bürgermeisterwahlkampf komplett ausgestiegen war.

«Was soll das heißen, die Dame ist *apart*?» Eine jüngere Mutter mit kleiner Tochter auf dem Schoß sah mich wütend an. «Wie sexistisch ist das denn? Würden Sie das auch zu einem Mann sagen? Der Mann ist sehr *apart*?»

«Das weiß ich nicht. Vielleicht würde ich einen aparten Mann auch als apart bezeichnen», antwortete ich.

«Nein, das würden Sie nicht. Und Ihr kleiner Sohn beurteilt Frauen auch schon nach rein äußerlichen Kriterien. Nur weil die Frau schiach ist, sagt Ihr Sohn das!»

«Die Dame ist doch gar nicht schiach», warf ich ein.

«Doch», sagte mein Sohn.

«Nein, sie ist hübsch», verteidigte ich die wildfremde Frau, in deren Haar ich mir jetzt wirklich ein Eichhörnchen wünschte, damit diese dämliche Diskussion ein Ende finden würde.

«Ist das überhaupt Ihr Sohn oder Ihr Enkerl?», fragte die junge Mutter.

«Wieso fragen Sie das? Weil Sie mich nach meinem Äußeren beurteilen?»

Die von meinem Sohn beleidigte Frau im Frühlingskostüm stand entnervt auf und stieß beim Verlassen des Lokals an den Tisch der Frau mit Kind. Ein Glas fiel um, Frucade ergoss sich über Mutter und Tochter.

«Schiache Frau», sagte die Tochter, die sich im Alter meines Sohnes befand. Beide Kinder strahlten sich an.

«Die schiache Frau hat Ihrem Sohn vorher die Zunge

rausgestreckt», sagte der Bettelheim-Klon. «Sie fand es wohl witzig, aber er nicht.»

Zu Hause zeigte ich Hermann noch einmal das Foto von Anastasia. Letzter Versuch.

«Die ist nicht schiach und redet bestimmt auch in einer angenehmen Lautstärke.»

«Ich will gar nicht, dass eine kommt. Mama ist eh da.»

«Aber nicht mehr lang. Mama muss arbeiten gehen. In Amerika.»

«Dann fahr ich mit Mama.»

«Das geht nicht. Wir zwei bleiben hier.»

«Aber du bleibst ja nie hier.»

«Doch. Und wenn ich nicht da bin, kommt die schöne Anastasia, zum Beispiel.»

«Ich will die nicht. Ich will Mama.»

«Mama kommt wieder, wenn sie fertig gearbeitet hat.»

Hermann sah mich ernst an. «Papa, ich glaub, du willst die», sagte er und zeigte auf die Russin.

«Anastasia? Ach was, ich kenn die ja gar nicht.»

«Wieso willst du die dann?»

«Ich will nur irgendjemanden. Wir brauchen einen Babysitter.»

«Ich bin kein Baby mehr.»

«Gut, jemanden, der eine große Freundin ist.»

«Oder Freund. Orhan zum Beispiel.»

«Orhan ist fünf Jahre alt. Der kann das nicht.»

«Orhan kann schon seinen Namen schreiben. Und bis Zweihundertmillionen Trillionen fünfzig zählen.»

«Das ist gut, aber es muss jemand sein, der schon groß ist.»

«Orhan ist groß und cool.»

«Aber nicht groß genug. Wir brauchen ein Au-pair.»

«Oh Bär? So wie Pu?»

Es hatte wirklich keinen Sinn. In zwei Monaten würde Nina in den Flieger steigen. Die Zeit drängte. Aber am nächsten Tag musste ich erst einmal früh aufbrechen. Ich hatte einen Auftritt in der Nähe von Salzburg.

Als ich an einem der ersten sonnigen Vorfrühlingstage im winzigen Hallwang bei Salzburg aus dem Tourbus stieg, roch ich gleich die Kuhscheiße. Alles war friedlich. Im Hintergrund strahlten die schneebedeckten Alpen im Sonnenschein, Kaiserwetter. Kühe, Pferde und Bauersleut. Die freiwillige Feuerwehr, die menschenleere Volksschule, eine kleine Kirche mit Friedhof. Die Agentur buchte mich in jeden Bauernhof, der mehr als zwei Kühe im Stall hatte.

In Ermangelung anderer Sehenswürdigkeiten ging ich nach dem Einchecken im Hotel auf den Friedhof und setzte mich dort auf eine alte Holzbank. Die Sonne schien mir ins Gesicht, zwei alte Frauen pflegten ein Grab. Auf den meisten Grabsteinen sah man Fotos der Verstorbenen. Verwitterte Bilder von Bauern und Bäuerinnen, von jungen Männern in Uniform. Ich hörte Kuhglocken und weit entferntes Traktorengeräusch. Ich sog die Kuhscheißschwaden ein, weil ich als Stadtkind gelernt habe, dass Landluft gesund ist. Paradiesisch ruhig war es. Hier war die Welt noch in Ordnung. Tu Felix Countryside, dachte ich, als mein Blick auf ein Grab direkt vor mir fiel.

MAG. RONALD WASCHL, * 25. 2. 1966,
ERMORDET 4. 9. 1992 IN BRATISLAVA

Ermordet? Auf dem Grabstein aus hellem Marmor war ein Foto angebracht. Der Magister lächelte auf dem Bild, trug Brille und einen schwarzen Rollkragenpullover. Ein in der Slowakei ermordeter Hallwanger? Da ich Tagesfreizeit hatte, googelte ich auf der Bank sitzend seinen Namen, fand aber nichts. Ich gab ein: Mord Bratislava 1992 Hallwang. Kein einziges Ergebnis.

Also ging ich zu den beiden Frauen, die das Grab pflegten. Sie trugen Kopftücher. Beide waren steinalt, älter als der Tod, dessen Immobilie das hier war.

«Wissen Sie etwas über den Mord an Ronald Waschl?» Ich fragte wie der deutsche Kommissar von SOKO Donau.

«Na, wir sind nicht von hier», antworteten die beiden Frauen gleichzeitig. Sie wirkten aus der Nähe noch mehr so, als wären sie mit den Alpen zugleich erschaffen worden. Furchen, Gräben, Falten. Gesichter für Geologen.

«Aber der Franz weiß das», sagten sie und zeigten auf einen Mann, der ein paar Gräber weiter stand.

Ich ging zu ihm.

«Ein Mord?» Der Mann hörte auf, die Erde zu harken. «Sie meinen den Brandstätter Helmut.»

«Nein, ich meine den Waschl Roland», sagte ich irritiert.

«Das mit dem Brandstätter Helmut war mysteriös. Kommen sie, ich zeige Ihnen Helis Grab», sagte der freundliche Herr, dem dichte Haarbüschel aus den Ohren wuchsen. «Der Heli war Karateweltmeister. In Bolivien haben sie ihn umgebracht. Als man ihn fand, war er völlig entstellt. Die Fingerkuppen hatte man ihm abgeschnitten. Aber man weiß nicht, wer es war. Der Heli war 29 und ist nur hinuntergeflogen, weil er einen Anruf von einem Freund bekommen hat. Der hat ihn um Hilfe gebeten. Der Heli ist runter, und dann hat ihm sein Karate auch nicht geholfen. Er soll irgendwie in die Hände einer Sekte gefallen sein, aber man weiß nix Genaues. Seine Mutter hat Hasen gezüchtet. 200 Hasen hatte die und der Heli eine Moto Guzzi.»

Ich war verwirrt. So ein kleiner Friedhof einer so winzigen Gemeinde und zwei Morde?

«Und der Ronald Waschl?»

«Der war übers Wochenende in Bratislava mit Freunden. Schauen, was mit den Hasen dort geht.»

«Sie meinen Menschenhasen?»

«Ja, eh. Er war in der Disco. Ist um drei Uhr früh zum Auto gegangen und ist von hinten attackiert worden. Raubmord. Man hat ihn im Straßengraben gefunden. War 26. Wollte sich einfach nur vergnügen.»

Ich nickte betroffen.

«Und da drüben liegt der Hannes. Wollen S' sein Grab auch sehen? Das war auch eine grausliche G'schicht», sagte der freundliche Herr, aber ich winkte ab.

«Nein danke. Einen schönen Tag noch», sagte ich. «Und passen Sie auf sich auf.»

Der freundliche ältere Herr gab mir die Hand. Ein fester Händedruck, wie er am Land üblich ist. Am Abend trat ich dann für die Überlebenden von Hallwang auf. Sie lachten viel, vielleicht aus Dankbarkeit darüber, noch am Leben zu sein.

Im viel zu warmen Hotelzimmer, direkt neben dem Friedhof, träumte ich schlecht in dieser Nacht. Ich träumte von meinem verstorbenen Vater, vielleicht wegen der Toten nebenan oder wegen des penetranten Geruchs nach Kuhscheiße.

Jeder fünfte Mensch ist ein Chinese. Im Witz heißt es: «Wir sind in meiner Familie auch fünf. Müsste eigentlich einer ein Chinese sein. Aber wer? Mein Vater? Meine Mutter? Mein älterer Bruder? Ich? Oder mein kleiner Bruder Xi Ding? Ich weiß es nicht.»

Der Witz funktioniert natürlich nur außerhalb Chinas.

In meiner Familie war der Chinese mein Cousin Ralf. Ku Seng, wie man zu Vettern im Ruhrgebiet sagt. Er hatte Augenschlitze wie Richard Gere, als hätte meine blonde Tante heimlich was mit dem Typen vom Asia-Shop gehabt.

«Was Kühe im Gesicht haben, ist eine Kuh-Nase, du bist ein Ki-Nese», sagten wir als Kinder. Ralf war ein Jahr jünger als ich und brachte mir trotzdem das Schuhebinden bei. Peinlich, wenn man als Fünfjähriger einen Vierjährigen braucht, der einem die Welt erklärt. Dafür brachte ich ihm später bei, mit Stäbchen zu essen. Es wunderte mich, dass er es nicht längst konnte.

Zusammen standen wir mit sechs und sieben Jahren irgendwo in Bayern und hielten unsere verstaubten Duisburger Kinderlungen in den gesunden Bergwind, indem wir die Münder weit öffneten. Wir hatten kleine Lungen, die wie rumänische Traktoren klangen.

Wenn wir zusammen mit den Nachbarskindern, dem Rom Dollar und dem Sinto Moro, in Duisburg bei meiner Tante Fußball spielten, waren wir schmutzig, bevor wir den Platz erreichten. Feinstaubkörner, groß wie Golfbälle, fand man abends in unserem Haar.

Wir standen am bayrischen Zaun und starrten auf die Kuhnasen, mein Chinesencousin und ich. Es roch nach Kuhscheiße, und wir wollten nach Hause, doch mein Vater liebte diesen penetranten Stallgeruch. Für ihn war er gleichbedeutend mit Natur und Gesundheit, also mit allem, was wir im Ruhrgebiet gegen Schwerindustrie eingetauscht hatten.

«Als man noch dachte, dass das einfach nur klein geratene Erwachsene sind, die locker einen Sechzehn-Stunden-
Arbeitstag aushalten, wuselten in den Schächten Tausende
von Kindern, die kleinen Finger in die Wände gekrallt,
Kohle kratzend. Bei Stockfinsternis. Kinder, die kurz nach
der Geburt in tropfenden Höhlen krabbelten und sich in
den Höllenfeuern der Stahlwerke Verbrennungen letzten
Grades holten, täglich, ohne zu mucken. Aus solchem Stahl
waren wir Pottmenschen gegossen. Abgehärtet und unge-
bildet; zum Lesen war es entweder zu dunkel oder zu hell
oder zu feucht oder zu heiß. Im Hades einer Industriena-
tion, junge Höllenhunde waren wir», sagte mein Vater mit
getragener Stimme.

«Schon klar, Papi.» Ich kannte diese Geschichten, fand
Bayern aber noch immer langweilig. Ralf, der Chinese,
nickte. Wir wollten ans Meer. Sommerferien müssen warm
sein, Berge waren für Ommas und Oppas. Für deutsche
Rentner mit wütenden Wanderstöcken.

«Die Kühe stinken», sagten wir.

«Quatsch, sie riechen gut. Riecht mal genau!» Mein Vater sog die Traunsteiner Bauernhofluft tief ein. Ich schaute
augenverdrehend in eine unbestimmte Richtung, von der
ich heute annehme, dass es da nach Österreich ging. Mein
zukünftiges Leben. Da hätte ich schon mal hallo sagen
können. Sagen, dass mein Vater nervt und an Kuhscheiße
schnüffelt.

Aber das war vierzehn Jahre vor meinem Umzug.

Meine blonde Tante stellte sich zu uns an den Zaun.
«Schöne Kühe», sagte sie.

Sie sah kein bisschen chinesisch aus. Entweder hatte
Gott einen Witz gemacht, oder Ralf war im Krankenhaus
vertauscht worden, oder sie hatte wirklich eine Affäre mit

dem Chef der *Peking Ente* gehabt. Allerdings sprach Ralf perfekt Deutsch und konnte immer noch nur sehr unbeholfen mit Stäbchen essen. Das sprach gegen die Pekingenten-Theorie.

Neben der Weide stand der Audi mit Duisburger Kennzeichen. *DU*. Das privateste und freundlichste Kennzeichen Deutschlands.

«Eine Nummerntafel wie eine Umarmung», sagte meine Mutter. Sie war aus dem Auto ausgestiegen und umarmte meinen glücklichen Vater, dessen Herz und Nase erfüllt waren vom Ochsenschiss.

«Guck mal», sagte meine Mutter, und schon plumpste der nächste dampfende Haufen ins Gras.

«Als wüsste die Kuh, dass du heute Geburtstag hast», sagte sie und gab meinem Vater einen Kuss.

Er lächelte.

«Papi, alles Gute», sagte ich. Das hatte ich völlig vergessen. Im Jahr davor, in Italien am Meer, hatte ich ihm alle Salamistücke von meiner Pizza geschenkt. Mein Vater hatte sich sehr gefreut und mich umarmt. Aber hier hatte ich nichts. Ich war schon sieben und hatte nicht an den Geburtstag meines Vaters gedacht.

In meiner Erinnerung steigen wir danach stumm ins Auto. Wahrscheinlich haben sich alle im Wagen ganz normal unterhalten, aber mein Herz war schwer. Mein armer Vater. Er lenkte den neuen Audi. Beim Kauf hatte er mir von der Marke *Horch* erzählt. So hätten die früher geheißen. Später hätten sie sich umbenannt, in die lateinische Übersetzung von *Horch*. Audi. Imperativ.

Mein kleiner Vater.

Er hatte die Schächte und Stahlöfen seiner Heimat verlassen, hatte Latein gelernt und wusste deshalb um die Befehlsform von audire. Hatte studiert, fuhr Audi, liebe Kuh-scheiße und hatte einen Sohn, dem der Geburtstag seines Vaters scheißegal zu sein schien. Kuhscheißegal.

In der Nacht im Bauernhof mit Fremdenzimmern weckte ich meinen Chinesencousin. Wir schlichen an den Schweine-Hühner-Gänse-Ziegenställen vorbei.

«Hier», flüsterte ich und gab Ralf einen Stock. Ich hatte auch einen in der Hand.

«Omma und Oppa», sagte er und lachte.

«Stockfinsternis», sagte ich. In völliger Dunkelheit tasteten wir uns vorsichtig durch die schluchtige Bergwelt Traunsteins.

«Immer der Kuhnase nach», sagte ich. Bald sahen wir die Umrisse der Weide und ertasteten den Zaun.

Am nächsten Morgen, die Fenster standen offen in der Frühstücksstube. Klare Luft kam herein.

«Lungen lüften», rief meine Tante.

Mein Vater kam herein und setzte sich. Er hatte einen Knutschfleck am Hals. Mutter grinste, ich auch.

«Für dich», sagte ich und deutete auf seinen Teller, auf dem etwas lag, verpackt in ein *Traunsteiner Tageblatt*. «Dein Geburtstag steht auf der Titelseite», sagte ich.

Mein Vater schnüffelte an seinem Geschenk. Und grinste über sein ganzes Duisburger Gesicht.

Ich wachte in Hallwang gerädert auf. Das Bett war zu kurz gewesen. Ein Bauernbett aus dem 18. Jahrhundert, bunt bemalt und viel zu kurz. Dumme Nostalgie. Hatten sie die Länge nach der Menge der Farbe bestimmt? Bei eins siebzig war ihnen die Farbe ausgegangen. Ich sah aus dem Fenster. Der Friedhof lag still da.

Beim Frühstück erzählte mir der Wirt betrübt, bei der

Blasmusik gebe es Nachwuchsprobleme. Kein einziger Tubist war nachgerückt, nachdem der alte gestorben war.

«Natürlicher Tod?», fragte ich.

«Ein Unfall im Stall», sagte der Wirt. Er erzählte mir, wie schön es früher gewesen sei. Die ganze Blasmusik hockte auf einem Anhänger und wurde vom Traktor durchs Dorf gezogen. Bei jedem Haus gab es ein Stamperl. Für die Musiker und für den Fahrer. Lustig war es und ausgelassen. Aber dann war der Anhänger umgefallen, und zwei Blasmusiker waren tot.

«Deshalb haben's den Anhänger verboten. Jetzt muss die Blasmusik zu Fuß gehen, und das ist den meisten zu anstrengend. Vor allem mit der Tuba.»

Ich nickte verständnisvoll.

«Wollen Sie ein Ei? Ich hab alle.»

Ich blickte ihn fragend an.

«Eierspeis, hart gekocht, Spiegeleier. Ich empfehle hart gekocht, da kann der Tobias nichts falsch machen. Der Tobias ist mein Enkerl. Er ist erst sieben, aber tüchtig. Haben Sie Enkerln? Der Tobias steht für mich in der Früh in der Küche. Seine Eltern müssen arbeiten, und die Babysitterin hat den Tobias bestohlen. Jetzt ist er bei mir und verdient sich was dazu.»

«Die Babysitterin hat das Kind bestohlen?»

«Ja, das Sparschwein und eine Konsole. Es sind grausliche Zeiten. Ihr Auftritt gestern hat mir gefallen, obwohl ich fast nur draußen bei der Schank war. Wie war's denn am Parkplatz?» Er lachte mich verschmitzt an.

«Nach Auftritten müssen am Parkplatz des jeweiligen Theaters Zuschauerinnen für sexuelle Dienste zur Verfügung stehen.» Das sage ich bei jedem meiner Auftritte. «Teil meines ORF-Vertrages. Jedes zweite Me-too-Posting stammt von mir.» Manchmal wird gelacht, manchmal geklatscht. Ich habe mich immer gefragt, ob es tatsächlich Frauen gibt, die nach dem Auftritt auf dem Parkplatz auf mich warten und sich dann denken: «Typisch ORF-Arschloch. Da steh ich jetzt gamsig, und der Trottel versetzt mich.»

Ich nehme einmal an, das geschieht selten bis gar nicht. Ich weiß es nicht, weil ich noch nie nachgesehen habe. Wer weiß, vielleicht stehen dort lange Schlangen. Die Männer sitzen in ihren Autos, und die Frauen warten auf mich.

Ich machte nach dem Frühstück trotz des steinharten Eis mit dem Enkel des Wirts ein Selfie, dabei wusste er überhaupt nicht, wer ich war. Aber der Wirt wusste es und wollte ein gerahmtes Foto für den Gastraum.

Danach ging ich zur einzigen Trafik, um mir Zigaretten und eine Postkarte des Friedhofs zu kaufen. Die Trafikantin schaute mich fassungslos an.

«Ich war gestern bei Ihrem Auftritt, und jetzt stehen Sie in meiner Trafik», sagte sie. Ihre Wangen glühten, ich sah, wie ihre Hände zitterten. Vielleicht war ich der erste Mensch aus dem Fernsehen, den sie jemals in ihrer Trafik gesehen hatte.

«Ja», sagte ich. «Jetzt stehe ich in Ihrer Trafik.»

«Ich war gestern noch lange auf dem Parkplatz. Aber Sie sind nicht gekommen», sagte sie.

«Guter Witz», entgegnete ich und lachte.

«Kein Witz», sagte sie. «Ich habe hinten in der Trafik ein Kammerl!»

«Und du hast ihr geglaubt?» Nina lachte.

«Sie wirkte sehr ernsthaft», verteidigte ich mich.

«Und? Bist du mit ihr ins Kammerl gegangen?»

«Könnte sein.»

«Zwischen Lottoscheinen und Tschickstangen, wie romantisch. War sie kriegsversehrt?»

In Österreich haben früher Kriegsversehrte, Soldatenwitwen und schuldlos verarmte Beamte Trafiken erhalten, um sie abzusichern. Auch heute noch wird die Hälfte aller Trafiken an Menschen mit Behinderungen vergeben.

«Sie ist zu jung für den Krieg», sagte ich. «Früher haben sich die Soldaten ins Bein geschossen, damit sie eine Trafik bekommen.»

«Und Frauen haben ihre Soldaten abgeknallt, damit sie als Witwe eine bekommen.»

«Wenn du in New York bist, bin ich auch so eine Art Witwer», sagte ich.

«Du hast ja jetzt eine Nebenfrau in Hallwang.»

«Bei der ich eine Postkarte gekauft habe. Schau.» Ich schob ihr die Karte rüber. *Rauchen ist nicht notwendig, aber Menschen sind auch nicht notwendig*, stand darauf.

«Babysitter schon. Ich nehme an, du hast seit der brüllenden Kärntnerin nichts mehr unternommen?»

«Ich kümmer mich», log ich. «Zuerst werde ich einmal Hermanns Sparschwein verstecken.»

«Und ich hab mich bei deiner Russin gemeldet», sagte Nina. «Die schöne Anastasia.»

«So schön ist sie auch nicht.»

«Sie hat abgesagt.»

Merkwürdig, dass mich diese Nachricht traf.

«Gut», sagte ich. «Hermann wollte sie sowieso nicht. Sehen wir uns noch einmal gemeinsam die Bewerberinnen an?»

Wir setzten uns mit dem Laptop und einem Schreibblock an den Arbeitstisch, auf dem die Notizen für meinen

Roman lagen, den ich noch immer nicht begonnen hatte. Deshalb waren die Notizblöcke auch leer.

Nina schob alles zur Seite und begann mit ihren Vorschlägen. «Laura ist 22, hat ein Freiwilliges Soziales Jahr in einem Kinder- und Jugendwohnhaus gemacht. Sie sieht sehr lieb aus.»

«Sie ist Brillenträgerin. Steht da, wie viele Dioptrien sie hat?»

«Nein, das steht da nicht. Was ist deine Sorge? Dass sie zu sehbehindert ist, um Hermann am Spielplatz zu finden?»

«Ich weiß nicht, aber ich hätte lieber eine ohne Brille. Ist nur so ein Gefühl.»

Nina seufzte. «Es ist scheißegal, ob sie eine Brille hat. Du hast auch eine Lesebrille.»

«Umso wichtiger, dass es dann neben mir noch jemanden gibt, der den Durchblick hat. Schauen wir weiter?»

Nina scrollte weiter. «Elina, Musicalstudentin, 23. War Au-pair in London. Hat keinen Führerschein.»

«Wieso schreibt sie das dazu? Wer verlangt das denn?»

«Leute, die am Land leben, wahrscheinlich.»

«Mir ist das egal, ob sie Auto fahren kann. Und ich hasse Musicals. ‹Cats› oder was? Zieht die sich dann Katzenkostüme an und singt für Hermann ‹Memory›? Dann kriegen wir beide Albträume! Die nächste, bitte.»

«Alberta Samira. Sie ist gruppenführende Pädagogin in einem bilingualen Kindergarten.»

«Und wieso verlangt die nur 5 Euro pro Stunde? Die anderen wollen 15 im Schnitt. Da stimmt doch was nicht.»

«Dir gefällt ihr Foto nicht, gib es doch zu.»

«Sie sieht aus wie die Erzieherin von Heidi, nur jünger.»

«Fräulein Rottenmeier? Stimmt, ein wenig streng wirkt sie. Wegen dem schmalen Mund.»

«Die hat überhaupt keinen Mund. Die sieht aus wie eine Aufseherin. Eine billige Aufseherin.»

Nina stöhnte leise. «Gut, wie gefällt dir Bori? Die schaut doch nett aus.»

Ich musste Nina zustimmen. Bori sah wirklich nett aus. Wie Miley Cyrus. Unter ihrem Bild stand, sie habe in München ein halbes Jahr lang in einem Fitnessstudio in der Kinderbetreuung gearbeitet. *Kleine Kinder sind wie Engel in meinen Augen. Ich verpringe gerne Zeit mit ihnen.*

«Verpringe? Hat die einen Sprachfehler?»

«Sie hat sich halt vertippt.»

«Und wenn die so spricht wie Pontius Pilatus im ‹Leben des Brian›?»

«Wird sie nicht. Sollen wir sie zu einem Vorstellungsgespräch einladen? Sie verlangt 25 Euro in der Stunde, das muss dir doch gefallen.»

«Aber hier steht, sie kann nur tagsüber. Wir brauchen jemanden, der auch nachts da sein kann, wenn ich woanders auftrete.»

Kinga gab an, Sleep Training und Troubleshooting zu beherrschen, Kseniia war pädagogische Kinesiologin, aber am besten gefiel mir Thekla, die laut Bewerbung 21 Jahre alt war und null Erfahrung mit Kindern hatte. Ich musste lachen. So viel Ehrlichkeit sollte eigentlich belohnt werden, fand ich, aber Nina reagierte nicht einmal auf meine kurze Begeisterung.

«Und wie wäre es mit einem Mann?» Nina zeigte auf das Bild eines verschwitzt wirkenden Osteuropäers.

Maksym. Suche Arbeit. Mache alles.

«Wie fändest du denn einen Mann als großen Freund?»,
fragte ich Hermann, als wir auf dem Weg zu einem Spielwarengeschäft im Servitenviertel waren.

«Meinst du Orhan?»

«Nein, noch größer.»

«Wie groß?»

«Keine Ahnung. So wie ich, vielleicht?»

«Ein Banksy?»

«Nein, ein großer Freund, der da ist, wenn ich weg sein
muss.»

«Ich will ein Fernrohr fürs Wasser!»

«Ich weiß, du willst ein Teleskop. Aber nicht als Babysitter.»

«Doch!»

Es hatte keinen Sinn, mit ihm zu diskutieren. Der Babysitter war für ihn eine Fiktion. So wie ich, sagte Nina. Aber
das stimmte nicht. Ich bin keine Fiktion. Ich bin ja immer
wieder da für ihn, wenn ich da bin.

«Der Babysitter kommt, wenn die Mama weg ist», versuchte ich es erneut.

«Ich dachte, wenn du weg bist.»

«Auch.»

Hermann blieb stehen und blickte mich traurig an. «Ihr
geht beide weg?»

«Nein, natürlich nicht.»

«Dann will ich jetzt das Teleskop.»

Vor dem Spielwarengeschäft kam uns ein älterer Mann
entgegen und blieb vor uns stehen.

«Entschuldigung, eine Denkaufgabe», sagte er. «Wie
groß ist der Abstand von Ihnen zum Mittelpunkt der
Welt?»

«Wie bitte?»

«Ungefähr einen Meter», sagte er grinsend, «bis zu ihrem Kind», und ging weiter.

Wir betraten das Spielwarengeschäft mit dem französischen Namen. Im Servitenviertel gibt es viele französische Geschäfte, weil die französische Community Wiens hier ihre Schule und ihr Kulturinstitut hat. Vor der Kasse im «petit bazar» stand eine junge Frau mit geldunterlaufenen Augen in leichtem Pelz.

«Ich brauche ein Geschenk für das Kind meiner Schwester», sagte sie mit starkem russischem Akzent.

«Bub oder Mädchen?», fragte die Verkäuferin.

«Weiß ich nicht.»

«Wie alt?»

«Weiß nicht. Zwei, drei, fünf etwa.»

«Interessiert sich das Kind für etwas Bestimmtes?»

«Weiß ich nicht.» Die Russin blickte auf ihr goldenes Smartphone.

«Hm», sagte die Verkäuferin. «Irgendeine Richtung, in die das Geschenk gehen soll?»

«Nein.» Langsam wirkte die Russin genervt.

«Na gut, haben Sie preislich ein Limit?»

«Was?»

«Na ja, gibt es eine Schmerzgrenze?»

«Ich verstehe nicht, was Sie meinen», sagte die Russin patzig und stapfte in ihren weißen Moonboots laut auf Russisch schimpfend hinaus.

«Was war das für eine Sprache?», fragte Hermann.

«Das war Russisch. Die Frau ist Russin.»

«War das Anastasia?»

«Nein.»

«Vielleicht will das Kind auch ein Teleskop», sagte Hermann.

«Welches Kind?»

«Von der Frau.»

«Es ist das Kind ihrer Schwester, und ich glaube nicht, dass sie ein Teleskop wollte. Wenn, dann ein ganzes U-Boot.»

«Ich will auch ein U-Boot. Mit Teleskop!» Hermann strahlte.

«Dann such dir einen Russen als Papa», sagte ich und nahm das Plastik-Teleskop aus dem Regal.

Mein Vater sagte immer, meine Mutter sei Russin. Das sagte er, weil sie aus Ostdeutschland kommt. Alles östlich von Oberhausen war für ihn Russland. Meine Großmutter war als schwangeres Duisburger Mädchen in ein Dorf bei Magdeburg gezogen, der Vater meiner Mutter kam von dort. Nachdem er im Krieg gefallen war, kehrte sie nach Duisburg zurück. Es heißt, meine Großmutter habe am Sterbebett gesagt: «Ich mag Rotwein am liebsten, hab aber mein Leben lang keinen getrunken, aus Angst vor Flecken.»

Das ist ein sehr trauriger letzter Satz. Aber er zeigt, dass ihr Reinlichkeit ein großes Anliegen war. In ihrem Haus waren im Erdgeschoß alle Möbel mit Plastikbezügen geschützt. Das waren die für die «guten Tage». Im Keller gab es die gleichen Möbel noch einmal, ohne Bezug. Das waren die für die «normalen Tage». Als Kind dachte ich, sie sei sehr reich, weil sie sowohl im Keller als auch im Erdgeschoß einen Rembrandt an der Wand hängen hatte. *Der Mann mit dem Goldhelm.* Dass Rembrandt sehr berühmt war, wusste ich, und als unsere Kunstlehrerin einmal nach wichtigen Gemälden fragte, die wir schon einmal gesehen hätten, meldete ich mich und sagte: «Rembrandts Männer mit Goldhelmen.» Meine Lehrerin schien sich aber mit

Malerei nicht besonders gut auszukennen; sie bestand darauf, dass es nur einen Mann mit Goldhelm gebe.

Ich saß oft im Keller meiner Oma auf einem Stuhl für normale Tage und starrte den grimmigen Mann mit dem goldenen Helm an. Sein Gesicht ist nur schwach beleuchtet, umso strahlender leuchtet der Helm mit der Feder. Ein unangenehmer Typ, müde, mit Stirnfurchen.

«Pass auf, dass du mit den Füßen die Tischdecke nicht berührst», sagte meine Großmutter.

«Ich hab eh keine Schuhe an», antwortete ich.

«Trotzdem», sagte sie und strich die Tischdecke glatt. «Setz dich aufs Sofa, die Stuhlbeine nutzen den Teppich ab.»

Ich wunderte mich sehr, wie penibel, fast geizig meine schwerreiche Großmutter war.

«Soll ich größere Schritte machen oder sogar springen, damit ich den Teppich schone?»

«Blödmann», antwortete sie. Sie war Hausfrau, ihr Mann, mein Stiefgroßvater, war Fernfahrer gewesen und tot. Woher hatte sie so viel Geld, dass sie sich zwei Rembrandts leisten konnte?

«Ja, und? Ich hab nun mal zwei Rembrände. Ich mag das Bild. Ich hab die eben, ganz normal», erklärte sie mir. Die Antwort befriedigte mich nicht. Ich war neun oder zehn, und es gab noch kein Internet. Also ging ich in die Leihbücherei neben der Arbeitersiedlung, in der sie wohnte. Auf der Außenfassade hing eine Werbung für ein heimisches Mineralwasser. «Trink Brohler. Fühl dich wohler». Alle Nachbarn meiner Oma wirkten eher arm. Komisch, dass meine reiche Großmutter nicht in eine bessere Gegend zog.

In der Bücherei nahm ich mir einen der wenigen Kunstbände aus dem Regal. Ich fand heraus, dass Omas Rembründe wohl mal der Gemäldegalerie Berlin gehört hatten. «Der Kaiser-Friedrich-Museums-Verein erwarb das Bild 1897.» Wieso *das* Bild? Ich strich den Satz durch und schrieb darüber: «Die Männer mit Goldhelm gehören Henriette Aps.»

«Wann warst du eigentlich in Berlin?», fragte ich sie beim nächsten Besuch. Ich erinnere mich, dass sie im Erdgeschoß stand und die Plastikbezüge abstaubte.

«Ich war überhaupt noch nie in Berlin», sagte sie. «Ich war mal in Bochum und einmal in Köln.»

In Köln gab es viele Galerien, das fand ich im Telefonbuch raus. In Bochum nur mehrere Malermeister.

«Bist du eigentlich reich, Oma?»

«Nee. Ich ernähre mich von der Luft und von der Liebe», sagte sie und küsste mich. Es stach leicht. Sie hatte einen Damenbart, den sie mit einem Porzellan-Damenrasierer «trimmte», wie sie es nannte. Ich fand, das klang sportlich. Und Porzellan war ja auch teuer.

«War dein Vater reich?» Ich bohrte weiter. Irgendwie musste sie zu Geld gekommen sein. Johannes Witzer hieß mein Urgroßvater, den hatte ich noch kennengelernt. Wie alle meinen Verwandten fehlten ihm Finger, die verstreut in irgendeinem Stahlwerk lagen. Aus den verlorenen Fingern meiner Arbeiterverwandtschaft hätte man leicht zwei neue Hände machen können.

«Dein Uropa war reich, weil er lustig war. Und gute Geschichten konnte er erzählen. Er hat dem Kaiser mal einen Gefallen getan, dafür hat der ihm einen Dankesbrief geschrieben.»

«Der Kaiser? Echt? Der in Berlin?»

Sie nickte. Ich verstand. So musste es gewesen sein. Mein Urgroßvater hat dem Kaiser geholfen. Der Kaiser beauftragte deshalb seinen Museumsverein, nach Holland zu fahren und zwei Rembrände zu kaufen, die er dann meinem Uropa zukommen ließ. Ich schaute mir Fotos des Kaisers an. Seine Hand war irgendwie verkrüppelt. Vielleicht hatte mein Uropa ihm seine Finger gespendet? Sie gar nicht während einer Schicht verloren, sondern aus Patriotismus nach Berlin geschickt?

«Oma, kann es sein, dass unsere Familie irgendwie einige Finger im Spiel hatte im Kaiserreich?», formulierte ich vorsichtig.

Sie lachte und wischte weiter. Dann öffnete sie den Wohnzimmerschrank für normale Tage und nahm eine Weißweinflasche heraus. Bocksbeutel. Sie füllte sich ein Glas und blickte beim Trinken sehnsüchtig auf die Rotweinflasche.

Mit elf Jahren habe ich dann bei Karstadt Dutzende Männer mit Goldhelm gesehen. Für 69 Mark. Und 1985 kam dann heraus, dass das Bild wohl gar nicht von Rembrandt gemalt worden ist, sondern von einem seiner Schüler. Der kaiserliche Museumsverein hatte sich 1897 hereinlegen lassen.

Als meine Großmutter starb, legte ich ihr eine Flasche Rotwein ins Grab. Ich bat die Trauernden darum, mit den schmutzigen Füßen auf dem Weg zu bleiben.

In ihrem winzigen Arbeiterhäuschen packte ich dann mit meinem Cousin Ralf ihre Sachen zusammen. Er sah immer noch aus wie mein verlorener Verwandter aus Schanghai. Ich nahm die beiden Rembrände von der Wand, und gemeinsam trugen wir die Möbel aus dem Keller für die normalen Tage. Im Erdgeschoß befreiten wir die Möbel vom Plastikbezug. Wie neu sahen sie aus. In einem Schrank fand ich eine Kiste. *Johannes Witzer* stand darauf. Ich öff-

nete sie. Fotografien, sein Personalausweis, eine Klarsicht-
folie. Darin eine vergilbte Urkunde.

Auf Befehl Seiner Majestät des Kaisers und Königs ist dem
Werkmann Johannes Witzer von Allerhöchstdemselben in
Anerkennung seiner außerordentlichen Tat das beigelegte
Gemälde «Susanna im Bade» zu überreichen.
Berlin, den 23. Dezember 1912.

Darunter die handgeschriebene Unterschrift des letzten
deutschen Kaisers. Unter der Urkunde lag, gut verpackt,
ein Bild. Öl auf Holz.

Ich setzte mich auf das Sofa für die guten Tage, ohne
Plastikbezug, und googelte. Rembrandt. Ich weiß nicht, was
mein Urgroßvater getan hat, dass der Kaiser ihm ein sol-
ches Geschenk machte. Johannes Witzer war Sozialdemo-
krat. Das Ende des Kaiserreiches wird er eher begrüßt haben. Aber irgendwann, vor Dezember 1912, hat der Arbeiter
aus Duisburg dem Kaiser seinen kleinen Finger gereicht.

Ralf und ich hängten das Bild an den Nagel, an dem
eine der beiden Rembrandtkopien gehangen hatte.

Wir öffneten die Flasche Rotwein, die noch unberührt
im Schrank stand, und setzten uns mit dem Rotwein auf
zwei Stühle vor das Bild. Mein chinesischer Cousin war so
überwältigt wie ich.

«Die Stuhlbeine nutzen den Teppich ab», sagte er
schließlich.

«Ja», antworte ich, und wir erhoben uns.

Mit den anderen Cousins beschlossen wir, das Gemälde
den Staatlichen Museen in Berlin zu übergeben, weil niemand von uns genug Geld gehabt hätte, alle anderen aus-
zubezahlen. Und in Berlin hängt es seitdem. Manchmal

gehe ich hin und betrachte unser Familienbild. Im Bade. Das hätte meiner reinlichen Großmutter bestimmt gefallen. Auch wenn die Decken, die Susanna auf den Sessel geschmissen hat, nicht sehr ordentlich zusammengefaltet sind. Knüselig, wie meine Oma gesagt hätte.

Neben dem Rahmen hängt eine kleine Infotafel. «Dauerleihgabe von Henriette Aps».

Mit Nina und Hermann war ich im Februar wieder in der Stadt. Der schlechteste Monat für einen Ausflug nach Berlin. Wir froren im nach wie vor zuverlässig wehenden Ostblockwind. Nina hatte Meetings, ich ging mit Hermann ins Museum und zeigte ihm unser Bild.

«Das gehörte einmal deinem Ururopa», sagte ich.

«Ist der noch tot?»

«Ja, der ist noch tot.»

«Und die nackte Frau?»

«Wahrscheinlich auch, aber sie ist nur gemalt, nicht echt.»

«Und du lebst?»

«Ja, fühl mal. Ich bin warm.»

«Nein, du bist kalt», sagte Hermann. «Warst du eigentlich auch mal ein Kind?»

«Klar. Da saß ich bei deinem Ururopa auf dem Schoß.»

«Auch bei der nackten Frau?»

«Nein, die hab ich noch nie getroffen.»

«Und wo war ich da? In deinem Bauch?»

«Vielleicht.»

Hermann lachte. «Nein, Papa. Ich war doch in Mamas Bauch. Weißt du das nicht?»

Ich lachte mit ihm. «Doch, klar weiß ich das.»

«Und du warst auch in Mamas Bauch?»

«Nein, ich war im Bauch von der Oma, und die war im Bauch von der Uroma.»

«Und immer so weiter bis in den Himmel», sagte er.

«Genau.»

«Und als du klein warst, hast du da auf mich gewartet?»

«Ja, aber das wusste ich noch nicht.»

«Wieso nicht?»

«Ich war noch ein Kind.»

«Warst du ein cooles Kind, so wie Orhan?»

«Weiß nicht.»

«Das war früher, oder?»

Er schaute sich das Bild noch einmal an.

«Früher ist ein anderes Land», sagte er und lief in den nächsten Raum.

Er hatte recht. Das Deutschland, aus dem ich nach Österreich gekommen bin, war halb so groß wie das heute. Es gab Telefonzellen und Telegramme und Pfennig und Mark. Meine Oma lebte noch, mein Vater auch. Das Land, aus dem ich komme, gibt es nicht mehr. Früher ist das andere Land, in dem ich fast Erbe einer Braudynastie geworden wäre und Besitzer eines Rembrandts. Das Land, in dem es nach Kohl roch. Das Land, in dem ich auf dem Fußballplatz von aufgeregten Freunden begrüßt wurde, die riefen: «In Stockholm haben Touristen die Botschaft gestürmt.» So jung waren wir 1975, dass wir die Terroristen zu Urlaubern degradierten. Im selben Jahr hatte ich eine Autogrammkarte von Franz Beckenbauer bekommen, aber ohne Unterschrift. Also schrieb ich selbst darauf: «Für Dirk von Franz Beckenbauer.» Beckenbauer war Mannschaftskapitän des amtierenden Fußballweltmeisters, und mit der Autogrammkarte machte ich Eindruck bei meinen Mitschülern. Bis ihnen die Signatur auffiel. «Beckenbauer schreibt wie ein Kind», sagten sie und machten sich über ihn lustig, der ja gar nichts konnte für seine kindliche Handschrift.

Viele Jahre später war in meiner Fernsehsendung ein berühmter österreichischer Fußballer zu Gast, der mir für meinen Sohn einen Ball signierte. Ich überreichte ihn Hermann am nächsten Tag beim Frühstück. Er freute sich auch erst, aber als er die Unterschrift entdeckte, wurde er ärgerlich. «Da hat jemand auf den Ball gemalt», entrüstete er sich.

«Das ist ein Autogramm. Von Marko Arnautovic. Das ist ein berühmter Fußballer», erklärte ich.

«Der soll auf seinem eigenen Ball malen», sagte Hermann und versuchte, mit einer Serviette das Autogramm wegzuwischen.

Später lag ich neben Hermann auf seinem harten Holzdino. Ich hatte ihm fast eine Stunde lang vorgelesen. Leise kletterte ich aus seinem Bett und zog ihm die Decke über den kleinen Körper.

«Er schläft», sagte ich, als ich ins Wohnzimmer kam. Nina und unsere Gäste waren ins Gespräch vertieft und bemerkten mich nicht. Regula war eine Schweizer Kollegin von Nina, sie arbeitete bei Pro Helvetia, dem Schweizer Kulturinstitut. Enzo war ihr Freund. Ich wusste nicht genau, was er eigentlich in Zürich trieb nur dass er in Davos eine kleine Hütte von seiner Großtante geerbt hatte, die genau zwischen zwei Luxushotels stand. Beide Hotels boten ihm immer wieder Höchstpreise für das Grundstück, um dort dringend benötigte Parkplätze zu bauen. Aber er verkaufte nicht, obwohl man ihm inzwischen bereits drei Millionen Franken für die dreißig Quadratmeter große Hütte samt steil abfallendem Grundstück geboten hatte. Er wollte schauen, wie hoch der Preis wohl noch stieg.

In der Stunde, die ich im Bett gelegen war, waren sie

bereits bei der zweiten Flasche Rotwein angekommen. Sie lachten laut, Nina und Regula hatten Tränen in den Augen, so vergnüglich wusste Enzo offenbar zu erzählen.

«Und dann waren wir bei diesem Sammlerpaar eingeladen. Schönes Haus, direkt am See, an der Zürcher Goldküste», sagte Enzo. «Sie hatten uns eingeladen und ihre Nachbarn. Es war ein schöner Sommerabend, lau, die Fenster waren geöffnet. Gutes Essen, angenehme Stimmung, leise Musik. Um kurz vor Mitternacht sind die Nachbarn aufgebrochen. Wir sind noch geblieben, und um zehn Minuten nach Mitternacht klingelte die Polizei an der Tür. Wegen Ruhestörung. Und weißt du, wer die Polizei gerufen hat?»

«Die Nachbarn!» Regula platzte fast vor Lachen. «So sind wir Schweizer! Besser kannst du uns nicht beschreiben.»

«Gibt es noch Rotwein?», fragte ich schlaftrunken. Ich hatte die letzte Viertelstunde im Bett die Augen geschlossen, um Hermann müder zu machen. Immer wieder war er aufgewacht, weil die Katze in der Nachbarwohnung so laut schrie.

«Was ist das?», hatte er gefragt.

«Die Katze. Sie schreit wie am Spieß», hatte ich gemurmelt.

«Am Spieß?» Er hatte sich mit angsterfüllten Augen aufgesetzt.

«Das sagt man so, ist nur eine Redewendung. Sie haben sie nicht wirklich aufgespießt.» Diese dumme Bemerkung von mir hatte mich eine weitere Runde im Einschlafritual gekostet.

«Naturalmente», sagte Enzo und goss mir ein Zweiunddreißigstel ein. Dann war die Flasche leer. «Nina hat erzählt, ihr nehmt einen Mann als Au-pair?»

«Was?»

«Maksym?» Enzo öffnete eine weitere Flasche Rotwein, ich hatte sie nach einem Auftritt von einem Veranstalter in Südtirol geschenkt bekommen. Sich selbst füllte er das Glas randvoll.

«Die Flasche hatte ich eigentlich für Nina und mich reserviert» sagte ich. «Für den letzten Abend vor New York.»

«Sei nicht so spießig», sagte Enzo, dessen riesige, schwarze Eulenbrille leicht beschlagen war, und lachte. Ich wusste nicht, ob er die Flasche oder meine Skepsis, Maksym betreffend, meinte.

«Wir haben ja keine Kinder», sagte Regula. «Bewusst! Aber Urs hatte einen Babysitter aus der Ukraine. Du kennst Urs?»

Ich hatte keine Ahnung, wer das sein sollte. Ein Schweizer Vater oder ein Schweizer Kind? Ich griff zur Käseplatte und nahm mir das letzte Stück Käserinde.

«Ich kenn keinen Urs», sagte ich.

«Nina hat mit ihm auf der Art Basel gearbeitet. Bevor ihr euch kennengelernt habt», klärte Regula mich auf. Regula, hieß so nicht dieser Schweizer Kräuterzucker?

«Du hast mir nie etwas von einem Urs erzählt», sagte ich und knabberte den winzigen Käserest von der Rinde. Ricola, jetzt fiel mir der richtige Name des Kräuterzuckers wieder ein.

«Urs hat auch einen fast vierjährigen Sohn. Beat. Und Beat hatte einen ukrainischen Babysitter. Faszinierender Typ. Daniil, so wie Daniil Charms.»

«Und?», fragte ich. «Waffenhändler? Oder Mafia?»

Nina verdrehte die Augen. «Ich hasse das, wenn du in Stereotypen denkst, Dirk.»

«Er ist Germanist. Aus Brody, ausgewiesener Joseph-Roth-Experte. Von Daniil kann man alles über den Autor erfahren. Ein echter Glücksfall», sagte Regula und schüttete sich auch noch etwas von meinem Rotwein ein. «Joseph Roths Vater war ja geisteskrank und lebte am Hof eines Wunderrabbis. Roths Onkel hat ihn dort gefunden und beschrieb ihn als schön, unaufhörlich lachend und völlig unzurechnungsfähig.»

«Aha», sagte ich. «Und das hat der kleine Beat alles gelernt?»

«Wir alle», sagte Regula. «Hast du das gewusst? Roths Mutter konnte sich nicht von ihm scheiden lassen, weil sie dafür einen Scheidebrief ihres Mannes gebraucht hätte. Dazu hätte er aber bei Sinnen sein müssen. Bei den Orthodoxen in Galizien galt Wahnsinn als Fluch Gottes, der auf der ganzen Familie lag und die Heiratsaussichten der Kinder deutlich verschlechterte. Deshalb wurde in der Familie von Joseph Roth eisern geschwiegen, und man nahm lieber das Gerücht in Kauf, der Vater habe sich erhängt.»

«Und wenn dieser Daniil ein so toller Germanist ist, warum arbeitet er dann als Babysitter?», fragte ich und sah zu, wie Enzo sich erneut nachschenkte. Ich nahm ihm die Flasche aus der Hand. Sie war leer.

«Wir haben nur noch Bier», sagte Nina.

«Ich mag kein Bier. Wo ist der Weißwein?»

«Den haben wir getrunken, als du mit Hermann im Bett warst. Wir konnten ja nicht wissen, dass du so lange brauchst. Bei mir schläft er schneller ein.»

«Die Katze hat wieder so laut geschrien», verteidigte ich mich.

«Daniil ist Doktorand an der Uni Zürich», sagte Regula schwärmerisch. «Er verdient sich was dazu. Ein toller Mann. Er ist erst 25 und sieht aus wie der Knabe im ‹Tod in Venedig›. Wie Tadzio. Vollkommen schön.»

«Wie Anastasia, nur als Mann und klug», sagte Nina.

«Beim Babysitter geh ich nicht nach Äußerlichkeiten», sagte ich und malte mir kurz aus, wie ich mit der schönen Anastasia nach dem Zubettbringen von Hermann noch eine Flasche Südtiroler Rotwein trinken würde und Käse ohne Rinde äße, während sie mir aus ihrem Liebesleben erzählt. «Ich glaube auch nicht, dass Hermann einen Germanisten braucht. Joseph Roth war ein Säufer, der ohne die finanzielle Unterstützung von Stefan Zweig nicht über die Runden gekommen wäre.»

«Willst du jetzt mit dem schönen Daniil konkurrieren, mein Schatz? Dass du hier mit Zweig auffährst? Daniil ist halb so alt wie du, da sind Hahnenkämpfe albern. Regula wollte doch nur zeigen, dass ein männlicher Babysitter eine gute Wahl sein kann.»

«Aber ich muss mit ihm leben. Ich will mich nicht jeden Abend über Joseph Roth unterhalten und dabei zusehen, wie er sein goldenes Haar bürstet.»

«Daniil ist schon vergeben. Maksym wird andere Vorteile haben, und Nina hat uns sein Foto gezeigt. Dass er lange sein Haar bürstet, ist eher unwahrscheinlich», sagte Enzo und lachte. Enzo lachte sowieso ziemlich viel.

Tatsächlich hatte Maksym auf dem Foto eine Glatze. Keine coole, eher eine primitive. Wahrscheinlich hatte er noch Haarwuchs, rasierte sich aber den Kopf, um härter zu wirken. Ich stand auf und holte mir mit ostentativer Geste Hermanns Himbeersirup aus dem Kühlschrank. Ich füllte das Glas mit Leitungswasser auf. Weil ich hungrig war und Nina mit ihren Gästen alles aufgegessen hatte, nahm ich mir einen von Hermanns Quetschis. Obstpampe, die man aus der schnabeligen Öffnung der Packung zuzeln muss.

«Ich finde es wirklich cool, wenn Hermann einen Mann bekommt», sagte Regula. «Es kann nie schaden, auch ein männliches Vorbild zu haben.»

Es schüttelte mich. Die Pampe schmeckte vorverdaut. «Er hat mich als männliches Vorbild, und seine Mutter wird in New York sein. Wäre da ein weibliches Vorbild nicht sinnvoller?»

«Das sind Rollenklischees, die wir überwinden sollten», sagte Enzo, der mit seinem Dreitagebart und dem aufgeknöpften schwarzen Hemd so klischeehaft nach Kulturbetrieb aussah, dass ich laut lachen musste, während er ausnahmsweise mal ernst schaute.

«Und mit der Leukämie-Irren hast du ja auch nicht wirklich gute Erfahrungen gemacht», sagte Nina. «Ich mag es, wenn Hermann männliche Kindergärtner hat und wir eine Installateurin.»

«Außerdem ist er vergleichsweise günstig. Billiger als die meisten Frauen», warf Enzo ein.

Ich ärgerte mich immer mehr über ihn. Wie er selbstgefällig meinen Wein soff, in Joseph-Roth-Geschwindigkeit.

«Was machst du eigentlich, Enzo? Ich meine, wovon lebst du?»

«Projekte», sagte er.

«Klingt interessant», antwortete ich.

«Und? Bist du aufgeregt?», fragte Regula. «Nina hat uns erzählt, dass er schon nächste Woche kommt, um sich vorzustellen?»

«Wer?»

«Na, Maksym!»

Ich blickte entgeistert zu Nina, die mich anstrahlte.

Kennengelernt haben Nina und ich uns in Linz. Nach einem Auftritt im «Posthof» hatte ich die Einladung einer befreundeten Professorin an der dortigen Kunsthochschule angenommen. Eine Wiener Künstlergruppe hatte mit Studentinnen ein Verwahrlosungsprojekt veranstaltet und sich für eine Woche in einem Atelier eingemauert. In völliger Dunkelheit hatten sie dort ausgeharrt, mit Wasser, Lebensmitteln, Farben und Baumaterialien, und an diesem Abend sollte die Mauer eingerissen werden. Nachdem ich zwei Stunden lang das Linzer Publikum unterhalten hatte, wollte ich mich jetzt unterhalten lassen. Ich ging am Parkplatz vorbei, wo vielleicht jemand auf mich wartete, und stieg in ein Taxi.

Es klang interessant. Wie würden die Eingemauerten aussehen? Wie verwahrlost würden sie sein, wie versaut das Atelier? Die Öffnung wirkte wie eine Geburt. Etwa fünfzig Zuschauer waren anwesend, als der erste Stein aus der Mauer geschlagen wurde. Wir wurden nicht enttäuscht; die Eingemauerten sahen aus wie Menschen, die sich eine Woche lang nicht gewaschen haben. Blinzelnd und verstunken wurden sie beklatscht. Der Raum war devastiert. An den Wänden hingen Zeichnungen, die blind entstanden waren, überall lagen selbstgezimmerte Objekte. Windschiefe Kisten, eine Art Bettgestell, mit Stricken zusammengebundene Holzstücke. In einer Ecke stand ein Trog, der wohl als Klo gedient hatte.

Rasch wurden die Fenster geöffnet. Die einströmende Linzer Luft tat gut, was von der Linzer Stahlstadtluft nicht immer gesagt werden kann. Eine der Künstlerinnen fragte mich, ob ich ein Taschentuch hätte. Ihre Nase sei seit fünf Tagen verstopft, aber es habe nur Holz und Nägel gegeben, mit denen sie sich nicht die Nase habe putzen können.

«Und das Werkzeug?», fragte ich.

«Hast du das schon mal versucht, dir mit einem Hammer die Nase zu putzen?», fragte sie zurück, und wir mussten beide lachen.

«Ich heiße Nina. Und du bist Stermann, stimmt's? Komisch, das hätte ich nicht gedacht, dass ich dich sehe, wenn die Mauer fällt.»

«Na ja, ich bin Deutscher», antwortete ich. «Da kann es schon passieren, dass man einen von uns sieht, wenn Mauern fallen.»

«Würde es dir etwas ausmachen, wenn ich jetzt erst mal duschen gehe?», fragte sie.

«Ehrlich gesagt, gar nicht. Du riechst wie jemand, der ... verwahrlost ist», antwortete ich.

«Mission erfüllt», sagte sie und setzte sich in Gang.

«Warte», rief ich ihr nach. «Darf ich ein Selfie mit dir machen?»

«Müsste ich das nicht eigentlich fragen? Klar.»

Ich stellte mich neben die nackte, verwahrloste Nina und machte ein Foto von uns beiden. Dann ging sie duschen. Ich wusste nicht, wo die Dusche war, und sah sie erst zwei Jahre später wieder.

Gewaschen und angezogen hatte ich sie erst gar nicht erkannt. Ich saß zusammen mit Robert im «Café Korb». Er stellte mir gerade einen Werbespruch für einen Seilproduzenten vor. *Körper und Seele baumeln lassen.*

«Das ist gut, aber welcher Seilereibetrieb würde das nehmen?», fragte ich.

«Ein Wiener.»

Natürlich. Robert sagte gern, dass ihn nur der ständige Gedanke an Selbstmord am Leben erhalte.

«Ist Selbstmord nicht Blödsinn? Wenn man sterben will,

muss man nichts tun, nur warten. Man stirbt ja eh. Wer bringt sich um? Das ist so wie Putzen, bevor die Putzfrau kommt, das macht man nicht», sagte ich.

Robert winkte ab. «So ein dummer Vergleich.»

«Warum?»

«Weil ich keine Putzfrau habe.»

In diesem Moment kam Nina zu uns an den Tisch.

«Warum reden bei feministischen Veranstaltungen immer Frauen? Weil sie billiger sind», sagte sie und setzte sich auf einen freien Stuhl. «Dein Freund sucht eine Putzfrau? Warum keinen Putzmann? Sind Männer zu dumm zum Putzen?»

Ich schaute sie fragend an.

«Ich bin die Frau hinter der Mauer.»

Und war sie jetzt nicht wieder die Frau hinter der Mauer? Einen ganzen Atlantik voneinander entfernt? Ich war unter Zugzwang. Wenn ich den schwitzigen Ukrainer verhindern wollte, musste ich mich beeilen. Ich schrieb noch in der Nacht, die von Enzo leer getrunkenen Rotweinflaschen im Blick, eine Nachricht an meinen Freund Aaron, einen Filmemacher.

«Aaron, du hast doch eine Babysitterin, mit der du zufrieden bist, wenn ich mich recht erinnere. Kannst du sie empfehlen, und könnte sie Hermann mitbetreuen? Deine Tochter ist doch eh schon zehn und kommt alleine klar. Liebe Grüße, Dirk.»

Es war ein Uhr in der Früh, trotzdem kam die Antwort prompt.

«Meine Tochter ist erst sieben und kommt gewiss noch nicht alleine klar. Olga, unser Kindermädchen, schielt und wohnt mit dreißig noch bei ihrer Mutter. Sie ist richtig unheimlich, aber ich traue mich nicht, sie rauszuwerfen. Es ist so schwer, selbst schlechte Babysitter zu finden. Ich kann sie nicht weiterempfehlen, Aaron.»

Ich sammelte die Resttropfen aus den Flaschen in einem Schnapsglas und nahm den halben Schluck. Die Freundinnen meiner Tochter waren alle auf Weltreise oder studierten im Ausland, soweit ich wusste. Ich kannte eindeutig zu wenig junge Frauen. Dann fiel mir Elli ein, eine junge Freundin von Nina. Sie war Drummerin in einer Punkband und chronisch pleite. Nina hatte erwähnt, dass sie mal auf Hermann aufgepasst hatte. Vielleicht wäre ein dauerhafter Job mit fixem Einkommen für eine Punktrommlerin einmal reizvoll? Ich musste sie googeln. *Punk Drummerin Wien Elli.* Sie war hübsch, und ihre Band hieß *Uhura*. Eine Schlagzeugerin mit Tattoos, das würde Hermann gefallen.

Ich schrieb eine Mail an elli@uhura.com, dann ging ich schlafen.

«Du riechst nach Rotwein», murmelte Nina und drehte sich zur Seite.

«Nein, das ist leider unmöglich», antwortete ich und gab ihr einen Kuss auf die nackte Schulter. Die nackte Schulter zeigen, kam mir plötzlich in den Sinn.

Ellis Antwort kam postwendend am nächsten Morgen. Sie sei Musikerin und kein Babysitter für einen alternden Fernsehstar.

«Du hast Elli geschrieben? Mitten in der Nacht?»

Ich nickte.

«Das ist mir unglaublich peinlich, wieso machst du so etwas?»

«Weil ich weiß, dass sie Hermann schon einmal gesittet hat.»

«Sie ist zwanzig Minuten eingesprungen, weil ich zur Apotheke musste, um ein Medikament für unseren Sohn zu holen! Ellie ist doch kein Au-pair-Mädchen. Sie ist über dreißig und international gefragt. Du fragst ja auch nicht Madonna, ob sie auf Hermann aufpassen könnte!»

Der Vergleich schien mir übertrieben. Uhura klang für mich nicht nach Pop-Olymp. «Und der Ukrainer? Der sieht aus wie fünfzig!»

«Er ist fünfunddreißig, so alt wie ich. Ich hab mit ihm telefoniert. Und er tritt auch nicht ständig in Punkläden auf. Er hat viel Zeit und freut sich schon.»

«Du hast mich nicht einmal gefragt», sagte ich vorwurfsvoll. «Solche Entscheidungen trifft man gemeinsam.»

«Du warst nicht da, und die Zeit läuft uns davon. Maksym kommt am Freitag.»

«Ich bin am Donnerstag in St. Anton am Arlberg», sagte ich schnell, als könnte ich ihn so verhindern.

Sie blickte mich feindselig an. «Am Donnerstag? Du weißt seit zwei Wochen, dass ich am Donnerstag in München bin!»

Tatsächlich hatte ich das völlig vergessen. Bis vor Kurzem war es deutlich leichter gewesen, sich ihre Termine zu merken, weil sie kaum welche hatte. Sie war bei Hermann, und ich war unterwegs. Das hatte ich mir leicht merken können.

«Tut mir leid, St. Anton ist schon seit Monaten ausgemacht. Und sehr gut bezahlt.»

«Dann musst du Hermann mitnehmen. Ich kann nicht. Ich habe wirklich wichtige Besprechungen. Drei Meetings an einem Tag.»

«Hermann zu einem Auftritt mitnehmen? Wie soll das gehen? Da oben liegt meterhoch Schnee!» Ich wusste selbst nicht, was ich damit sagen wollte.

«Dann zieh ihn halt warm an», sagte sie kalt. «Und Freitagnachmittag kommt Maksym.»

Wir stapften durch den Schnanner Schnee. Unsere Fußabdrücke sahen aus, als ginge ein Vater mit seinem Sohn. Ich habe Schuhgröße 42. Intelligente Menschen haben kleine Füße, hatte mein Vater immer gesagt. Er selbst hatte Schuhgröße 41. Und Frank? 46? 47? Schuhe wie Rettungsboote. Dumme Füße, platt, wie das Land, aus dem er kam. Deichfüße. Deichwaden. Ein Deichgesicht. Als hätte ihm eine Welle bei seiner Geburt die Physiognomie eingedrückt. Ein Nordseebrecher, der in den Kreißsaal gedonnert kam, kaum dass Frank seinen Kopf aus seiner Mutter gestreckt hatte. Falls es in seiner ostfriesischen Heimat überhaupt Kreißsäle gegeben hat. Vielleicht war er in einem Stall geboren worden. Eine Unterwassergeburt, wie alle Geburten auf der Insel Juist eigentlich Unterwassergeburten sind. Die höchste Erhebung ist drei Meter über Normalhöhennull. Bei Sturm sind drei Meter sehr wenig. Die Nordsee holt sich Juist, wann immer sie will. Und jedes Baby.

Frank blieb stehen. Wir blickten auf den Gauderkopf. Fast dreitausend Meter höher als Juist. Ich musterte Frank von der Seite. Ein Mann will nach oben. Egal, was in seinem Leben alles nicht funktioniert hatte, immerhin hatte er es hierhergeschafft. Nicht der Großglockner, aber sehr hoch.

«Kuck mal», sagte er. Noch immer «kuck» und nicht

«schau». Auch nach dreißig Jahren in Österreich sagte er «kucken». Und «Tüte» statt «Sackerl». Und *Kaffee* betonte er, als käme der aus einem Kaff. Er fiel in das Wort hinein, anstatt es elegant hinten offen zu lassen. Betonte nicht das *e* am Ende, in dem das ganze Aroma des Getränkes lag, sondern knallte in das Wort, als krachte ein Boot an eine Hafenmauer, an der die abfedernden Reifen abgefallen waren. Österreicher hassten es, wenn ihr Kaffee so verhunzt wurde. Kaffee, wie Frank ihn aussprach, klang für Wiener wie eine dünne Brühe aus einer Bohne pro Liter Wasser.

«Sehr schöner Berg», sagte ich. Ringsum waren Berge. Alles hatte sich hier einst zusammengeschoben und wurde in die Höhe gedrückt. Wie es da geknirscht haben musste. Der Anblick des Hochgebirges löst in mir kein Hochgefühl aus. Ich sehe da nur das Ergebnis einer Massenkarambolage. Nicht aus Blech, sondern aus Granit und Gestein.

«Gibt es hier irgendwo ein Kaffeehaus?», fragte ich.

«Kaffee?» Das Boot zerschellte fast an der Hafenmauer. «Nee, lass uns da man noch ein bisschen gehen.» Er sagte *bisschen* wie *Büschen*. Seine kuttergroßen Winterschuhe hinterließen Yetiabdrücke im Schnee, in die ich problemlos hineinhüpfen konnte, um ganz zu verschwinden. Auf seiner Glatze saß schief eine Seemannsmütze aus blauer Wolle. Ein verirrter Matrose, dessen Boot von der Flut auf einen Berg gehoben worden war. Frank hatte auch eine laute Stimme. Früher konnte er als Kind gegen den Nordwind anbrüllen, jetzt konnte er auch ohne Telefon im nächsten Tal gehört werden. Alle Tiroler schreien. Flüsternd kann man Tirolerisch nicht sprechen. Krachend laut muss es klingen, wenn es echt ist. Und Frank war inzwischen Wahltiroler. Seine Kinder waren hier aufgewachsen, nah am Arlberg.

Ich hatte Frank und seine heutige Frau Katharina in

Wien Ende der Achtzigerjahre kennengelernt. Sie, Tochter aus reichem Haus, kam aus Vorarlberg und hatte sich in den Norddeutschen mit den unglaublich dicken Waden verliebt.

«Ich versteh sie nicht», hatte er mir damals gestanden.

«Wegen ihres Dialekts?»

«Nein. Warum verliebt sie sich in mich? Ich bin so kreativ wie ein Baumstumpf», hatte er sich laut gewundert. Und daran hatte sich wenig geändert. Frank war ein Schriftsteller ohne Werk. Schon damals schrieb er wochenlang an kurzen Texten für das Liechtensteiner *Vaterland*, ein Job, den er über Katharina ergattert hatte. Er pulte jeden Buchstaben einzeln aus seinem Hirn, so wie man es an der Küste mit Krabben macht.

«Aber er steht so fest da. Wie ein Stelzenhaus auf zwei Beinen, das jede Flut übersteht», hatte Katharina mir erklärt, und ich gab ihr recht. Frank war verlässlich da, in all seinem Scheitern, ein Fels mit Schreibblockade.

's Gütli, wie wir Katharina nannten, fuhr jeden Tag mit ihrem Auto durch den Tunnel, um das Schirmimperium am Laufen zu halten. *Bre Regenz* hieß die Firma, die sie von ihren Eltern geerbt hatte. Die Firma produzierte Regenschirme für die Bregenzer Festspiele mit Motiven der jeweiligen Produktion. Tosca, Aida, Zauberflöte.

AUF SPANNEND – diesen Werbeslogan hatte Frank sich einfallen lassen. Zwei Jahre hatte er an dem Claim für die Kulturschirme gearbeitet. Wirklich gearbeitet, acht Stunden am Tag.

«Mit jedem Schauer prasselt das Geld», lachte Katharina, seine reiche Frau, die sich den armen Frank leisten konnte. In Bregenz hatten sie nach ihrer Wiener Zeit in einer alten Villa am See gewohnt, mit eigenem Steg und einem gemauerten Pavillon im Garten. Aber Frank hatte als Kind genug Wasser gesehen. Er nörgelte so lange, bis sie in die Berge zogen.

«Ich konnte am Wasser nicht schreiben, weil ich immer daran erinnert wurde, dass ich als Kind mitten im Meer auch nicht schreiben konnte.»

«Weil du noch nicht schreiben gelernt hattest!»

«Ja, klar. Aber Wasser macht mich impotent, im künstlerischen Sinne. Houellebecq hat auch eine Wohnung in Biarritz am Atlantik, mit tollem Blick, für die Arbeit zieht er aber immer die schweren Samtvorhänge zu. Wasser und Schreiben, das geht nicht. Alles verwässert sich im Kopf. Außerdem war es das Haus der Gütlis. Ich hab mich gefühlt wie ein Toy Boy.»

Das Haus in Tirol hatte allerdings auch Katharina gekauft. Ein Berghof aus dem 18. Jahrhundert, zwischen Flirsch und Schnann, den 's Gütli nach eigenen Plänen umbauen ließ.

«Das ist doch auch ihr Haus», sagte ich. «Du bist immer noch ihr Toyboy.»

«Aber wir sind nicht bei ihr in Vorarlberg. Der Arlberg liegt dazwischen. Hier ist neutrales Land», erklärte er. «Hier sind wir alle fremd. Sie, ich und die Kinder.»

Die beiden hatten zwei Söhne. Die Kinder hatten erst Wochen nach der Geburt ihre Namen bekommen, weil Frank so zögerlich war. Die schnelle Entscheidung überstieg seine Kapazitäten. Wann immer Katharina einen Namen aufbrachte, wog Frank ab. Klang, Bedeutung, Wirkung. Sie hatten sich nach langen Diskussionen längst auf Kassian und Alois geeinigt, aber als sie in der kleinen Amtsstube von Landeck saßen, verwarf er die Wahl.

«Dann werden wir die Zwillinge halt nicht benennen»,

sagte Katharina resignierend. «Nennen wir sie einfach Kind 1 und Kind 2.»

«Alois und Kassian geht nicht», sagte er. «Das klingt wie ein Bauer und sein Steuerberater. Die Namen wollen zu viel.»

«Mein Vater hieß Alois und mein Großvater Kassian. Die Namen kommen ja nicht aus dem Nichts», rief sie.

«Doch. Wir ziehen ja nicht deinen Opa auf. Wir werden sie auch nicht nach meiner Oma benennen.»

Sie stritten. Er verließ das alte Holzhaus und dachte nach. Er ging über den Friedhof und las auf den Grabsteinen Schnanner und Flirscher Namen. Er dachte an seinen Onkel Tjark, der am Strand von Juist einen Schweinekopf in einem Brunnenloch gefunden hatte, woraufhin Historiker die Erkenntnis gewannen, dass Juist um 1400 von ostfriesischen Häuptlingen besiedelt worden war. Aber Onkel Tjark war dumm und brutal. Wer würde seinen Sohn nach einem dummen und brutalen Mann benennen, der nichts im Leben vorzuweisen hatte, als in ein Brunnenloch gestarrt zu haben? Nein, Tjark kam nicht infrage. Er ging niedergeschlagen nach Hause und setzte sich ins Wohnzimmer, schaute sich die Buchrücken im Regal an, und schließlich hatte er die Lösung.

«Ich weiß es, mein Schatz! Ich habe die Namen.»

«Und? Wie soll Kind 1 heißen?»

«Bartle», antwortete Frank.

«So wie der Lieber-nicht-Bartleby?»

«Nein, wie der Maler Bartle Kleber.»

«Aha, Bartle.» Katharina lachte. «Klingt nach leichtem Bartflaum, kurz vor der ersten Rasur.»

«Kind 1 *ist* kurz vor der Rasur. Wie der Bartle den Most holt, verstehst du?»

Katharina schüttelte den Kopf. «Nein, verstehe ich nicht, ich denke, du meinst Bartel, aber ich freue mich inzwischen über jeden Namen für ihn. Und Kind 2?»

«Much.»

«Was ist das? Ein ostfriesischer Häuptlingsname?»

«Much Untertrifaller, ein Architekt. Much ist einzigartig, wie unser Sohn.» Frank blickte sie voller Begeisterung an.

«Bartle und Much?»

«Ganz genau. Unsere Söhne.»

Bartle und Much waren jetzt neun Jahre alt. Die anderen Kinder hänselten sie für ihre Namen.

«Dumme Bergkinder», tröstete Frank seine kleinen Söhne, denen er die Waden vererbt hatte. «Die Luft hier oben ist zu dünn fürs Gehirn.»

«Aber wir wohnen auch hier oben», sagten Bartle und Much.

«Das ist was anderes. Wir haben Flachlandhirne. Bei unserer Geburt haben unsere Gehirne genug Sauerstoff für ein ganzes Leben bekommen.»

Frank war stolz auf sein 3-Meter-über-Normalenhöhennull-Hirn. Und theoretisch konnte er seine Intelligenz auch in Literatur verwandeln. Nur praktisch stand er sich selbst im Wege. Fragte man ihn nach dem Roman, an dem er seit bald fünfzehn Jahren arbeitete, sagte er: «Alles bestens. Es läuft wie Janssens Melkmaschine.» Dazu muss man wissen, dass die Melkmaschine von Bauer Janssen nie gelaufen ist. Bauer Janssen auf Juist molk mit der Hand. Die Melkmaschine hatte einen Defekt, und Janssen war es zu peinlich, zuzugeben, dass er sie nicht repariert bekam. Jeder auf der Insel wusste das. Janssens Melkmaschine wurde zu einem stehenden Begriff. Wenn etwas nichts wird, sagt man auf Juist, es laufe wie Janssens Melkmaschine.

In Wien lief sie nicht, am Bodensee nicht und in den Bergen auch nicht. Katharina fuhr jeden Morgen durch den Tunnel nach Bregenz und verdiente das Geld, während Frank in seinem schönen Arbeitszimmer mit dem atemberaubenden Blick über die Bergwelt saß und darauf wartete, dass sein Normalhöhennullhirn lieferte. Sein aufgeklappter Laptop starrte ihn an, jeden Tag resignativer.

Frank strukturierte seine Tage immer sorgfältig. Er machte Frühstück für die Familie, verabschiedete 's Gütli und die Kinder, und wenn er allein war, stieg er langsam die knirschenden Stiegen hinauf in sein Zimmer. Er lüftete, setzte sich an den Schreibtisch, klappte den Laptop auf, blickte auf die fast leere Worddatei und dann aus dem Fenster. Nach zwei Stunden klappte er den Laptop wieder zu, weil man nicht länger als zwei Stunden kreativ sein kann.

Dann machte er einen langen Spaziergang zu der kleinen Kapelle «Seelenzoll», die seinem Roman den Titel gegeben hatte. Hier waren kurz nach Kriegsende bei Räumarbeiten acht Kisten gefunden worden. Voll mit Goldbarren, Edelsteinen, Uhren, Zahngold und blutbefleckten Eheringen. Ungarische Faschisten hatten das von Juden beschlagnahmte Raubgold hier auf ihrer Flucht vergraben. Die Pfeilkreuzler hatten sich absetzen können und waren auf dem Weg in die Schweiz, als sie die Kisten im Stanzer Tal zwischenlagerten. Dass die Faschisten Gruben aushoben, blieb nicht unbemerkt. Einige Schnanner sahen heimlich zu, und als die Ungarn weiterzogen, gruben sie den Schatz aus, und Schnann wurde zur «goldenen Stadt». Die Schnanner protzten mit ihrem Reichtum, sie protzten so ausgiebig, dass es auffiel. Direkt nach Kriegsende gab es nirgends Wohlstand. Nur in Schnann. Irgendwann wurden

die Schnanner angezeigt, vielleicht von neidischen Flir-
schern. Es kam zum Prozess, in dessen Verlauf aufgedeckt
wurde, dass die Faschisten insgesamt vierzig Kisten vergraben hatten.

«Die meisten sind bis heute nicht gefunden worden.
Irgendwo liegen die noch. Der blutbefleckte Seelenzoll»,
sagte Frank. «Und so wie man die übrigen Kisten nicht findet, find ich keinen Zugang. Ich wollte aus der Sicht des
Kommandanten Árpád Toldi schreiben, aber dafür bin ich
wohl zu wenig Faschist.»

«Gott sei Dank», warf ich ein.

«Ja, vielleicht. Dann hab ich versucht, aus der Sicht eines
Schnanner Bauern zu schreiben.»

«Und dafür bist du zu wenig Bauer?»

Er nickte erschöpft.

«Und wenn du einfach aus der Sicht eines Ostfriesen
schreibst, den die Geschichte interessiert?»

«Ich habe erst einen Satz.»

«Und wie lautet dein erster Satz?»

«*Sie stapften durch den Schnanner Schnee.*»

«Guter Satz», versuchte ich ihn aufzumuntern.

«Dafür, dass ich seit so vielen Jahren an dem Roman
schreibe, ist das etwas dürftig, findest du nicht?»

«Na ja, wenn du für jeden Satz fünfzehn Jahre brauchst,
wird es eng. Trotzdem, diesen mag ich.»

«Ich weiß nicht. Ich starre jetzt schon so lange auf den
Satz, ich halt ihn kaum mehr aus. Vielleicht sollte ich ihn
löschen.»

«Es gibt keinen Satz, den man jahrelang mit Genuss an-
starren kann. Lösch ihn nicht, schreib einfach weiter.»

Er lachte. «Guter Ratschlag! *Schreib einfach weiter.* Was
versuche ich denn? Genau das mache ich ja jeden ver-

dammten Tag, aber die verdammte Melkmaschine sitzt fest verschraubt in meinem Schädel. Und weißt du was? Den Schnanner Schneesatz hab ich mir auch nicht selber ausgedacht. Much hat ihn plötzlich beim Frühstück gesagt. Ich hab den Satz meinem eigenen Sohn gestohlen!»

Wir stapften schweigend zurück. Irgendwo unter dem Schnee lagen Franks Kisten. Vernagelt, wie sein Kopf. Der Abgabetermin für meinen eigenen Roman rückte auch immer näher, aber das verschwieg ich. Frank nahm mich als Autor nicht ernst, weil ich schon ein paar Romane veröffentlicht hatte. Offensichtlich hatte ich mich also nicht genug bemüht. Trotz unserer Freundschaft hatte er sich geweigert, auch nur eins meiner Bücher zu lesen.

«Ich glaube, das ist mir zu hingerotzt», das waren seine Worte, dabei hatte ich für meinen historischen Roman «Der Hammer» drei Jahre gebraucht. Dass er bei «6 Österreicher unter den ersten 5» sogar vorkam, bewies ihm nur, wie wenig Aufwand ich betrieben hatte.

«Mich gibt es ja, da musst du ja nicht einmal etwas erfinden. Und was kann ich schon als Romanfigur leisten. Hast du über meine Waden geschrieben? Die faszinieren dich ja offenbar sehr.»

Ich hatte mit den Schultern gezuckt und war eigentlich ganz froh, dass er das Buch nicht gelesen hatte. Für unsere Freundschaft war das sicher von Vorteil gewesen.

Much, Bartle und Hermann saßen auf dem Sofa und schauten sich im Internet eine Serie über sprechende Züge an. Troy, der Zug. Ich hasste diese Serie. Meine Befürchtung war, dass Hermanns gerade erst entstehenden Synapsen wieder verschwinden würden, wenn er sich diesen Schwachsinn anschaute oder ankuckte, wie Frank sagen würde. Hirne klein zu halten, das schien die Aufgabe dieser

Züge zu sein. Zug um Zug Synapsen weg. Much und Bartle hatten eigentlich mit meinem Sohn zu einem Klettergarten gehen wollen, aber eine zehn Meter hohe Steilwand schien mir für einen noch nicht Vierjährigen ambitioniert.

Also schauten sie mit ihrem kleinen Besucher aus Wien schlecht gelaunt diesen Schrott. Noch dazu herrschte hier oben, so wie bei Robert im Waldviertel, grauenhafter Empfang. Ständig ruckelte Troy. Die ohnehin debile Handlung wurde dadurch unerträglich in die Länge gezogen. Hermann war es egal, er starrte gebannt auf den Bildschirm, egal, ob Troy sich bewegte oder mitten in der Landschaft stehen blieb. Ihm reichte ein Bildschirm, auf dem etwas zu sehen ist, um abzutauchen.

«Papa, das nervt wahnsinnig. Das ist irrer Babymüll», schrie Much.

«Es gibt Schlimmeres», rief Frank seinem Sohn zu.

«Nein, gibt es nicht», brüllte Much.

«Pscht!», rief Hermann, der immer noch gebannt auf den sich drehenden Kreis blickte.

Der Anlass unserer Fahrt nach St. Anton: Zum Saisonende sollte ich vor Skilehrern und Hotelangestellten auftreten. Ich war froh, dass Hermann bei Frank und Katharina bleiben konnte, denn auf die Schnelle hatte ich in Wien niemanden gefunden, der auf ihn aufpassen konnte. Ich hatte es sogar bei Frau Berger versucht, die ihn vor zwei Jahren hin und wieder betreut hatte, wenn wir beide keine Zeit hatten. Ich hatte ihre Nummer gewählt, obwohl ich wusste, dass sie im vergangenen Jahr einen schweren Schlaganfall gehabt hatte. Am Telefon hatte sich eine rumänische Pflegerin gemeldet, die kaum ein Wort verstand, aber ich entnahm ihren Versuchen, mir die Situation zu erklären, dass Frau Berger selbst ein Pflegefall war und man ein Kind unmöglich von einer Frau betreuen lassen könne, die im Bett liegt und alle paar Stunden gewendet werden muss.

Also hatte ich Frank angerufen, und er hatte sofort zugesagt, mein Freund mit den Waden, die Sicherheit und Vertrauen ausstrahlten. Von den Waden hatte ich Hermann im Zug erzählt. Und von den thailändischen Zöllnern, die solche Waden noch nie gesehen hatten und vermuteten, dass Frank Drogen in den Beinen schmuggeln wollte. Sie hatten schon ein Messer gezückt, um sie aufzuschneiden, doch im letzten Moment hatte Frank sie überreden können, die Unterschenkel röntgen zu lassen, und so kam er am Ende unverletzt ins Flugzeug.

«Wie ein Riese?», fragte mein Sohn ehrfurchtsvoll.

«Dicker», sagte ich.

Bei der Begrüßung starrte Hermann meinem alten Freund auf die Beine, aber Frank trug lange Hosen. Hermann schien enttäuscht.

Nach unserem Spaziergang brachte mich Katharina zum Bahnhof. «Wie werdet ihr das machen, wenn Nina in Amerika ist?», fragte sie.

«Ich hoffe noch immer, dass Frau Berger sich bis dahin in ihrem Bett selbst umdrehen kann, dann wäre sie eine Lösung. Zur Not kümmert sich die Rumänin um ihn mit. Er kann ihr beim Drehen helfen. Vielleicht wird ihm das später als Zivildienst anerkannt.»

Katharina fuhr konzentriert über die eisige Bergstraße und lächelte nicht einmal. «Vielleicht ist ein Mann wirklich gut», sagte sie. «Und Nina scheint sich ja bereits entschieden zu haben.»

«Hättest du einen wildfremden Kerl aus Osteuropa genommen, der auf dem Foto aussieht, als würde nach ihm gefahndet?»

«Ich brauchte das nicht, Frank ist immer da. Und die Ukraine hat die gleichen Farben wie Niederösterreich. Blau und Gelb.»

«Jaja, dann soll er auf Robert im Waldviertel aufpassen. Da fühlt er sich dann heimisch», sagte ich und konzentrierte mich jetzt auch auf die spiegelglatte Fahrbahn.

«Euch geht es gut, Nina und dir?»

«Wieso fragst du?»

«Die Tasse. Du hast erzählt, sie hat die ‹Carpe That Fucking Diem›-Tasse auf den Boden geschmissen. Sie weiß doch, dass du an der Tasse hängst. Sie muss also sehr wütend auf dich gewesen sein.»

Ich schaute aus dem Fenster und zählte die Stellen, an denen etwas passieren konnte. Glatteis und Serpentinen ziehen schwere Unfälle an.

«Ja, wahrscheinlich», sagte ich.

«Ich habe auch einmal aus dieser Tasse getrunken.»

«Ich weiß.»

Frank wusste das nicht.

Die Bühne war neben der Bar, und auf der Bar stand eine Eiswürfelmaschine, die während des gesamten Auftritts in Höllenlautstärke arbeitete. Ich brüllte gegen den Lärm an, und mein Knie blutete, weil ich auf dem Weg in das Hotel auf einem vereisten Zufahrtsweg ausgerutscht war. Das Hotel befand sich gleich neben der Liftanlage. Ich hatte mit dem Schlepplift ohne Ski hinauffahren müssen. Mit meinen Straßenschuhen schob ich den Schnee zur Seite und bemühte mich, in der Spur zu bleiben. Skifahrer hielten an und lachten.

Ich bereute es schon, den Auftritt zugesagt zu haben, allerdings war er ungewöhnlich gut bezahlt. St. Anton ist eine der reichsten Gemeinden Österreichs. Das weiße Gold.

Beim Ausstieg stürzte ich dann. Die freundliche Liftwartin verarztete mein blutiges Knie; ich bekam ein Kinderpflaster mit einem Paw-Patrol-Motiv auf die Schürfwunde. Ich hatte noch eine Stunde Zeit bis zum Auftritt, und die Veranstalterin fragte, ob ich schnell noch den Abhang hinunterfahren wolle, sie könne mir gerne Skier borgen. Ich lehnte ab. Ich lebte jetzt schon dreißig Jahre in Österreich, fuhr aber immer noch so schlecht, dass jeder Idiotenhügel für mich eine zu große Herausforderung war. Ich komme aus der niederrheinischen Tiefebene, wo jeder Maulwurfshügel als Berg gilt. Schnee gibt es in meiner alten Heimat praktisch nie. Manchmal ist der Regen kalt, da weiß man im Ruhrgebiet, dass es Winter ist, und wenn die Kohlehalden mit einem Tannenbaum aus Lämpchen verziert werden, dass bald Weihnachten ist, die Jahreszeit, in der meine Mutter beim Anblick der roten Stichflammen aus den Schornsteinen der Stahlwerke «Schau, die Engel backen wieder!» rief. Und wenn die Fußgängerzone in Duisburg, die trister war als jedes Zonenrandgebiet, mit leuchtenden Sternen und Kugeln geschmückt war, kam auch bei uns Kindern so etwas wie Adventsstimmung auf. Im Fernsehen sah man Schnee bei den anderen, nie bei uns. Zu heiß der kochende Stahl, als dass Schneeflöckchen weißröckchenhaft liegen bleiben konnten.

«Dieses Jahr feiern wir Weihnachten in der Schweiz», verkündete mein Vater einmal völlig überraschend im Herbst.

«In den Bergen?»

«Ja, in den Bergen. Mit Skifahren und allem Schneezeugs.»

Mitte der Siebzigerjahre hatte Skifahren für mich den gleichen Klang wie Golfspielen. Reiche fuhren Ski. Leute wie wir fuhren im Sommer an die Adria und in den Herbstferien nach Holland, um die angegriffenen Krupphustenlungen zu lüften. Nur dieses Mal fuhren wir also Anfang Dezember an den backenden Engeln vorbei in die triste Duisburger Innenstadt und kauften bei Karstadt warme Unterwäsche, Mützen und Skibrillen. Die Brillen waren wichtig, mein Vater hatte panische Angst vor Schneeblindheit. Er hatte wohl einmal einen Roman gelesen, in dem jemand stundenlang auf Eiswüsten glotzte und sich dabei die Netzhaut verbrannte.

«Wir sehen komplett bescheuert aus», sagte mein kleiner Bruder, als wir in unserem Skioutfit nebeneinander vor einem Spiegel in der Sportabteilung standen. Er hatte recht. Mir war der Skiurlaub jetzt schon peinlich. Wir sahen aus, als hätten wir eine Wette verloren oder als wären wir aus Grafenberg ausgebrochen, der Nervenklinik in Düsseldorf. Die anderen Kunden starrten uns an. Wahrscheinlich waren wir die ersten Duisburger, die je einen Skiurlaub planten, überraschend, dass Karstadt in Duisburg überhaupt eine Skiabteilung hatte.

Meine Mutter ist sehr klein, deshalb wurde sie wie mein Bruder und ich in der Kinderabteilung ausgerüstet. Sie bekam dicke Handschuhe, die auch einer Vierjährigen gepasst hätten.

«Brauchen Sie auch Skier?», fragte die schielende Verkäuferin und hielt meiner Mutter ein Paar Kinderski hin. Die Verkäuferin sah aus wie der Fernsehmoderator Wim Thoelke als Frau. Thoelke war unser Star, weil er in Duisburg die Schulbank gedrückt und es dann bis ins Fernsehen geschafft hatte, wo er mit Wum und Wendelin gemeinsam auftreten durfte. Wum, der von Loriot entworfene Zeichentrickhund, rief sein *Thöööölke*, und wir sahen vor dem Fernseher zu. Mein Vater erzählte dann immer, Wim Thoelke sei ein richtiger Hansdampf in allen Gassen und besitze Autohäuser und Flugzeuge. «Er verdient auch noch viel Geld mit Spezialhosen für Leute mit wechselnden Bauchumfängen. Dehnbundhosen. Damit macht er ein Vermögen.»

Dehnbundhosen gab es auch bei Karstadt, und mein Bruder und ich liefen in die Modeabteilung für Herren und riefen vor dem Regal mit den Dehnbundhosen laut *Thöööölke*.

Vielleicht war die Verkäuferin eine entfernte Verwandte des Entertainers, der sehr viel Geld für die *Aktion Sorgenkind* gesammelt hatte mit seiner Show *Der große Preis*. Geld, das vielleicht auch der Verkäuferin zugutegekommen war, deren zwei Augen in verschiedene Richtungen blickten. So konnte sie die Sportabteilung und die Spielwarenabteilung gleichzeitig im Auge haben.

«Nein», sagte meine Mutter zur Thoelkefrau. «Wir kaufen keine Skier. Die kann man in der Schweiz ausleihen. Wir brauchen die ja nach dem Urlaub nie mehr.»

Meine Mutter sollte recht behalten. Nach diesem Urlaub in der Schweiz sollte niemand in unserer Familie jemals wieder Lust verspüren, noch einmal Ski zu fahren.

Am 22. Dezember fuhren wir los. Das Ziel unserer Reise war Scuol im Unterengadin. Mein Vater hatte bei mir unbekannten Bekannten Zimmer angemietet. Wir ließen die Hochöfen hinter uns, fuhren durchs verregnete Nordrhein-Westfalen und durch Hessen auf der Autokarte nach unten. In Süddeutschland begann es zu schneien. Mein Bruder und ich, wir setzten uns sicherheitshalber schon im Auto die Skibrillen auf. Die Warnungen meines Vaters hatten Früchte getragen. Baden-Württemberg war jetzt orange, weil wir getönte Brillen hatten.

«Scheiße», sagte mein Vater, als wir das Engadin erreichten und die erste verschneite Passstraße vor uns lag. Wie jeder am Niederrhein hatte er massive Höhenangst. Alles über 200 Meter war für ihn eine unüberwindliche Hürde, und jetzt waren wir 1300 Meter über dem Meer. Wir standen über eine Stunde vor der Abzweigung. Dort hinaufzufahren hielt er für unmöglich.

«Dass dich das überhaupt wundert», sagte meine Mutter. «Bergstraßen sind in den Bergen ja wohl keine Überraschung.»

Mein Vater setzte sich wortlos seine Skibrille auf, stieg aus, lief ums Auto und öffnete die Beifahrertür. Meine Mutter kletterte rüber ans Steuer, und dann krochen wir schneekettenlos die schlecht befestigte Straße hinauf. Immer wieder rutschte der Wagen zur Seite, und irgendwann landeten wir im Graben. Ein Bauer hielt an und sagte etwas, das wir alle nicht verstanden. Heute weiß ich, dass er Valladar gesprochen hat, die lokale Variante des Rätoromanischen. Mein Vater hielt ihm die Adresse hin, und der Bauer zog uns mit seinem Traktor zu unserem Urlaubsdomizil. Es war eine alte Steinkirche mitten im Wald. Ein Düsseldorfer Architektenehepaar hatte das leer stehende Gebäude gekauft und umgebaut. Sie wohnten im riesigen Kirchenschiff, in der Sakristei hatten sie ein Bad und ihr Schlafzimmer. Drei Zimmer auf etwa 1000 Quadratmetern.

«Ihr wohnt im Kirchturm», sagten sie. «Es ist eh eine anglikanische Kirche», beruhigten sie meinen Vater, der Katholiken hasste. Irgendwie war er in den Religionskriegen stecken geblieben. Mein Bruder und ich hatten ihm einmal zum Geburtstag eine Reise nach Belfast schenken wollen, damit er dort seinem Hass auf Katholiken freien Lauf lassen könnte, aber unser Taschengeld reichte nicht.

Wir rutschten alle vier auf dem eisigen Weg zum Kirchturm aus. Der Turm hatte vier Stockwerke, jedes Stockwerk hatte etwa 10 Quadratmeter. Unten die Küche, darüber ein Schlafplatz, dann ein Bad, und ganz oben, direkt unter der Glocke, sollten mein Bruder und ich schlafen. Es war sehr kalt in dem Turm, obwohl wir unsere dicken Skianoraks trugen.

«So ein Kirchturm ist fast nicht zu beheizen», sagte der Architekt. Wir nickten, immer noch unter Schock wegen der Passstraße.

Am nächsten Tag fuhren wir kurz Ski. Mein Vater verdrehte sich das Knie, ich hatte Panik, weil ich nicht bremsen konnte, meine Mutter hatte sich in der Nacht im frostigen Turm schwer verkühlt, und mein Bruder fand es langweilig, weil er nicht wusste, wie man mit den Skischuhen in die Bindung kam. Einen Skilehrer wollten sich meine Eltern nicht leisten, und wir waren zu stolz, irgendjemanden um Hilfe zu bitten.

«Ovomaltine ist schlechter als Nesquik», sagte mein Bruder.

«Aber viel teurer», hustete meine Mutter. «Das *muss* besser sein.»

«Dann ist hier alles besser, weil hier alles teurer ist als bei uns», sagte ich. Für eine Portion Pommes in Scuol bekam man in Duisburg ein Einfamilienhaus.

Am 24. Dezember kochte meine Mutter. Sie hatte eine polnische Fluggans aus Deutschland mitgenommen. Wir bekamen deutlich weniger Geschenke als normal, weil im

Auto nicht so viel Platz war, wie mein Vater erklärte. «Außerdem ist der Urlaub auch ein Geschenk.»

«Aha», antworteten wir traurig.

Am nächsten Morgen wachte ich vor meinem Bruder auf. Ich konnte ihn fast nicht erkennen, obwohl er neben mir lag. Unsere ehemals weiße Bettwäsche war schwarz. Überall, auch am Boden, lagen tote Fliegen, zentimeterhoch. Eine dichte, dicke Decke aus toten Fliegen.

«Die sind wohl durch die Kochdämpfe kurz aufgewacht aus ihrem Winterschlaf und sofort gestorben», vermutete der Düsseldorfer Architekt.

«Vor Kälte wahrscheinlich», sagte meine hustende Mutter.

Mein Vater zog humpelnd Runde um Runde durch den Turm und saugte die toten Tiere auf. Es machte ein unangenehmes, knisterndes Geräusch.

Drei Tage hielten wir so durch. Das Knie meines Vaters schwoll bedenklich an, meine Mutter klang wie ein Bergarbeiter im letzten Stadium. Immer mehr Fliegen fielen aus dem Gebälk. Schließlich zog mein Vater seine Skibrille aus und schmiss sie in den Schnee. Dabei rutschte er auf dem Eis aus, prellte sich beim Hinfallen das Steißbein, und wenig später zog uns der unverständlich brabbelnde Bauer mit dem Traktor ins Tal.

Kurz vor Frankfurt begann es zu regnen. Meine Eltern entspannten sich. Und als wir die Schlote der Hochöfen sahen, bekamen wir ein nachweihnachtliches Gefühl.

«Schau, die Engel backen wieder», sagte meine Mutter.

Ich setzte mir die Skibrille auf. Orange sahen die Stichflammen noch schöner aus.

Nach meinem Auftritt hatte die Veranstalterin eine Auto-grammstunde angesetzt. Ich saß mit einem Stapel Auto-grammkarten auf der Bühne und wartete. Musik lief, die Zuschauer standen an der Bar, einige tanzten, aber niemand machte Anstalten, mich um ein Autogramm zu bitten. Schließlich kam doch noch eine Frau zu mir, die ein Nutella-Glas in der Hand hielt, das sollte ich signieren.

«Man hat überhaupt nichts verstehen können», sagte sie. «Wegen der Eismaschine.»

Ich verzog das Gesicht, weil mein Knie schmerzte.

«Willst du was trinken?», fragte sie mich.

«Gern. Einen Gin Tonic. Mit Eis.»

«Geht's auch ohne Eis? Die Eismaschine ist defekt.»

Weil für die kommenden Stunden massive Schneefälle angekündigt waren, rieten mir die einheimischen Schnee-profis, die Nacht über hierzubleiben. Ich versuchte, Frank und Katharina zu erreichen, aber es gab kaum Empfang. Hermann war bei ihnen jedenfalls in guten Händen. Hoffentlich saß er jetzt um Mitternacht nicht mehr vor den sich drehenden Kreisen des Internets, sondern lag im Bett. Ich vertraute meinen Freunden.

Ich setzte mich wieder zu der Frau an die Bar, da brummte mein Handy. SMS vom Verlag. «Wann dürfen wir mit dem Roman rechnen?»

«Bin betrunken und eingeschneit», schrieb ich zurück. In Hamburg gab es Empfang. Hamburg war ein anderer Schnack als Schnann.

Als ich morgens in meinem Hotelzimmer aufwachte, stellte ich fest, dass ich noch den Mantel und alles anhatte, in der Manteltasche steckte das signierte Nutella-Glas. Ich schaute aus dem Fenster. Es lag meterhoch Schnee. Ungewöhnlich viel für diese Jahreszeit.

Mit einem Schneemobil brachte mich ein Skilehrer zur Bahnstation. Ich nahm mir vor, Nina später zu berichten, wie ich bei Lawinengefahr zu Hermann geeilt sei, mein Leben riskiert hätte, um zu unserem Sohn zu gelangen.

«Hermann schläft noch», sagte Frank zur Begrüßung.

«Er schläft noch? Es ist nach zehn! Er schläft nie länger als bis halb acht!»

«Er war wohl müde. Die Jungs haben bis Mitternacht irgendetwas geschaut. Frag mich nicht. Aber es schien ihm gefallen zu haben.»

«Ihr habt ihn so lange vor der Glotze sitzen lassen? Katharina hat das zugelassen?»

Er blickte mich vorwurfsvoll an. «Sie musste abends weg, und ich habe geschrieben. Was erwartest du denn? Dass ich mit deinem Sohn verstecken spiele und mich dann mit ihm hinlege? Er ist auf dem Sofa eingeschlafen, und ich habe ihn zugedeckt.»

«Ohne Zähneputzen?»

«Ich putze schlafenden Kindern nicht die Zähne.»

«Und? Hast du wenigstens etwas Sinnvolles hinbekommen?», zischte ich ihn an.

Er schüttelte den Kopf und fing wieder von der Melkmaschine an. Wütend ging ich ins Fernsehzimmer, wo Hermann noch immer auf dem Sofa lag, neben sich leere Chipspackungen. Er sah aus wie ein kleiner Langzeitarbeitsloser, der jede Hoffnung im Leben aufgegeben hat.

«Hermann», sagte ich leise und streichelte ihm durch seine blonden Locken. «Aufwachen!» Er öffnete die Augen und sah mich verwirrt aus schlaftrunkenen Augen an.

«Banksy?»

Ich nickte.

Franks Söhne waren schon in der Schule. Mein ostfriesischer Freund machte mir einen Versöhnungskaffee. Guten Kaffee zu machen hatte er in Wien gelernt. Er sprach Kaffee zwar noch immer sehr norddeutsch aus, er schmeckte aber wie in besseren Wiener Cafés. Hermann wollte nichts frühstücken. Wahrscheinlich hatte er durch die Unmengen Chips einen Darmverschluss.

Nach dem Frühstück fuhr Frank uns zum Bahnhof. Sein Auto hatte Schneeketten. Er hupte, als wir ihm nachwinkten, und ich bildete mir ein, dass sein Hupen eine kleine Lawine auslöste.

Der Zug hatte aufgrund der chaotischen Wetterverhältnisse mehrere Stunden Verspätung. Ich stand mit Hermann im eisigen Wind an der kleinen Bahnhofsstation, die nicht einmal ein Café hatte. Nur einen Automaten mit Getränken und Süßigkeiten gab es. In der Hektik des Aufbruchs von Franks Haus hatte ich vergessen, Verpflegung einzupacken. Kleingeld für den Automaten hatte ich auch nicht.

Wir pressten uns dicht an die Mauer des Gebäudes, um möglichst windgeschützt zu stehen.

«So eine Kälte, was?»

Hermann nickte müde. Ich fütterte ihn mit dem Nutella. Ich steckte den Finger ins Glas und schob ihm dann den Schokocremefinger in den Mund. Weil ich nichts zum Abwischen hatte, sah er aus wie ein verkoteter Clown und ich wie jemand, der ohne Klopapier kacken war, als wir endlich, völlig durchfroren, in den Zug stiegen.

Auf meinem Handy waren bereits mehrere Fragezeichen von Nina. Um drei Uhr hätten wir in Wien sein müssen für unser erstes Treffen mit dem Ukrainer, wir waren aber noch nicht einmal in Salzburg. Ich bestellte uns im Speisewagen Tee und Würstel. Gierig verschlang mein Sohn beide Portionen. Er musste niesen und spuckte Teile der Wurst wieder aus.

Die schneebedeckten Berge und Felder zogen an unserem Fenster vorbei. Hermann saß schweigend auf seinem Platz.

«Käpt'n Knalltüte?», fragte ich ihn.

«Nein.» Er starrte aus dem Fenster, als sähe er noch immer Troy, den Zug.

Um sieben Uhr schloss ich die Wohnungstür auf. «Wir sind's», rief ich gespielt fröhlich. Nina kam aus der Küche, ohne mich eines Blickes zu würdigen. Sie umarmte Hermann.

«Er glüht», sagte sie.

«Es war arschkalt. Aber ich habe ihn eigentlich warm angezogen», sagte ich kleinlaut.

«Wo ist seine Haube?»

«Die Mütze?» Ich hatte keine Ahnung und konnte mich auch nicht erinnern, dass er eine mitgehabt hatte. «Die haben wir wahrscheinlich bei Frank vergessen.»

Sie funkelte mich wütend an. «Es war arschkalt, und du hast ihm keine Haube aufgesetzt?»

Ich versuchte, mit meiner anderen Verfehlung von dem heiklen Thema abzulenken. «Tut mir leid, dass wir den Termin mit dem Russen verpasst haben.»

«Habt ihr nicht. Maksym sitzt seit drei Uhr mit mir in der Küche.»

Nina ging mit Hermann ins Bad, um ihn zu versorgen. Heiß baden, Nureflex, ich weiß es gar nicht so genau. Ich zog mir meinen Mantel aus und schaute vorsichtig in die Küche.

«Hallo», sagte der Ukrainer, vor sich zwei Flaschen, eine

schien leer zu sein. «Ihre Frau hat gesagt, Sie mögen kein Bier. Waren die letzten.»

Ich nickte. «Ist in Ordnung. Ich trinke lieber Wein.»

«Sa schénschschin», sagte er und hob die Flasche. Ich blickte ihn fragend an. «Auf die Frauen», übersetzte er. Er hatte eine Boxernase, irgendwie gebrochen und breit, als hätte man sie mit einem harten Gegenstand eingedrückt. Aus dem grauen, fleckigen Sweater – es war derselbe wie auf dem Bewerbungsfoto – kroch eine Tätowierung den Stiernacken entlang. Irgendetwas Felliges, ich konnte es nicht erkennen. Seine blauen Augen wirkten wach und hell, sonst erinnerte nichts an den schönen Jüngling aus Thomas Manns Roman. Maksym saß breitbeinig da, mit einer Camouflagehose und billigen neongelben Turnschuhen.

«Wir sind leider etwas zu spät gekommen», sagte ich und setzte mich ihm gegenüber. Seine Hände waren rissig, die Finger kurz und sehr dick.

Er nickte still und fixierte mich.

So saßen wir einige Sekunden.

«Die Frau geht nach Amerika?», sagte er schließlich.

Ich nickte und fixierte ihn nun auch. Klarmachend, dass ich ein kritischer Vater war und nicht einfach irgendjemanden hier in meine Wohnung lassen würde.

Er schüttelte den Kopf. «Das ist nicht gut, Amerika.»

«Mal sehen. So weit ist es ja noch nicht. Wir führen gerade viele Bewerbungsgespräche.»

Er lächelte. «Die Frau sagt, ich krieg den Job. Es gibt keine Vorstellungsgespräche mehr. Da war nur die große Frau aus Kärnten, und das Kind wollte sie nicht. War zu laut?»

Ich starrte ihn an. Was sollte das heißen? War das Ninas Ernst? Der Mann wirkte wie der Türsteher eines Lokals, in das ich mich nicht hineintrauen würde. Hatte sie ihm ernsthaft zugesagt, ohne vorher mit mir zu sprechen?

«Kommen Sie, ich zeig was», sagte er und erhob sich. Er hatte breite Schultern, das sah man, wenn er sich bewegte. Der Sweater spannte sich über seinen Muskelbergen. Ich stand auch auf. Ich war größer als er, aber ein Königspudel ist ja auch größer als ein Pitbull.

Zielstrebig ging er in mein Arbeitszimmer.

«Hier werde ich schlafen, sagt die Frau. Ich hab schon mal vorbereitet.»

In meinem Arbeitszimmer steht mein Schreibtisch am Fenster, ich habe mehrere Bücherregale und ein Bett, in dem ich schlafe, wenn ich spät oder betrunken von einem Auftritt oder einer Fernsehaufzeichnung nach Hause komme. Maksym hatte jedes einzelne Möbelstück umgestellt. Er hatte den Schreibtisch und die Regale in eine Ecke geschoben und das Bett so davorgestellt, dass der Schreibtisch nicht mehr zu erreichen war.

«Ist besser so», sagte er.

Ich war zu perplex, um gleich zu antworten.

«Hier kommt mein Boxsack hin, brauche Platz», sagte er. «Und Stange da an die Wand, für Klimmen. Da kann ich mit dem Kind trainieren. Und ohne Kind. Ist besser.»

«Können Sie bitte alles sofort wieder zurückstellen, so wie es war? Das ist mein Arbeitszimmer und kein Fitnessstudio!» Endlich hatte ich mich gefasst, und mein Befehl war so scharf formuliert, wie es mir möglich ist.

Er blickte mich an. Dann murmelte er etwas Unverständliches, wahrscheinlich auf Ukrainisch, und stellte den alten Zustand des Zimmers wieder her. Er hob ein ganzes Regal, voll mit Büchern, hoch, als sei es eine Topfblume.

«Gut?», fragte er, als alles erledigt war.

Ich antwortete nicht, sondern ging zurück in die Küche. Er folgte mir breitbeinig und nahm einen Schluck Bier. Warum gingen diese Muskelmänner immer so schleppend? Wogen Bizeps und Trizeps so viel, dass man nicht mehr normal gehen konnte?

Nina war noch immer mit Hermann im Bad. Ich wünschte mir, sie säße mit uns hier, um zu erkennen, wie absurd die Idee war, diesen Proleten zu engagieren. Ich schenkte mir ein Glas Amaretto ein, um ihn zu provozieren. Amaretto trinkende Männer gab es in seiner Welt bestimmt nicht. Amaretto war ein Mädchengetränk. Aber er sah mir ruhig zu.

«Kennen Sie Joseph Roth?», fragte ich.

Er schüttelte den Kopf. «Kennen Sie Chabib Abdulmanapowitsch Nurmagomedow?», fragte er zurück.

«Nein.» Ich hatte diesen Namen noch nie gehört.

«Sehen Sie? Wir kennen alle einen und alle einen nicht.»

«Wer soll denn das sein?»

Er schob seinen Sweater am Hals etwas hinunter. Ich erkannte jetzt ein Bärenohr, naturgetreu tätowiert. Wenn die Größenverhältnisse stimmten, musste sein gesamter Oberkörper mit einem Bären tätowiert sein.

«Weltmeister», sagte er. «The Eagle. Hat als Kind mit einem Bären gekämpft. Gewonnen. Aus Dagestan.»

Ich hatte keine Ahnung, wovon er sprach, und es war mir egal.

«Ich muss mal nach meinem Sohn sehen. Er hat sich verkühlt», sagte ich und ging Richtung Bad. Maksym blieb sitzen. Ich überlegte kurz, ob wir Wertsachen herumliegen hatten.

Ich schloss die Tür hinter mir. Nina hatte Hermann gerade Nureflex-Saft gegeben und ihm den Schlafanzug mit den Raketen angezogen.

«Der Typ ist völlig durchgeknallt», sagte ich leise zu ihr.

«Du bist durchgeknallt. Schau dir mal deinen Sohn an!»

«Er hat mein Arbeitszimmer besetzt.»

«Das wird sein Zimmer. Oder wär's dir lieber, dass er im Schlafzimmer wohnt?»

«Ich will gar nicht, dass er hier wohnt, Nina.»

«Auf mich macht er einen klaren, sicheren Eindruck. Das ist ein Typ, auf den man sich verlassen kann.»

«Er liebt Kinder, die mit Bären kämpfen!» Ich war fassungslos, dass sie ihn verteidigte.

«Er ist sportlich. Das wird Hermann gefallen. Von dir ist er das ja nicht gewohnt.»

«Du willst, dass unser Kind ein Schläger wird?»

«Du spinnst. Maksym treibt Sport, um seine Muskeln aufzubauen, und nicht, um sich auf der Straße zu prügeln.»

«Woher weißt du das? Hast du sein polizeiliches Führungszeugnis gesehen?»

Nina warf das Handtuch auf den Fliesenboden. «Führungszeugnis? In welchem Polizeistaat möchtest du leben? Nein, ich habe kein polizeiliches Führungszeugnis verlangt, aber ich habe mich mit ihm vier Stunden lang unterhalten, bis du endlich mit unserem fiebrigen Kind nach Hause gekommen bist!»

«Fehlt was?»

«Was?»

«Vielleicht ist er ein Trickbetrüger. Lullt dich ein und räumt die Bude leer, wenn du nicht aufpasst. So etwas liest man immer wieder.»

«Solche Drecksblätter, in denen man das liest, lese ich nicht. Er kommt aus einer anderen Kultur, aber das ist doch bereichernd. Er ist Gott sei Dank niemand aus unserer

Blase. Er ist ein gestandener Mann und freut sich darauf, mit Hermann Zeit zu verbringen.»

Ich warf jetzt einen Waschlappen neben das Handtuch auf die Fliesen.

«Und Hermann? Denkst du auch mal an ihn?»

«Ich schon», sagte sie, beugte sich über ihn und gab ihm einen langen Kuss auf die heiße Stirn.

«Hört auf, euch zu streiten», sagte Hermann leise.

Es klopfte.

«Ja?», sagte Nina.

Maksym streckte seinen kahl geschorenen Kopf durch die Tür, wie ein Rotarmist im Zweiten Weltkrieg sah er aus.

«Wollte nur sehen, wie es dem Kleinen geht. Hallo, Hermann, ich bin Maksym, dein neuer, großer Freund.»

In dieser Nacht schlief Nina mit Hermann in unserem Bett, ich im Arbeitszimmer, das mir fremd vorkam. Als wäre eingebrochen und meine Intimsphäre verletzt worden, auch wenn alles wieder an seinem Platz stand. Roch es nach ihm? Er hatte alles berührt, auch das Bett, in dem ich lag.

Hätte ich ähnlich empfunden, wenn Anastasia mein Bett verschoben hätte? Nein, die Vorstellung hatte etwas, aber Maksym löste ganz andere Gefühle aus. Ein gestandener Mann, das waren Ninas Worte. Und ich? Ein gestrandeter Mann? Ein liegender? Nachdem Maksym endlich gegangen war, hatten wir uns weitergestritten.

«Wir müssen so etwas Wichtiges gemeinsam beschließen», schimpfte ich. «Das ist nicht in Ordnung, so eine wichtige Entscheidung im Alleingang zu treffen und mich vor vollendete Tatsachen zu stellen. Erst New York, jetzt der Prolet. Das sind Weichenstellungen, da sind wir als Paar gefragt.»

«Wir haben vor der Geburt darüber gesprochen.»

«Über den Ukrainer?»

«Dass ich die ersten Jahre bewusst zu Hause bleibe, aber dann versuchen werde, beruflich wieder Fuß zu fassen. New York kam überraschend, aber es ist eine fantastische Chance. Freust du dich denn gar nicht für mich?»

«Natürlich ist es fantastisch, aber du hast mich nicht einmal gefragt, ob ich mitkommen möchte!»

«Möchtest du denn?»

«Mitkommen? Nein, wie stellst du dir das vor!»

«Ich stell es mir ja gar nicht vor, ich frag dich nur.»

«Nina, die Fernsehsendung, meine Auftritte, das geht nur hier.»

«Eben», sagte sie. «Und hier ist Hermanns Kindergarten, unsere Wohnung. Ich habe in New York ein winziges Apartment, das Jahr wird sehr anstrengend. Ich würde Hermann lieber mitnehmen, aber das ist unrealistisch. Du hast fast vier Jahre machen können, was du willst. Jetzt bist du endlich einmal zuallererst Vater und musst schauen, wie du den Rest unterbringst. Ich hab dir seit vielen Wochen immer wieder gesagt, dass du dich darum kümmern musst. Ernsthaft kümmern. Und du? Machst ein einziges Vorstellungsgespräch und wartest auf Miss Russia. So geht es nicht, verstehst du? Ich hab jetzt endlich Nägel mit Kröten gemacht!»

«Köpfen», verbesserte ich sie.

«Sei doch froh, dass du endlich einmal Vater sein kannst. Hängt dir die Kleinkunst und die Fernsehsuppe nicht eh schon zum Hals raus? Genieße das nächste Jahr. Und freu dich, dass du zu Hermann ein anderes Verhältnis haben wirst als dein Vater zu dir!»

Seit ich fünf Jahre alt war, zahlte mir mein Vater für jeden seiner Meinung nach guten Witz oder jede pointierte Bemerkung fünfzig Pfennig. Er war sehr streng in seinen Kriterien, darum wurde ich kein sehr reiches Kind, aber jedes Fünfzigpfennigstück freute mich. Nicht so sehr wegen der Bezahlung, sondern weil ich mich anerkannt fühlte. Noch heute mache ich Witze gegen Geld, aber die Wertschätzung eines Publikums ist weniger wert als die des Vaters. Das ewige Dilemma des Sohnes.

Als ich schon lange in Wien lebte, lud ich einmal meine Eltern ins Burgtheater ein, weil ich dort auftrat. Ich hatte geglaubt, meinem Vater damit imponieren zu können. Burgtheater, immerhin. Mehr Bühne geht nicht. Das führende Sprechtheater im deutschen Sprachraum, imperial, prachtvoll und gewaltig. Ensemblemitglieder wurden nach ihrem Tod in einer Kutsche um das Theater herumgefahren. Auf einer riesigen Plakatwand am Ring stand groß mein Name. «Heute: Stermann.» Das musste meinem Vater doch gefallen, sein Name gewaltig prangend gegenüber dem Zuckerbäckerrathaus und dem österreichischen Parlament. Ich hatte meinen Eltern sogar eine Loge reserviert. Da saßen die beiden Duisburger wie das Kaiserpaar und schauten auf die große Bühne herunter, auf der ihr Sohn stand, der es in der Fremde in den Olymp geschafft hatte.

Nach dem Tod meines Vaters blätterte ich in seinem Tagebuch und las über diesen Abend nur eine Zeile: «Burgtheater ausverkauft, aber Studentenpreise. Keine Standing Ovations.»

Ich blätterte weiter. Ein paar Monate später fand ich diese Bemerkung. «Sendung von Dirk auf 3sat gesehen. Rausgeworfenes Geld.»

Ich beschloss, die Lektüre seines Tagebuchs zu beenden.

Später fragte ich meine Mutter, ob sie sich noch erinnern könne, dass ich als Kind immer fünfzig Pfennig für gelungene Sätze bekommen hätte. Und tatsächlich, sie hatte sich die Sätze sogar notiert, weil auch sie sich darüber gefreut hatte, dass mein Vater mich gelobt habe.

«Du warst jedes Mal so stolz», sagte sie. «Du hast gestrahlt, wenn er lachte.»

«Und wie oft hat er gelacht?»

Sie holte ein altes Schreibheft aus meiner Schulzeit aus dem Schrank, in das sie damals meine Sätze notiert hatte.

«Acht Mal. Das erste Mal, als du fünf Jahre alt warst, mit zwölf habt ihr damit aufgehört. Du hast insgesamt vier Mark verdient in deiner gesamten Kindheit.»

«Ich habe ihn also nur einmal im Jahr beeindruckt?»

«Ja, das klingt wirklich nicht viel. Manchmal hast du auch zweimal im Jahr etwas bekommen.»

«Dann hatte ich Jahre, in denen nichts dabei war, was ihm fünfzig Pfennig wert war?»

«Vielleicht hab ich es nicht immer notiert. Aber er liebte dich, auf seine Art.»

Ich zahle meinen Kindern kein Geld für Witze. Tagebuch führe ich auch nicht. Wenn ich sterbe, werden sie kein schlechtes Wort über sich lesen. Kina nicht und Hermann nicht. Immerhin ein Erbe, über das man sich nicht grämen muss.

Ich weiß, dass ich mit dem Trauma nicht allein bin. Gerald ist ein Münchner Fotograf und macht oft Bilder von mir. Er pflegte seinen Vater über viele Jahre bis zu dessen Tod. Immer wieder wies der Vater auf einen großen Küchenschrank, der stets verschlossen war. «Das wird alles einmal dir gehören, mein Sohn», sagte er dann.

Als der Vater gestorben war, öffnete Gerald den Kasten.

Er war vollgepackt mit zerschlissenen und brandflecken-übersäten Geschirrtüchern.

«Mein Vater hat sechzig Jahre lang alle Geschirrtücher aufgehoben, wenn sie für den Gebrauch in der Küche zu grauslich wurden. Eine Kulturgeschichte des Geschirr-tuchs.»

Gerald war gleichzeitig enttäuscht und gerührt. Er foto-grafierte jedes einzelne Geschirrtuch und machte einen Fotoband daraus mit dem Titel «Das, mein Sohn, wird alles einmal Dir gehören». Seite um Seite sieht man zerrissene und fleckige Tücher vor weißem Grund.

Väter sind merkwürdige Wesen. Ich hörte von einem, der seine Letzte Ölung bereits erhalten hatte. Die Kinder ka-men spät an sein Totenbett und fanden es leer. Der Vater war, nachdem der Pfarrer ihn gesalbt hatte, noch einmal aufgestanden und auf den Balkon gegangen. Dort saß er, als seine Kinder kamen, und rauchte noch eine Zigarette. Er dämpfte seine Zigarette aus und ging langsam zurück zum Sterbebett, wo er seine Augen für immer schloss. Aus seinem Mund kam Rauch.

So sind Väter oft bis über den Tod hinaus Wesen, von denen wir wenig wissen. Ich erinnere mich, wie ich kurz vor dem Tod meines Vaters bei ihm in Duisburg zu Besuch war. Er las Zeitung, ich saß daneben und hatte das Gefühl, ihm noch viel mehr Fragen stellen zu müssen. Diffus viele Fra-gen. Ich wusste so vieles nicht und begann zu fragen. Nach seiner Schulzeit, seinem Vater Hermann Stermann, seiner ersten Liebe. Ich sah sein Gesicht hinter der großformati-gen Frankfurter Allgemeinen nicht und hörte nur, wie er genervte Geräusche von sich gab. Schließlich senkte er die Zeitung und sah mich an.

«Lass es doch einfach, Dirk», sagte er, und es klang gar

nicht unfreundlich. Eher so, als sei es nun einmal ein Unterfangen ohne Erfolgsaussicht, den eigenen Vater begreifen zu wollen.

«Maksym holt heute Hermann zum ersten Mal vom Kindergarten ab. Ich habe die Kindergärtnerin informiert und ihr ein Foto von ihm geschickt», sagte Nina beim Frühstück.

«Du hast ein Foto von ihm? Das aus der Bewerbung?»

«Nein, ich habe bei seinem Vorstellungsgespräch Bilder von ihm gemacht. Willst du sie sehen?»

Sie legte vier Aufnahmen auf den Tisch. Er lächelte, als freue er sich, Nina überlistet zu haben.

«Ich finde, er sieht irgendwie süß aus», sagte sie.

«Süß? Der Typ ist so süß wie ein Eisenrohr oder ein Baseballschläger!»

«Halt deine Ressentiments mal ein bisschen im Zaum. Die Ukraine ist nicht nur der Brotkorb Europas, sondern eine uralte Kulturnation. Prokofjew, Trotzki, Paul Celan, Simon Wiesenthal, Gogol, Horowitz, der Geiger Isaac Stern.»

«Geiger essen lebende Kraken», sagte ich verächtlich. Das wusste ich, weil ein befreundeter Violinist bei einem Gastspiel in Südkorea mit den Stäbchen in den Kopf eines lebenden Kraken stechen musste, den zappelnden Kraken dann in Sojasauce tunkte und schnell schlucken sollte, weil sich das Tier sonst am Gaumen festgesaugt hätte. «Du hast dich also schon eingehend mit Maksyms Heimat beschäftigt, ja?»

«Die Ukraine ist siebenmal so groß wie Österreich.»

«Das ist nicht so schwer», entgegnete ich. «Und ich glaube nicht, dass Maksym auch nur einen von deiner Liste kennt. Er wusste nicht mal, wer Joseph Roth ist. Ich denke bei Ukraine eher an das säurezerfressene Gesicht dieses Präsidenten.»

Nina stand auf, ging zum CD-Player und legte Prokofjews *Peter und der Wolf* ein.

Die Streicher begannen, Peters Motiv zu spielen, wahrscheinlich Kraken kauend.

«Und?» fragte ich. «Das war dein Kriterium für Maksym? Und wenn er der Wolf ist?»

Im Stiegenhaus klebte eine Nachricht an der Infotafel.

Die arme Katze. Kann man helfen?
Liebe Grüße, Stiege 1, Tür 5.

Es war eine grauenhafte Vorstellung, unter einem Dach zu leben mit jemandem, der seine Katze quälte. Seit Monaten schon begleiteten uns immer wieder diese herzzerreißenden Schreie der gequälten Kreatur. Ich hatte die Katze auch heute gehört, während ich in meinem Arbeitszimmer saß und einen Fragebogen für eine norddeutsche Tageszeitung beantwortete. Sie schrie, als würde sie gehäutet, und ich saß über der Frage, die wie das Amen in der Kirche in jedem Fragebogen irgendwann auftauchte. «Welche drei Dinge würden Sie auf eine einsame Insel mitnehmen?» Die Insel musste immer einsam sein, und es waren immer nur drei Dinge, die man mitnehmen durfte. Nie wurde gefragt, welche drei Dinge man nach Teneriffa oder Lanzarote mitnehmen würde. Nein. Insel einsam, Dinge drei.

Wie immer schrieb ich: «Wenn ich nur drei Dinge mitnehmen darf, fahr ich sicher nicht hin. Ich bin ja nicht blöd. Was soll das überhaupt für eine bescheuerte Insel sein, auf die man nur drei Dinge mitnehmen darf?»

Die nächste Frage lautete: «Stellen Sie sich bitte die Hölle vor.»

«O.k.», schrieb ich.

Ich schickte den Fragebogen ab, und die Katze machte dazu den Soundtrack zur Hölle. Ich blickte auf das Familienporträt meines Großvaters an der Wand über dem Schreibtisch. Mein Opa war darauf noch ein Kind, vielleicht zehn Jahre alt. Die Hände hielt er gefaltet. Noch ahnte er nicht, dass er als alter Mann Gicht bekommen würde und Hände, die er nicht mehr falten konnte.

Ich schaute auf meine eigenen Hände. Würden sie auch irgendwann verbogen und unbeweglich sein? Die Hände meines Großvaters. Auf dem Foto hatte er einen geschorenen Kopf, wie ein Sträfling. Vielleicht kannte er nur diese Frisur, weil er im Gefängnisgebäude aufgewachsen war. Vielleicht hatte Maksym sich die Glatze ja auch im Gefängnis zugelegt.

Ich zog mich an und verließ die Wohnung. Ich las die Nachricht auf der Infotafel, öffnete das schwere, hölzerne Haustor, durch das früher Kutschen in den Hof gefahren waren, und wartete draußen auf den Fahrer, der mich ins Funkhaus bringen sollte. Ein Wagen hielt. Am Steuer saß ein junger Mann mit Baseballkappe. Junge Männer in der Medienbranche sahen überall gleich aus. Er nickte zur Begrüßung und sprach kein Wort.

«Bist du vom ORF oder von einer Produktionsfirma?», fragte ich, um das Schweigen zu brechen. Er antwortete nicht. Im Radio lief anstrengender Techno.

Wir fuhren auf die Lände, Richtung Ring, aber er bog bei der Urania nicht rechts Richtung Schwarzenbergplatz ab, sondern links Richtung Praterstern.

«Das ist die falsche Richtung», sagte ich.

Er fuhr unbeeindruckt weiter.

«Sie fahren falsch!», brüllte ich, um den Techno zu übertönen. «Jetzt müssen wir über die Donau, das ist die völlig falsche Richtung!»,

«Floridsdorfer Spitz fahren Sie», brüllte der Kappentyp zurück.

«Was? Nein! Ich muss ins Funkhaus, Argentinierstraße.»

«Sie sind Herr Leitinger und fahren zum Spitz.»

«Ich kenne keinen Herrn Leitinger.»

«Sie sind nicht Herr Leitinger?»

«Nein, Stermann heiß ich.»

«Haben Sie kein Uber gerufen?»

«Nein, ich habe kein Uber gerufen!»

Er hielt mitten auf der Brücke an. «Dann steigen Sie aus, ich bin ein Uber.»

«Hier? Es regnet, und wir stehen genau über der Donau!»

«Wenn Sie nicht Herr Leitinger sind, müssen Sie aussteigen.»

«Fahren Sie bitte wenigstens noch bis zur anderen Seite, zu irgendeinem Taxiplatz.»

«Ich darf nicht am Taxiplatz stehen, ich bin ein Uber.»

«Sie sind vor allem ein Volltrottel. Warum haben Sie denn nichts gesagt, als ich eingestiegen bin?»

«Sie haben ja auch nichts gesagt.»

«Ich hab gefragt, ob Sie vom ORF sind.»

«Bin ich nicht. Steigen Sie jetzt aus.»

Ich stieg schimpfend aus, und er fuhr weiter.

Uber ist wie Privatfernsehen oder Privatisierung der Bahn. Alles wird immer nur nach unten nivelliert. Ich war selbst in den späten Achtzigerjahren Taxifahrer. Zwar nicht im goldenen Wien, aber immerhin in Düsseldorf, das gegen

Duisburg wie der reiche Onkel aus Amerika war. Als Taxifahrer in Düsseldorf musste man damals zwei Prüfungen machen, zwei mehr als Uberfahrer heute. Bei der Stadt und bei der Taxiinnung wurde man geprüft, unter anderem auch auf die Fähigkeit, den Funk bedienen zu können. Der Prüfer in Düsseldorf war ein Altnazi. Als Prüfling musste man vor einem Funkgerät sitzen, der Altnazi saß im Nebenraum und meldete sich, so wie sich später dann in der Realität die Taxizentrale melden würde. Zu Inländern wie mir sagte der wahrscheinlich wegen eines Beinschusses im Zweiten Weltkrieg humpelnde Prüfer Sätze wie: «Wagen 111, fahren Sie zum Hauptbahnhof.» Man musste dann antworten: «Wagen 111, habe verstanden, fahre zum Hauptbahnhof.» Dann hatte man bestanden.

Bei Ausländern wurde es komplizierter. «Wagen 297, fahren Sie erst zur Blumenhandlung Grausam, Ecke Worringer Platz und Ackerstraße, kaufen Sie einen Strauß Hyazinthen und Chrysanthemen, dann fahren Sie zur Nordstraße und läuten bei Finkenstein-Mannsbacher. Dort gibt man Ihnen die Anthologie *Wortinstallationen aus präkolumbianischer Zeit*. Sie fahren weiter zur Bäckerei Willi Durst und kaufen ein Dinkelvollkornbrot. Alles zusammen bringen Sie anschließend ins Florence-Nightingale-Krankenhaus, Kreuzbergstraße 79, 4. Stock, Neugeborenen-Station, Zimmer 7c zu Frau Marianne Haßknecht. Wiederholen, Wagen 297.» Reine Fiktion.

Lange Zeit gab es wegen der Funkprüfung fast nur inländische Taxifahrer in Düsseldorf. Erst als der Nazi von der Funkprüfung abgezogen wurde, wahrscheinlich weil er sich doch noch vor einem Kriegsgericht verantworten musste, schafften Migranten den Taxischein. Ab dann hörte man immer wieder über Funk die Bestellung «Inländer Mercedes für rauchenden Hund.» Also ein Taxi mit einem Eingeborenen für einen Raucher mit Hund.

Irgendwann fuhr ich damals auch einmal einen rauchenden Hund beziehungsweise eine rauchende Hündin. Sie hieß Haßknecht. Dort sollte ich läuten. Ihr Boxerhund sah aus wie sie selbst und sabberte mir die Rückbank voll. Sie sprach kein Wort und rauchte die schmale Damenzigarette Kim. An einer Ampel drehte ich mich um und sah, dass sie ein Buch in der Hand hielt mit dem Titel «Wortinstallationen aus präkolumbianischer Zeit».

«Woher haben Sie das?», fragte ich verwirrt.

«Das hat mir ein sehr netter, türkischer Kollege von Ihnen vor Jahren ins Krankenhaus gebracht», antwortete sie.

«Zusammen mit Hyazinthen und Chrysanthemen?»

«Woher wissen Sie das?» Jetzt schaute sie irritiert.

«Ich bin Taxifahrer», antwortete ich. «Wir müssen so etwas wissen.»

Eine halbe Stunde später kam ich völlig durchnässt im Funkhaus an. Im Foyer wartete bereits ungeduldig die Kulturredakteurin auf mich.

«Du bist spät», sagte sie.

«Uber ist das Letzte», antwortete ich, und wir gingen die Stiegen ins Studio hinauf. Ich dachte an Martina, mit der ich so oft schleppend hier hinaufgegangen war. Ein Radiokollege hatte mir erzählt, dass er sie neulich wieder im Funkhaus gesehen habe. Sie habe sich als Plattenfirmenpromoterin ausgegeben, er habe sie aber erkannt und hinausgeworfen. Offenbar zog es sie magisch zum Radio. Vielleicht weil es Stimmen waren, die sie aus dem Radio hörte und die sich mit denen in ihrem Kopf zu einem für sie angenehmen Chor vermischten.

Im Künstlerzimmer, so hieß die Sendereihe, zu der ich eingeladen war, ich sollte darüber erzählen, wie es ist, einen Roman zu schreiben. Ich log, so gut es ging, denn tatsächlich bestand mein neuer Roman bisher ausschließlich aus dem Vertrag mit dem Verlag und dem Vorschuss, den ich bekommen hatte. Vielleicht würde ja im Sprechen über den Roman etwas entstehen, das meine Melkmaschine anspringen ließ.

«Wie lässt sich das Schreiben mit Familienarbeit vereinbaren», sagte ich, weil sie mich das nicht fragte. Männer wurden das nie gefragt, und ich war ja ein gutes Beispiel für das Problem, auch wenn mein Alleinerziehertum noch vor mir lag. Die Kollegin schaute verwirrt. Diese Frage schien sie nicht vorbereitet zu haben.

«Das ist natürlich schwierig», antwortete ich mir selbst. «Meinen kleinen Sohn interessiert es nicht, ob ich Abgabetermine einhalte. Er spielt lieber Käpt'n Knalltüte mit mir.»

Sie stoppte die Aufnahme.

«Was soll das? Käpt'n Knalltüte?»

«Ein Spiel von mir und meinem Sohn. Nimm das ruhig auf.»

Sie setzte sich den Kopfhörer wieder auf und drückte auf den Aufnahmeknopf. Ich erzählte weiter von unserer innigen Vater-Sohn-Beziehung.

«Meine Freundin ist in der Kunstbranche. Mein Sohn und ich spielen, wie Käpt'n Knalltüte Museen ausraubt. Knalltüte ist ein Pirat, und ein Nilpferd gibt ihm Tipps, wie man den Tresor öffnen kann, und dann wundert sich die jeweilige Museumsdirektorin, warum der Tresor leer ist. Käpt'n Knalltüte hat inzwischen die größte Kunstsammlung der Welt.» Ich erzählte immer mehr von Käpt'n Knalltüte, was den schönen Nebeneffekt hatte, dass von meinem nicht existenten Roman keine Rede mehr war. Am Ende des Interviews schien auch die Kulturredakteurin begeistert vom Käpt'n zu sein.

Als ich das Studio verließ, wurde ich von einer Radio-Wien-Mitarbeiterin am Gang aufgehalten.

«Gut, dass ich Sie treffe», sagte sie. «Wir müssten noch kurz etwas mit Ihnen aufnehmen.» Sie winkte einem jungen Kollegen. «Würdest du das schnell mit dem Herrn Stermann erledigen? Ich kann gerade nicht. Drei, vier Minuten nur.»

Der Kollege nickte, und wir gingen in ein kleines Studio. Wir setzten uns Kopfhörer auf und schauten uns freundlich an.

«Worum geht es denn?», fragte ich höflich.

«Keine Ahnung», antwortete er. «Wir sollen wohl etwas aufnehmen.»

«Ja, klar. Das hab ich schon verstanden. Aber was?»

Er zuckte mit den Schultern und begann, die Aufnahme vorzubereiten.

«Gut», sagte er. «Ich bin so weit. Die Aufnahme läuft.»

Ich schaute auf das Rotlicht und dann ihn fragend an.

«Ganz ehrlich, ich hab keine Ahnung, was ich sagen soll. Stellen Sie Fragen?»

«Was denn für Fragen», antwortete er. «Ich weiß ja überhaupt nicht, worum es geht.»

«Ich auch nicht», sagte ich.

«Am besten, Sie fangen einfach mal an», sagte er.

«Womit?»

«Das weiß ich nicht. Haben Sie irgendeine Idee, worum es gehen könnte?» Er war höchstens Anfang zwanzig und trug ein T-Shirt, auf dem eine kackende weiße Taube abgebildet war. *Scheiß Frieden* stand unter der Taube.

«Nein», antwortete ich. «Ich weiß es nicht. Sie hat nur gesagt, dass wir irgendetwas aufnehmen sollen.»

«Ja, das hat sie mir auch gesagt. Ich soll irgendwas mit Ihnen aufnehmen», wiederholte er. «So drei oder vier Minuten.»

«Aber was?»

«Ich weiß es nicht, das hat sie mir nicht gesagt.»

Wir schauten uns leer an.

«Vielleicht sollten wir sie noch einmal fragen, was wir eigentlich aufnehmen sollen», schlug ich vor.

Er schaute aus dem Studiofenster auf einen unbesetzten Schreibtisch.

«Sie ist nicht an ihrem Platz. Wir können sie nicht fragen», sagte er. «Aber es soll eh nur ein paar Minuten lang sein.»

«Ja, schon, aber es wäre ganz gut, wenn ich wüsste, worüber ich sprechen soll.»

Er nickte verständnisvoll. «Das würd's mir auch erleichtern», sagte er. «Aber ich weiß es nicht. Sagen Sie doch einfach irgendetwas.»

«Worüber?»

«Keine Ahnung.»

«Geht es vielleicht um meinen neuen Roman?»

«Nein, das glaub ich nicht. Da waren Sie ja schon bei einer anderen Kollegin, soweit ich weiß.»

Ich nickte. «Ja, da habe ich gerade ein langes Interview gegeben.»

«Eben, darum geht es bestimmt nicht.»

«Verstehe, aber worum geht es denn dann?»

«Wenn ich das wüsste!» Er seufzte. «Wie gesagt, ein paar Minuten reichen schon.»

«Ja, das habe ich begriffen. Aber ein paar Minuten können ganz schön lang sein, wenn man nicht weiß, worüber man sprechen soll.»

«Es ist mir ja auch unangenehm, dass ich Ihnen da nicht mehr sagen kann. Aber vielleicht fangen Sie einfach mal mit irgendetwas an. Vielleicht ergibt sich ja dann der Rest.»

«Woran hatten Sie gedacht?»

«Na ja, vielleicht sagen Sie einfach mal Ihren Namen.»

«Aber das dauert nicht ein paar Minuten. Mein Name ist eher kurz. Das würde vielleicht mit Emmi Schulze Wettendorf vor dem Brocke Mackenbrock funktionieren, aber nicht bei mir.»

«Wer ist das?» Er schien langsam die Geduld zu verlieren. «Passen Sie mal auf, ich komm hier auch zum Handkuss. Es ist mir scheißegal, was Sie sagen. Hauptsache, es ist lang genug!»

Ich gab auf. «Gut, also. Mein Name ist Dirk Stermann. Ich schaue jetzt auf die Uhr und zähle drei Minuten herunter. Drei Minuten, zwei Minuten und neunundfünfzig Sekunden, achtundfünfzig, siebenundfünfzig...»

Nach drei Minuten stand ich auf. Auf dem Gang trafen wir die Redakteurin, die uns ins Studio geschickt hatte.

«Habt ihr die Aufnahme gemacht?»

Wir nickten.

«Prima», sagte sie.

Ich ging in die Kantine, wo viele alte Radiokollegen saßen. Es war bald zwölf, Mittagessenszeit, und vor ihnen standen mehrere Krügerl Bier.

Ein Techniker begrüßte mich mit «Mahlzeit, Nordrhein-West-Bochum», so wie er es immer schon getan hatte, seit meinen Anfängen beim Radio in den späten Achtzigern.

«Mahlzeit, Scheipi», sagte ein anderer, der Stammgast

war beim Alkohol-Ombudsmann. Scheipi hieß immer noch Scheiß-Piefke, aber inzwischen verwendete der Kollege es als freundlichen Schmäh. Ich setzte mich zu den beiden Technikern, die schon kurz vor der Pension standen.

«Wenn man die Augen schließt, ist Fernsehen fast so schön wie Radio», sagte der eine, und ich nickte.

«Weißt du noch, im *Salon Helga*, als ihr *Bruce Springsteen Versenken* gespielt habt?» *Salon Helga* hieß die Sendung, die ich fast zwanzig Jahre lang im Radio moderiert hatte. «A3 Kotelette, A4 andere Kotelette, A5 versenkt?»

Ich erinnerte mich.

«Wie sagt ihr in Deutschland zu Telegrafenstangen?», zitierte der andere Techniker einen in der Sendung immer wieder gehaltenen Dialog.

«Telegrafenstangen», antwortete ich, mich selber zitierend.

«Echt? Wir in Österreich sagen gar nichts zu Telegrafenstangen, wir gehen einfach dran vorbei!» Wir drei lachten, wie alte Soldaten, die sich eine Schnurre aus dem Schützengraben erzählen.

Ich bekam meinen großen Braunen, prostete ihnen zu, schaute erst aus dem Fenster und dann in den Kaffee und sagte: «Sieht nach Regen aus. Aber wenn man genauer hinsieht, ist es doch Kaffee.»

Auch das war ein Witz, der durch Repetition immer schöner geworden war. Die Faszination der Redundanz, durch ständige Wiederholung des Immergleichen beim Hörer ein Gefühl von Heimat zu erzeugen.

Ich trank aus und erhob mich.

«Schlaf gut», sagte der Scheipi-Kollege.

«Du auch», sagte ich.

«Ich liebe dich», sagte er.

«Du auch», antwortete ich, und wir nickten uns lächelnd zu. Sätze aus vergangenen Jahrzehnten.

Am Abend saß ich mit Hermann auf dem Sofa. Meine rechte Hand war das Nilpferd, und ich verriet ihm den Code für den Tresor des Münzenmuseums. Unter meinem Pullover lag eine Ein-Cent-Münze, die sehr wertvoll war, weil sie einmal der Kupferkönigin gehört hatte. «Der Tresor lässt sich ganz leicht öffnen. Du musst nur meinen Pullover berühren und ‹schlappi-schlappi-wau-wau› rufen. Dann öffnet sich der Tresor, und Käpt'n Knalltüte kann die Münze klauen.»

Eigentlich liebte Hermann unser Spiel, aber gerade war er unkonzentriert.

«Ich war heute mit Maksym im Augarten», sagte er.

«Aha», antwortete ich und versuchte seinen Fokus wieder auf den Einbruch zu lenken. «Du musst warten, bis es Nacht ist. Dann kannst du im Museum einbrechen.»

«Er hat mir Radfahren beigebracht», sagte Hermann. «In echt!»

«Du hast doch gar kein Fahrrad», sagte ich.

«Er hat mir eins geschenkt. Er hat mich vom Kindergarten abgeholt und mir das Rad geschenkt. Dann haben wir im Augarten geübt. Ich kann jetzt echt Radfahren, Papa!»

Ich merkte, wie mir schwer ums Herz wurde. «Ich wollte dir eigentlich das Radfahren beibringen.»

«Musst du nicht. Das macht Maksym. Der ist cool.»

«Wieso schenkt er dir ein Rad?»

Nina kam ins Wohnzimmer und setzte sich zu uns. Sie schob das Playmobil-Piratenschiff mit Käpt'n Knalltüte zur Seite. Käpt'n Knalltüte, eine Playmobil-Figur, fiel vom Sofa aufs Parkett.

«Hermann ist jetzt Fan», sagte sie strahlend. «Maksym hatte einen tollen Einstand.»

«Was ist das für ein Rad? Woher hat der Typ ein Kinderrad?» Seit Monaten hatten wir davon gesprochen, ein Fahrrad zu besorgen.

«Vom Sperrmüll. Er hat es selbst repariert und neu lackiert, es sieht aus wie ein kleines Motorrad.»

«Voll cool», sagte Hermann. «Ich kann lenken, und er muss mich nicht mehr halten. Er hat mich losgelassen, und ich konnte fahren, bis ich hingefallen bin.»

«Hat er dir nicht gezeigt, wie man bremst?»

«Er hat gesagt, ich soll so fest treten, wie ich kann. Das macht mehr Spaß als bremsen.»

«Wenn du nicht bremsen kannst, darfst du nicht fahren», sagte ich streng. «Das ist viel zu gefährlich.»

«Doch, Papa. Er holt mich morgen wieder vom Kindergarten ab, und wir gehen wieder Rad fahren.»

Ich sah Nina an. Sie lächelte. «Freust du dich, dass es funktioniert?», fragte sie.

«Ich wollte ihm das beibringen. Ich habe Kina Radfahren beigebracht und wollte es jetzt auch mit Hermann machen.»

«Zu spät. Sei froh, Kina hast du es erst beigebracht, als sie schon sieben war. Sie war die Letzte in ihrer Volksschulklasse, die es gelernt hat. Gut, dass Hermann es jetzt schon kann.»

Ich stand wütend auf, trat aus Versehen auf Käpt'n Knalltüte und ging in mein Arbeitszimmer. Mitten im Raum hing ein Boxsack. Ich schlug dagegen. Es tat weh.

Verena, meine Maskenbildnerin, musste die Verletzung auf den Knöcheln abdecken. «So kann ich dich nicht vor die Kamera lassen. Du siehst aus wie nach einem Street Fight.»

«Ich war allein und in der Wohnung. Das ist das genaue Gegenteil eines Street Fights», sagte ich, während sie die einzelnen weißen Härchen in meinen Augenbrauen färbte.

Heute war Gerhard Polt als Gast in der Show. Ich freute mich auf ihn, auch weil er so etwas sehr selten macht.

In der Sendung kam er auch selbst darauf zu sprechen. «Ich bekomme schon immer wieder Anfragen von Talkshows», sagte Polt. «Aber ich sag denen dann immer, mei, da kann ich nicht, da hab ich frei.» Herrlich. Den Satz würde ich mir merken. Absagen, weil man nichts zu tun hat.

Nach der Aufzeichnung kam wie immer der ORF-Fotograf und machte Bilder von uns und den Gästen. Mit den letzten Fotos war ich unzufrieden gewesen.

«Hans, ich hab mich wieder in der Zeitung gesehen. Das sah aus, als hätte ich für das Bild fünf Kilo zugenommen», sagte ich. «Kannst du dich bitte bemühen, mich besser aussehen zu lassen? Schlanker? Jünger? Klüger?»

«Wenn du ein schönes Gesicht hast, wird es ein schönes Foto. Hässliche Menschen werden bei einem ordentlichen Fotografen gute, aber keine schönen Fotos von sich bekommen», antwortete er und drückte ab.

«Schönheit kommt von innen», sagte ich.

«Ach so? Was von innen kommt, sieht man regelmäßig am Klo.»

Mein Regisseur stellte sich dazu und kritisierte mich dafür, dass ich meinen Text im Stand-up nicht gekonnt hatte.

«Dann besorg mir endlich einen Teleprompter. Jeder Zwetschgensender arbeitet mit Teleprompter, nur wir nicht.»

«Nur Moderatoren nach einem Schlaganfall brauchen einen Teleprompter», sagte er.

«Marlon Brando hat sich beim *Letzten Tango in Paris* den Text auf den Körper von Maria Schneider schreiben lassen», erwiderte ich patzig.

«Das können wir dir leider nicht bieten. Maria Schneider ist tot.»

«Ich bin halt erschöpft. Als Alleinerzieher kann man schon mal unkonzentriert sein.»

«Ich dachte, Nina geht erst nach dem Sommer weg?»

«Prophylaktisch. Ich bin prophylaktisch erschöpft.»

Verena schminkte mich ab, auch die Augenbrauen und Knöchel, ich nahm mein Tour-Täschchen und ließ mich von einem Fahrer zum Hauptbahnhof fahren, um den Nachtzug nach Basel zu erreichen.

Die Agentur hatte mir aus unerfindlichen Gründen ein Zweierabteil gebucht. Ich teilte mir das enge Kabuff mit einem alten Mann, der nachts mit den Zähnen knirschte, als ginge der Zug an die Front. Er zerknirschte die Zähne so laut, dass ich das Gefühl hatte, sie würden zerrieben, wie die Kompanie des Mannes. Irgendwann, nach Stunden, schlief ich doch noch ein, wurde aber kurz vor Innsbruck wieder geweckt, weil der Alte sich im Abteil elektrisch rasierte. Keinen Meter von meinen Ohren entfernt.

«Sind Sie geisteskrank?», herrschte ich den rasierenden Rentner an.

«Nein», sagte er und begann, sich mit der elektrischen Zahnbürste sein Vollgebiss zu putzen.

Ich schrieb noch in der Nacht eine bitterböse SMS an meinen Agenten.

«Ich weiß, dass du gerade bügeln musst, aber du hast mir

für diese Nacht ein Massenquartier im Zug gebucht. Ich bin so müde, dass ich heute Abend auf der Bühne ein Nickerchen machen werde. Beschwerden gehen an dich weiter.»

In Basel wohnte ich im «Hotel Basel». Der Name war leicht zu merken, weil ich wusste, dass ich in Basel in einem Hotel wohnte, sodass ich auch betrunken heimfinden würde. Trotzdem fragte ich mich, ob sich die Hotelbesitzer genug Mühe bei der Namenwahl gegeben hatten. Das Brainstorming hatte wahrscheinlich nur zwei Sekunden gedauert, oder, weil das Klischee der Schweizer Langsamkeit ja oft nicht ganz falsch ist, vielleicht vier. Ob da eine Kreativagentur beauftragt war? Gut möglich.

Den besten Job der Welt hat wahrscheinlich der Art Director vom Reclam Verlag. «Wie gestalten wir das nächste Cover?» – «Gelb!»

Agenturleute sind oft merkwürdig. Ich habe ja nebenbei immer als Werbesprecher gearbeitet. Deswegen war ich auch bei Kinas Geburt zu spät. Als sie auf die Welt kam, war ich gerade für einen Fernsehspot für Zewa-Klopapier im Studio. Im Studio nebenan arbeitete damals der deutsche Entertainer Harald Juhnke. Er sagte seinen einen Werbespruch nur ein einziges Mal und kam dann wieder aus seinem Sprecher-Kammerl heraus. «Man kann es anders sprechen, man kann es besser sprechen, aber nicht mit mir», sagte er und beeindruckte mich damit sehr. Ich hatte gerade fünfzigmal den immer gleichen Klopapierspruch auf verschiedenste Art und Weise gesprochen, obwohl ich die Agenturleute darauf hingewiesen hatte, dass ich gerade in diesem Moment Vater werden würde. «Zewa – Für den besonderen Verwöhnmoment». Das sollte ich so sprechen, dass man den Verwöhnmoment hören könnte.

«Herr Stermann, ginge es etwas langsamer, aber so, dass es schneller klingt? Und vor allem verwöhnend.»

«Klar», sagte ich. Ich wollte nur raus und ins Spital.

«Ein Scheißhaus wie ein Altar und dann ein schwebender Akt. Wie eine Arschmassage.»

«Schon klar», sagte ich und sprach schneller, aber so, dass es langsamer klang. Aber ich kam trotzdem zu spät, beim ersten wie beim zweiten Kind.

Nach meinen Erfahrungen mit der Werbeindustrie musste ich deshalb sehr lachen, als ich las, dass Martin Sorrell, Chef der weltweit größten Agentur WPP, fand, er sei jeden Penny seiner Gage wert. Im Jahr verdient er achtundachtzig Millionen Euro. Ich gönne es ihm, und ich hoffe, sein Kollege bei Reclam bekommt ähnlich viel. Auch die, denen der grandios inspirierte Name «Hotel Basel» eingefallen ist, sollen nicht darben müssen, wenn es nach mir geht. Sie sollen in Franken schwimmen.

In der Nähe des «Hotel Basel» ist das «Theater Basel». Auch ein sinnvoller Name für ein Theater in Basel. Kein Wort, keine Idee zu viel. Ein Theater, noch dazu in Basel, nennen wir es «Theater Basel». «Weinstube Bern» wäre falsch für ein Theater in Basel. Der örtliche Fußballclub heißt übrigens «Fussballclub Basel». Vielleicht war Regulas Freund Enzo der kreative Kopf hinter diesem calvinistischen Minimalismus. Basel war sein *Projekt*.

Vor Jahren hatte ich einmal die Idee, eine Werbeagentur zu gründen mit dem hübschen Namen «Hirntod». Vielleicht gibt es die heute wirklich, und sie arbeitet exklusiv für die Stadt Basel. Obwohl, wahrscheinlicher ist, dass sie dann «Werbeagentur Basel» heißt und im gleichen Gebäude untergebracht ist wie die Büros der «Art Basel», wo Enzo sich die Bügel seiner beschlagenen schwarzen Brille in den Mund steckt und versucht, so auszusehen, als dächte er nach.

Am «Theater Basel» hing ein Schild mit der Aufschrift *Das Besteigen des Theaterdaches ist verboten. Fehlbare werden unter Kostenfolge polizeilich verzeigt.* Dieser Text stammte offensichtlich nicht von der hirntoten «Werbeagentur Basel», sondern von einem kreativen Beamten. Minutenlang stand ich vor dem Schild und starrte auf die schöne Wortschöpfung *verzeigt*, bis ein Polizist kam und mich aufforderte, weiterzugehen. Er befürchtete anscheinend, dass ich das Schild stehlen oder gar, auch auf die Gefahr hin, verzeigt zu werden, das Theaterdach besteigen wolle. Ich hielt eine Postkarte in der Hand, die ich an Nina und Hermann geschrieben hatte, und nutzte die Gelegenheit, um den Polizisten nach dem Weg zur nächsten Post zu fragen.

«Zwischen dem Stadtkino Basel und der Kunsthalle Basel ist die PostFinance», erklärte mir der freundliche Polizist und zeigte nach links.

«Danke, hoffentlich haben Sie sich jetzt nicht selbst verzeigt», sagte ich und musste lachen.

Der Polizist sah mich hirntot an, aber der Weg stimmte, und kurz darauf stand ich vor der «Post Basel».

«Liebste, morgen noch Innsbruck, dann komm ich heim. Dann geh ich mit Hermann in den Zoo! Kuss, Banksy», hatte ich auf die Karte geschrieben. Ich hatte mich für eine Postkarte entschieden, auf der nur groß «Basel» stand.

Im «Theater Basel» trank ich nach meinem Auftritt noch lange in der Kantine mit einer befreundeten Schriftstellerin, die zu den lustigsten Depressiven gehört, die ich kenne. Sie trank Tee und ich Kirschwodka, der nur nüchtern furchtbar schmeckte. Sie hatte heute schon einen Roman, ein Theaterstück und ein Hörspiel geschrieben, erzählte sie.

«Acht Stunden Dystopie, das ist härter als Migräne», sagte Bille. Ich schlug vor, zur Zerstreuung aufs Theaterdach zu steigen, aber sie verbot es mir. «Du hast ein kleines Kind. Wenn du als zersprungener Kürbis auf dem Pflaster liegst, bist du ein schlechter Spielpartner für Hermann.»

«Er hat jetzt einen ukrainischen Ersatzpapa.»

«Und um mit dem zu konkurrieren, hast du die halbe Flasche Wodka hier geleert?»

«Er hat ihm Radfahren beigebracht.»

«Und das kränkt dich in deinem Vaterstolz? Im Ernst? Das Vorrecht der Väter? Velofahren beibringen und der erste Puffbesuch?» Sie lachte.

Der Kantinenchef vom «Theater Basel» kam und brachte die Rechnung. Ich verstand ihn nicht. Entweder litt er unter Dysarthrophonie, oder es war sein Dialekt. Bille und ich verabschiedeten uns, und ich war so betrunken, dass ich mein Hotel nicht fand, weil mir der Name nicht mehr einfiel.

Wenn man Kopfschmerzen hat, ist Schweizerdeutsch doppelt unangenehm. In Tirol wurde es nicht besser. Die Konsonanten um mich herum krachten in mein kirschwodkaverstrahltes Hirn wie Felsstürze. Wie immer wohnte ich in Innsbruck im Hotel «Grauer Bär», und in den letzten Jahren hatte ich mich immer mehr in einen solchen verwandelt. Wie immer wurde das Hotel gerade umgebaut, aber der Baustellenlärm war mir vertraut und störte mich nicht. Außerdem hatte ich Kopfwehpulver eingeworfen.

Ich legte mich wie immer nackt ins Bett. Die kühle, frische Bettwäsche fühlte sich herrlich an. Aus dem Fenster sah ich auf die Nordkette, die noch immer schneebedeckt war. Ich war wie immer froh, dass mich nichts in die Berge zog, und ich dachte an meinen Tiroler Freund Norbert, der als Kind versucht hatte, eine Fußballmannschaft in seinem Bergdorf zu gründen, aber alle anderen Kinder verloren gleich wieder die Freude am Spiel, weil jeder Ball sofort ins Tal rollte, der Platz hatte ein starkes Gefälle. Kleinere Kinder waren an Pflöcke gebunden worden, um nicht hinunterzufallen. So macht Fußballspielen keinen Spaß.

«Das kann ich nachvollziehen», sagte ich, als er mir das erzählte.

«Kannst du nicht. In deiner niederrheinischen Tiefebene spielt man waagerecht, wir kennen nur senkrechtes Spiel.»

«Ich war mit sieben Jahren Verteidiger in einem Verein in Duisburg. Ich war sogar Mannschaftskapitän, aber nur, weil ich mir als Einziger den Begrüßungsspruch vor dem Anpfiff merken konnte. Wir begrüßen unseren Gegner mit einem dreifachen, kräftigen ‹Hipp, hipp, hurra!›. Ich sagte meinen Spruch am Mittelkreis auf und musste dann sofort zur Auswechselbank laufen, weil ich zu schlecht war. Dort saß ich das ganze Match. Mein nächster Einsatz kam dann erst nach Spielende, wenn die Eltern uns Kinder auf ein Getränk einluden. Da musste ich mich dann im Namen der Mannschaft bedanken. Wir bedanken uns bei unserem Edelspender mit einem dreifachen, kräftigen ‹Hipp, hipp, hurra!›.»

«Das konnten sich das anderen nicht merken?»

«Nein, sie spielten gut, aber die Textseite überstieg ihre Möglichkeiten. Wir waren Erstklässler.»

«Hm», sagte Norbert. «Das könnte hier jedes kleine Kind. Vielleicht liegt es daran, dass ihr in Deutschland nur *zur* Schule geht. Wir in Österreich gehen auch *hinein*.»

Vor meinem Bett im Hotelzimmer stand ein kleiner Schreibtisch. Ich hätte gut ein paar Stunden an meinem Roman schreiben können, die Zeit nützen, aber ich lag nur nackt da, regungslos, und wartete darauf, ob ich einnicken würde. Als mir das nicht gelang, stand ich auf, zog mich an und ging ins Foyer, wo mich der Portier begrüßte, den ich schon seit vielen Jahren kannte. Seit über zwanzig Jahren trat ich mehrmals im Jahr in Innsbruck auf, so wie in jedem anderen Ort des Landes. In den wenigen Städten Österreichs und den vielen Dörfern.

Wann immer ich den Portier traf, ächzten wir gespielt, als wäre es eine Qual, uns zu begegnen. «Sie schon wieder», jammerte er. «Welches Theater hat heute das Pech Ihrer Anwesenheit?»

«Ich trete im Hafen auf.»

«Sind Sie sicher? Innsbruck ist eine Stadt in den Bergen, nicht am Meer. Wussten Sie das nicht? Haben Sie nur die kleine Matura? Drei Jahre Volksschule und eine Tanzstunde?»

«Sie werden die Plakate gesehen haben», sagte ich. «In der großen Halle am Inn findet eine Veranstaltung statt, ich trete dort um Mitternacht auf, als Überraschungs-Act. Da werden fünftausend Besucher erwartet.»

«Das würde mich überraschen», sagte der kleine Mann im schwarzen Anzug. «In der Zeitung stand nichts, und Plakate hängen auch keine.»

«Sie lesen Zeitung?» Ich lachte, gespielt verwundert.

«Im Ernst, sind Sie sicher? So groß ist Innsbruck nicht, das hätte ich wohl mitbekommen», sagte er. Zufrieden mit dem harmonischen Gespräch, verließ ich den Grauen Bären. Draußen stieg gerade eine Gruppe chinesischer Skifahrer aus dem Bus. Einer der Chinesen sah tatsächlich aus wie mein Cousin Ralf. Wenigstens wollten die Chinesen kein Selfie mit mir machen. Ich schätze, dass jeder Österreicher schon mindestens ein Foto mit mir hat. Gerade in Innsbruck oder Graz habe ich manchmal das Gefühl, von jedem einzelnen Passanten auf der Straße erkannt zu werden. Wie ein deutscher Jesus. Mit Kirschwodka-Schädelweh. Ich beschloss, Richtung Hafen zu Fuß zu gehen, um an der frischen Luft einen klareren Kopf zu bekommen.

Zwanzig Selfies später stieg ich dann doch entnervt in ein Taxi.

«Zum Hafen», sagte ich zu dem Taxler, der sein Handy zückte und von vorn ein Selfie mit sich und mir auf der Rückbank machte.

«Ist da heute eine Veranstaltung, Herr Grissemann?»

«Ja», sagte ich. Ein Bekannter von mir spielt in den USA in einer beliebten Fernsehserie mit und wird deshalb auch oft um ein Selfie gebeten. Er verlangt pro Aufnahme fünf Dollar. Ich habe in Wien einmal im Spaß zwei Euro von einem Jugendlichen verlangt, der mir tatsächlich das Geld gab. Nina zwang mich, ihm die Münze zurückzugeben.

«Komisch», sagte der Tiroler Taxler. Das *K* krachte und knatterte.

«Was ist komisch?»

«Die Veranstaltung.»

«Um neunzehn Uhr fängt es an und geht bis weit nach Mitternacht», erklärte ich ihm. «Bands, DJs, und ich bin die Mitternachtseinlage.»

«Mitternachtseinlage, das klingt wie etwas, was in die Suppe gehört», sagte er.

Wir kamen zum Hafengelände, und auf dem riesigen Parkplatz standen vier Autos. Es war kurz nach neunzehn Uhr.

«Gibt es da noch einen anderen Parkplatz?», fragte ich.

«Nein, das ist der einzige», antwortete der Taxifahrer.

«Ist das sicher heute?»

«Natürlich ist das heute», sagte ich, leicht verunsichert. Ich zahlte, stieg aus und ging zum Haupteingang, der verschlossen war. Ich rüttelte an der Tür, aber sie ließ sich wirklich nicht öffnen. Ich blickte mich um; mein Taxi war verschwunden.

An der Rückseite der gewaltigen Halle war ein Tor offen. Eine einzelne Absperrung stand gegen die schmucklose Betonwand gelehnt. An einem Tisch saß ein Mann mit Mütze vor einer kleinen Kasse. Irritiert ging ich auf ihn zu.

«Hallo», sagte ich. Er schaute mich freundlich an.

Dann stand er auf und reichte mir seine Hand. «Hallo! Schön, dass sie da sind. Mondschein. Ich bin der Veranstalter.»

Im Vorfeld hatte mir meine Agentur geschrieben, dass mich ein neuer Kontakt buchen wollte. Sie hatten noch nie mit ihm zusammengearbeitet, aber die Gage war hoch, und ich sollte dafür nur dreißig Minuten auftreten.

«Wie hoch?», hatte ich gefragt.

«Siebentausend Euro.»

«Dann machen wir es», hatte ich gesagt.

«Ich habe auf der Fahrt durch die Stadt gar keine Plakate gesehen», sagte ich zu Herrn Mondschein, der ungewöhnlich seriös wirkte. Eher wie ein Zahnarzt als wie ein Promoter. Ende vierzig, Brille mit Goldrand. Er trug eine beige Windjacke und eine Cordhose, im gleichen Braun wie seine Mütze.

«Ich habe keine hängen lassen. Plakate bringen gar

nichts. Die werden eh überklebt», sagte er. «Wollen Sie etwas trinken? Darf ich Ihnen Ihre Garderobe zeigen?»

In der Halle hätten zwei Jumbojets Platz gefunden. Auf der Bühne stand ein Mädchenduo, beide hatten akustische Gitarren umgehängt. Sie sangen in Mundart über irgendein mir unbekanntes Tal, der Ton verlor sich in dem riesengroßen Saal. Vor der Bühne standen drei Besucher.

«Ist das der Soundcheck?», fragte ich.

«Na, der Soundcheck war um vier», sagte Herr Mondschein. Wir gingen an der Bühne vorbei in den Backstagebereich. Es gab drei große Garderoben. Die Tür neben meiner stand offen. Drin saßen vier ältere Herren in Tracht.

«Das Unterland Trio», erklärte Herr Mondschein.

«Aber das sind vier», sagte ich.

«Ja, das ist ihr Markenzeichen.»

In meiner Garderobe stand ein Plastiksessel, auf dem Tisch eine Flasche Mineralwasser, auf einem Pappteller lagen drei Mini-Milky-Ways.

«Gut, machen Sie es sich bequem. Sie haben ja noch reichlich Zeit bis zum Auftritt», sagte er und ließ mich allein.

Ich setzte mich auf den Plastikstuhl und holte mein Handy aus dem Mantel, um die Agentur anzurufen, aber niemand hob ab. Ich aß ein Mini-Milky-Way und nahm einen Schluck Wasser. Ich machte ein Selfie von mir mit dem armseligen Catering und schickte es an meinen Agenten.

«Es ist nicht so, dass ich wie Nena auf weißen Tulpen im Backstage bestehe, aber das?», schrieb ich dazu.

Dann rief ich Nina an.

«Hallo?»

«Wie geht es euch?»

«Gut. Hermann hat mit Maksym im Wald eine echte Hütte gebaut. Mit einer Axt.»

«Mit einer Axt?»

«Ja, er hat Hermann gezeigt, wie man damit umgeht.»

«Ist der geisteskrank? Hermann ist ein Kleinkind!»

«Sie haben einen Wildschweinschädel mit nach Hause gebracht. Stell dir das vor, einen echten Schädel!»

Ich war fassungslos. Mein Sohn fällte Bäume und erlegte wilde Tiere?

«Du musst ihm so etwas verbieten, Nina. Ich bekomme Panikattacken, wenn ich das höre.»

«Ich muss los, ich treffe Regula. Sie fährt morgen wieder zurück nach Zürich.»

«Und Hermann?»

«Maksym schläft hier. In deinem Arbeitszimmer.»

«Er darf nichts anfassen. Auf meinem Schreibtisch liegen wichtige Notizen. Hat der Mann kein eigenes Zuhause?»

«Er ist unser Au-pair. Die schlafen normalerweise in der Wohnung ihrer Arbeitgeber.»

«Er kann doch gehen, wenn du wieder nach Hause kommst», sagte ich ungehalten.

«Sag mal, bist du eifersüchtig?»

«Blödsinn, natürlich nicht. Ich will nur nicht, dass mein Arbeitszimmer nach seinem Schweiß riecht.»

«Keine Sorge, er war eben in der Dusche. Er hat sich den Wald abgewaschen.»

«Er hat bei uns geduscht?»

«Du, ich muss jetzt los. Ist bei dir alles in Ordnung?»

Nein, bei mir war nicht alles in Ordnung. Das vierköpfige Trio lärmte in der Nebengarderobe, die beiden Mädchen schlichen mit umgehängten Gitarren an der offenen Tür vorbei und starrten mich an, als sei ich ein Affe im Zoo.

«Alles klar?», rief ich ihnen zu.

Sie schüttelten ihre Köpfe.

Ich betrat die Halle. Inzwischen waren acht Zuschauer beisammen. Herr Mondschein saß an der Kasse und kassierte gerade ein Pärchen ab. Bald würde die Zuschauerzahl also schon zweistellig sein. Immerhin. Die Fünftausender-Halle füllte sich.

Ich stellte mich neben ihn.

«Mal ehrlich, das ist eine Farce», sagte ich. «Sollte man die Veranstaltung nicht einfach absagen?»

Er lachte fröhlich. «Nein, keine Sorge. Das Unterland Trio zieht. Und um Mitternacht kommen ja sowieso erst Sie als Höhepunkt. Da haben wir eine volle Hütte.»

«Aha», sagte ich und ging zurück in meine Garderobe. Das Unterland Trio war bereits auf der Bühne, ich stahl mir aus ihrer Garderobe drei Flaschen Bier. In meiner eigenen stellte ich fest, dass die zwei restlichen Mini-Milky-Ways fehlten. Das Trio oder die Mädchen? Ich hörte das Unterland Trio auf der Bühne schmissig aufspielen und schaute noch einmal in ihre Garderobe. Im Mistkübel lagen zwei leere Milky-Way-Verpackungen.

Dann ging ich wieder in den Saal. Im Laufe des Auftritts war die Zuschauermasse auf etwa fünfzehn angewachsen. Es gab also noch freie Platzwahl.

Und es sah nicht aus, als würde sich das so schnell ändern. Der Abend zog sich. Das Unterland Trio zog nicht. Hinter der langen Bar standen vier Kellnerinnen, die Köpfe auf die Hände gestützt.

Gegen zehn hörte das Unterland Trio abrupt auf, die wenigen Zuschauer klatschten. Es war ein unheimliches Geräusch. Der Beifall verhallte trist in den Weiten des Saals. Ich überlegte, heimlich die Flucht anzutreten. Aber irgendwie war ich auch gespannt, ob die versprochenen Massen tatsächlich noch kämen. Man kennt ja so etwas. Vorbands, die vor leeren Rängen spielen, und dann, wie aus dem Nichts, strömen die Massen für den Hauptact herein.

Mondschein verabschiedete sich von mir. «Ich muss kurz weg, zum Bankomaten. Das Unterland Trio will Cash auf die Hand», sagte er, die Autoschlüssel in der Hand.

«Dann möchte ich mich da gerne anschließen», sagte ich. «Cash auf die Hand ist immer gut.»

«Ich hab mit Ihrer Agentur ausgemacht, dass ich das Honorar überweise. Außerdem krieg ich nicht so viel aus dem Bankomaten. Bis gleich.»

Er lief zum Parkplatz und stieg in einen Mercedes Jeep mit Kitzbüheler Kennzeichen. Ich trottete zurück in die Halle.

Bis zu meinem Auftritt unterhielt ein DJ die kleine Menge. Drei betrunkene Damen tanzten, die anderen standen an der Bar, vier Zuschauer waren gegangen. Die drei Tänzerinnen hatten ein paar Tausend Quadratmeter Platz, trotzdem tanzten sie auf engstem Raum. Wahrscheinlich, um sich nicht ganz so verloren zu fühlen. Die Welt ist groß, und wir sind klein.

Um Viertel vor zwölf kamen sechs zusätzliche Besucher. Das war mein Publikum. Siebzehn waren es jetzt insgesamt.

Punkt Mitternacht stand ich hinter der Bühne. Der DJ hörte auf zu spielen und kündigte mich an.

«Meine Damen und Herren: Dirk Stermann!»

Ich betrat die Bühne und sah ins Publikum. Die drei Tänzerinnen waren weg. Blieben also noch vierzehn Besucher.

Ich begann wie üblich mit dem Versprechen, nachher auf dem Parkplatz für sexuelle Dienste zur Verfügung zu stehen, weil das Teil meines ORF-Vertrages sei.

Nach dem Auftritt stand ich auf dem leeren Parkplatz. Kein Auto weit und breit, nicht einmal der Jeep mit dem Kitzbüheler Kennzeichen.

Am nächsten Morgen ging ich vor der Rückfahrt in die Innsbrucker Bahnhofsbuchhandlung. Vor mir an der Kasse erkundigte sich ein junger Mann in Skaterkleidung nach dem Roman «Uli Hoeneß» von James Joyce. Die Buchhändlerin schaute verunsichert.

«Wahrscheinlich meint er Ulysses», mischte ich mich ein. «Das ist aber kein Fußballschmöker», ergänzte ich, an den Skater gewandt.

«Dann nicht», sagte er und verließ die Buchhandlung.

Ich selbst kaufte mir die Taschenbuchausgabe von Michel Houellebecqs «Unterwerfung».

«Keins Ihrer eigenen Bücher?», fragte die Buchhändlerin lachend und machte ein Selfie mit mir.

Ich lief an dem Verkaufsstand mit Nordtiroler Schinkenspezialitäten vorbei zum Bahnsteig für den Zug nach Wien. Dort wartete neben mir ein Mann, der aussah wie der osteuropäische Clown eines heruntergekommenen mitteleuropäischen Wanderzirkusses. Seine Gesichtsfarbe war grauer als der Asphalt. Das Gesündeste an ihm schien die Zigarette in seiner Hand zu sein, die er zwischen Mittel- und Ringfinger hielt. Wie Houellebecq, dachte ich. Der Mann hatte wirklich Ähnlichkeit mit dem Schriftsteller, der inzwischen ja immer mehr aussieht wie das Nachher-Bild einer Drogenwarnkampagne. Wie viel Botox bräuchte es, um aus Houellebecq den Mann zu bauen, dem man glaubt, dass attraktive junge Frauen aus dem Maghreb gern an seinem Sack lutschen? Im Zug begann ich mit der Lektüre. «Unterwerfung» las sich wie eine Weiterführung von FPÖ-Plakaten, nur besser geschrieben. Der Franzose kam immerhin ohne einfältige Reime aus. Schnell wurde mir klar, dass der schmächtige Bestsellerautor in Wahrheit nur davon träumte, mit drei geilen Araberinnen zusammenleben zu können. Nach Möglichkeit zwei in Dessous unter der Burka und eine mit Haus- und Kochverstand. Ich bekam Appetit.

Im Speisewagen saß mir der Graue vom Bahnsteig gegenüber und kaute an mitgebrachtem Knäckebrot, das mit seiner Gesichtsfarbe zu einem grauen Einheitsbrei verschmolz. Ich las und blickte aus dem Fenster in die Landschaft, in der ich jeden Carport kannte, jeden Kreisverkehr. Ich hatte schon so oft auf der Weststrecke aus dem Fenster geblickt. Berge, Felder, Lagerhäuser. Mein Handy brummte, eine SMS. Es war die Nummer eines Freundes von Spön, der im österreichischen Außenministerium arbeitet.

«Lieber Dirk. Er kommt aus Antrazyt, Bergarbeiterstadt im Südosten. War Soldat. Heißt nichts, waren alle da. Soldaten oder Bergarbeiter. Hab nichts Dramatisches gefunden. Sauber.»

Schade. Ich hätte sehr gerne eine Information mit nach Hause gebracht, die zwingend zu Maksyms Entlassung geführt hätte.

Der Wildschweinschädel lag neben dem Holzspielzeug in Hermanns Regal.

«Ich habe ihn natürlich ausgekocht», sagte Nina. Deshalb also dieser Geruch nach Verwesung in der ganzen Wohnung. Unser Zuhause stank wie eine Abdeckerei.

«Ich finde Totenköpfe in Kinderzimmern furchtbar», sagte ich. «Eigentlich in jedem Zimmer.»

«Das ist Natur», sagte Nina. «Was soll daran furchtbar sein?»

«Wir können auch in der Pathologie fragen, ob sie ein paar frische Leichen fürs Kinderzimmer haben», sagte ich. Die Pathologie der Universität war tatsächlich nur wenige Meter von unserem Wohnhaus entfernt. Wenn es warm war, roch es bei bestimmten Windverhältnissen nach Formalin und süßlichem totem Fleisch.

«Ich finde es toll, dass Maksym mit ihm analoge Sachen macht», sagte Nina.

«Analog? Ein Tierkadaver ist allerdings analog!»

«Sie haben das Wildschwein ja nicht erlegt.»

«Wer weiß? Sie waren mit einer Axt unterwegs, das hast du selbst gesagt.»

Sollte ich ihr erzählen, dass Maksym Soldat gewesen war? Aber dann hätte ich gestehen müssen, Nachforschungen angestellt zu haben. Mir war nicht klar, ob die Pazifistin dann die Oberhand über die Bürgerrechtlerin gewonnen hätte. Sicherheitshalber hielt ich den Mund.

«Ich finde es großartig, dass er Hermann die Natur nahebringt. Wahrscheinlich kennt Maksym das von seiner Heimat, aus der ukrainischen Weite, der Brotkammer Europas. Felder, Wälder.»

«Er kommt aus einer Bergbauregion. Komplett verseuchte Gegend. Schwerindustrie und Krieg, Ostukraine. Antrazyt heißt das Höllenloch», sagte ich und legte größtmögliche Abscheu in meine Worte. «So ein Kosakendorf. Du weißt, die Kosaken, ein brutales Volk.»

«Woher weißt du das?» Nina sah mich mit feindlich zusammengekniffenen Augen an.

«Kosaken haben mit Peitschen Pussy Riot niedergeknüppelt», fuhr ich fort. «Das sind Schlägertrupps, waren sie immer schon. Und sie haben mit den Nazis gegen die Rote Armee gekämpft und gegen Titos Partisanen!»

Drei Fakten, drei zu null für mich. Die Sache mit den Nazis war mein schwerstes Geschütz.

«Woher weißt du, wo er herkommt?», fragte sie noch einmal.

«Ich habe mich eben erkundigt. Das ist ja wohl ganz normal. Glaubst du, ich lasse meinen Sohn mit irgendjemandem allein, während du in New York bist?»

Nina sah mich an. «Er kommt also aus einer Bergbauregion. Und du? Du kommst aus dem Ruhrgebiet. Vielleicht sollte ich mir mal überlegen, ob ich dich mit Hermann allein lasse!»

«Aber ich peitsche keine Feministinnen aus!»

Nina schüttelte den Kopf. «Ich begreife dich nicht. Ist das Hengstbissigkeit? Kannst du mir bitte mal erklären, was dein Problem ist?»

«Der Kerl ist übergriffig, und ich verstehe nicht, warum er sich jetzt schon so breitmacht. Ich dachte, wir hatten beschlossen, dass er erst nach dem Sommer da sein wird, und jetzt verteilt er bereits Kadaver in der Wohnung!»

Am Abend lag ich mit Hermann im Bett und las ihm vor. «Die Speibbanane», das Kinderbuch, das ich eigentlich für Kina geschrieben hatte. Die Geschichte der Banane, die in Afrika gepflückt und in Europa verkauft wird. Die durch die langwierige Reise über Stock und Stein und über das stürmische Meer immer grüner wird, bis sie am Ende, in Österreich angekommen, der alten Frau in den Einkaufskorb kotzt und daraufhin so wieder zurück nach Hause zu ihren Freunden gebracht wird, wo sie immer und immer wieder von allen anderen Bananen gebeten wird, noch einmal ihren Satz zu sagen. *Ich glaub, ich muss gleich speiben,* sagt die Banane dann.

«Ich glaub, ich muss gleich speiben, sagte die Banane», las ich vor, aber Hermann starrte nur gebannt auf den Wildschweinkopf.

«Soll ich aufhören zu lesen?», fragte ich beleidigt. Ich lag neben ihm und wunderte mich. Der Holzdino drückte mir nicht in den Rücken. «Wo ist der Dino?»

«Hab ich Maksym geborgt», sagte Hermann.

«Aber du liebst doch deinen Dino!»

«Ja.»

Ich streichelte sein Haar und massierte ihm den Nacken.

«Bin ich froh, wieder hier zu sein», sagte ich. «Bei dir und Mama.»

«Ich auch», sagte er. «Spielen wir Käpt'n Knalltüte?»

«Jetzt nicht. Es ist schon spät. Das Nilpferd schläft.»

«Ich kann aber nicht schlafen, wenn die Katze so weint.»

Er hatte recht. Das Kätzchen wurde wieder gequält. Ich stand auf und schloss das Fenster. Die arme Kreatur.

In der Agentur stand ein ausgestopftes Pferd im Foyer. Meine Agentur hatte irgendeinen Kinofilm mitproduziert und sich das Requisit gesichert. Es war ein beliebtes Fotomotiv bei Besuchern. Ich hatte noch nie im Sattel des toten Pferdes gesessen, und ich würde mir auch nicht den Wildschweinschädel für ein lustiges Foto auf den Kopf setzen.

Paul, der in der Agentur für mich zuständig war, trug ein frisch gebügeltes Hemd. Natürlich. Überbügelt, wie ich fand. Trotz seiner Karenz war er für ein kurzes Treffen gekommen; er sah mich auf eine Art an, als erwarte er besonderen Dank dafür.

«Ich hab nicht lange Zeit», sagte er zur Begrüßung.

«Mehr Bügelwäsche?»

Er nickte. «Außerdem ist die Kleine nur kurz bei der Oma. Die Oma muss aber weg, sie hat irgendeinen Abszess im Mund.»

«Wir haben jetzt auch einen Babysitter», sagte ich.

«Werdet ihr auch brauchen. Du hast im Herbst ganz schön viele Auftritte, dank mir.»

«Ließ sich nichts absagen?»

Er schüttelte den Kopf. Wir saßen in der Teeküche der Agentur, die zwar so hieß, in der aber ausschließlich Kaffee getrunken wurde. Josef Hader schaute hinein, grüßte kurz und verschwand dann wieder.

«Und?», fragte Paul. «Ist sie hübsch, die Babysitterin?»

«Es geht. Sie hat eine Glatze, trinkt Bier und tötet fremde Tiere im Wald.»

«Klingt kinderlieb. Das ist wirklich ein Problem. Wer eine gute Babysitterin hat, wird sie nicht hergeben, und die, die frei sind, da kaufst du die Katze im Sack. Ich habe Glück, wir haben eine unglaublich schöne Russin.»

«Die Oma ist Russin?»

«Nein, die Oma kommt aus dem Burgenland. Anna heißt die Babysitterin, aber sie hat heute leider irgendein Fotoshooting. Sie modelt.»

«Das Problem werden wir nicht haben. Unser Babysitter hat einen Bären tätowiert. Lebensgroß.»

«Wow.» Paul trank einen Schluck Kaffee und sah auf die Uhr.

«Wir haben ein Problem mit dem Mondschein», sagte er, und es klang, als gäbe es ein astronomisches Problem. Den ganzen Monat nur noch Vollmond, Schlafstörungen bis in die Ewigkeit.

«Der Typ ist komplett untergetaucht. Geht nicht ans Telefon, reagiert nicht auf Mails, nichts.»

«Habt ihr keine Adresse?»

«Nein, wir haben alles über Mail gemacht. Ich fürchte, wir schauen durch die Finger», sagte Paul.

«Dann verständigt die Polizei. Der Kerl hat einen Jeep mit Kitzbüheler Kennzeichen.»

«Leihwagen. Haben wir alles schon überprüft. Die Miete für die Halle hat er auch nicht bezahlt. Er hat wohl mit sehr viel Publikum gerechnet, aber da hat das Publikum nicht mitgespielt.»

«Die Bergmusiker hat er bar bezahlt.»

«Ja, die waren klug. Du siehst wohl in die Röhre. Tut mir leid. Wir haben dich ja gewarnt, dass wir den Kerl nicht kennen. Er wirkte seriös, war es aber nicht.»

«Er hatte eine Goldbrille.»

«Das heißt wohl nichts. Schade. Besser, du hörst das nächste Mal auf uns bei so etwas.»

«Ihr habt aber nicht gesagt, dass ich dort nicht auftreten soll. Ihr habt nur gesagt, dass ihr ihn nicht kennt.»

«Ja, blöd. Aus Schaden wird man arm.»

Beim Rausgehen sah ich einen alternden Kabarettisten auf dem Rücken des Pferdes sitzen. Der Anblick war uns beiden unangenehm.

Nina zeigte mir ein Foto ihres Büros in New York. Es war größer, als ich erwartet hatte. Das Österreichische Kulturinstitut in Manhattan ist winzig. Es ist nur sieben Meter breit und vierundzwanzig Stockwerke hoch. Es sieht aus wie ein Liftschacht für die nebenstehenden Wolkenkratzer. Der

Vorteil ist, dass Terroristen mit einem Flugzeug niemals das Gebäude treffen würden. Zu niedrig und zu mickrig für Al Kaida.

Sie strahlte.

«Das sieht toll aus», sagte ich.

«Ich freu mich wirklich», jubelte sie. «Ich freu mich darauf, mit dir und Hermann hinzufahren. New York wird ihm gefallen.»

Ich nickte und gab ihr einen Kuss.

«Wie war es in der Agentur? Hatte Paul sein Kind mit dabei?»

«Nein, sie haben eine Anastasia als Babysitterin. Der Veranstalter in Innsbruck ist untergetaucht. So etwas hab ich überhaupt noch nie erlebt. Wie im Film. Er hat uns alle geprellt! Siebentausend Euro in den Wind geblasen.»

«Im Ernst? Und da kann man nichts machen? Der kann ja nicht einfach verschwunden sein.»

Ich zuckte mit den Schultern und zog mir mein Sakko an. Ich musste zur Fernsehaufzeichnung.

«Morgen hole ich Hermann vom Kindergarten ab. Versprochen», rief ich und verließ die Wohnung.

«Grüß Elke», rief sie mir nach.

Im Treppenhaus traf ich die Hausbesorgerin. Sie kam gerade mit einem vollen Sack vom Sperrmüll zurück. Eine zerbrochene Vase schaute aus der Öffnung heraus.

«Wissen Sie eigentlich, wer hier im Haus seine Katze so misshandelt?», fragte ich sie.

«Das weiß ich nicht, aber jemand sollte die Tierrettung rufen», antwortete sie. Eine leere Spülmittelflasche fiel aus dem Sack. Sie hob die Flasche auf, stopfte sie zurück und schloss ihre Wohnungstür auf. Kurz sah man Müllberge in ihrem Vorraum.

In der Sendung war Elke Krystufek zu Gast. Sie trug eine weiße Langhaarperücke und einen goldenen Anzug. Nina hatte sich sehr darüber gefreut, dass wir auch einmal eine bildende Künstlerin in unsere Unterhaltungssendung eingeladen hatten.

Krystufek kam mit einem Stift in die Show und begann, mein Gesicht zu bemalen. Es war Blut, mit Lack vermischt, die ätzende Flüssigkeit tropfte mir in die Augen. Ich sah aus wie Jesus, dem man in den Kopf genagelt hatte. Wie Thomas Gottschalk mit Kopfschuss, wie André Heller, der für uns alle blutet. Plötzlich konnte ich nichts mehr sehen. Meine Augen waren verklebt, und es brannte fürchterlich. Krystufek brabbelte unverständliche Dinge und fütterte mich mit Sushi. Die Zuschauer im Saal lachten aus Verlegenheit und Ekel. Ich goss mir Wasser in ein Glas und dann über die Augen. Mein Hemd war blutverschmiert, ich schrie um Hilfe, die Kameras liefen weiter. Die berühmte Künstlerin erklärte, sie haben noch nie eine Kunstperformance gemacht, in der sie im Auge gemalt hätte. «Werde ich jemals wieder sehen können?», fragte ich.

«Weiß ich nicht», antwortete sie. Inzwischen klebten auch Haare ihrer Perücke in meinem blutigen Gesicht.

Ich beendete die Sendung und ließ mich vom Aufnahmeleiter in meine Garderobe führen. Die Stadt der Blinden. Late Night in the dark. Ich war wütend, vor allem auf mich selbst, dass ich diesen Blödsinn zugelassen hatte. Wieso hatte ich ihr nicht den Stift aus der Hand geschlagen? Weil ich dachte, etwas Unterhaltsames würde daraus entstehen? Aus Höflichkeit dem Fernsehgast gegenüber?

Ich konnte die Augen nicht öffnen, sie waren völlig verklebt. Unter den verklebten Lidern brannte es. Ich bekam Panik.

«Ist ein Arzt im Publikum?», hörte ich eine Durchsage im Studio. Aber entweder war keiner anwesend, oder der Arzt wollte mir nicht helfen. Stattdessen kam Hans, der Fotograf. «Darf ich ein Bild machen? Du siehst furchtbar aus. Das werden sie in den Boulevardzeitungen lieben!»

Meine Produzenten ließen mich schließlich in die Augenklinik fahren. Ein junger Arzt aus Mülheim an der Ruhr reinigte die Augen mit einer Kochsalzlösung und machte währenddessen ein Selfie mit mir.

«Sie haben einen bescheuerten Beruf», sagte er. Ich erinnerte mich daran, dass ich vor über zwanzig Jahren schon einmal hier gewesen war, zusammen mit Spön, der damals eine Wohnung ausgemalt und Kalk ins Auge bekommen hatte. Das war noch im alten Allgemeinen Krankenhaus gewesen. Die Augenklinik war damals als letzte Station noch in den alten Gemäuern untergebracht gewesen, während alle anderen Abteilungen bereits ins neue, moderne Gebäude gezogen waren. Es war Abend gewesen und das alte AKH eine Großbaustelle, in der wir uns nicht zurechtfanden. Spön hatte damals wirklich Angst bekommen, kurz vor der rettenden Hilfe zu erblinden, «nur weil wir den Scheißeingang nicht finden!».

Merkwürdigerweise hatte ihn dann auch ein junger Augenarzt aus Mülheim an der Ruhr verarztet. Hinterher sagte Spön zu mir: «Das Erste, was ich wieder sehen konnte, waren zwei Deutsche. Dich und den Arzt. Ich hätte mir fast wieder Kalk ins Auge geschüttet!»

«Lack im Auge ist nicht zu empfehlen», sagte mein Mülheimer und empfahl mir, am nächsten Tag noch einmal zur Kontrolle zu kommen.

«Besteht die Gefahr bleibender Schäden?», fragte ich ängstlich.

«Ich an Ihrer Stelle würde ab jetzt in ständiger Angst vor Künstlerinnen sein», antwortete er. «Aber wahrscheinlich kommen Sie glimpflich davon.»

Auch mit Lesebrille konnte ich die Buchstaben auf meinem Handy nicht lesen. Irgendjemand hatte mir irgendetwas geschickt. Wahrscheinlich Genesungswünsche oder Entschuldigungen oder besorgte Kollegen.

«Du hast noch deinen Fernsehanzug an. Könntest du ihn in den Fundus bringen?» Meine Kostümbildnerin hatte geschrieben. Ich las ihre Nachricht am nächsten Morgen. Meine Augen sahen immer noch aus wie nach mehreren schweren Bindehautentzündungen. Nina war nicht da, sie hatte Hermann in den Kindergarten gebracht und wollte sich danach mit Künstlerfreunden treffen. Sie wusste noch gar nicht, dass ich beinahe erblindet wäre.

«Krystufek laden wir nicht mehr ein, kein sehr ergiebiger Gast», schrieb mir mein Redakteur.

«Danke, besser, aber immer noch schlecht», schrieb ich zurück, auf die Frage, die mir nicht gestellt wurde. Der Anzug war voller Blut. Es sah aus, als hätte ich ihn während eines Massakers getragen, als wäre ich in Kettensägen geraten.

Ich träufelte die Tropfen in meine Augen, die mir der junge Arzt mitgegeben hatte, und sah dabei in den Spiegel. Sah, wie die Tränen aus meinen rot unterlaufenen Augen rollten. Auf meiner Stirn und meinen Wangen war auch noch Farbe.

«Unterhaltung ist kein Honiglecken», murmelte ich.

Hermann schien überrascht, dass ich ihn vom Kindergarten abholte.

«Komm, mein Schatz, wir gehen in den Tiergarten, okay?»

«Warum hast du so Augen?»

«Arbeitsunfall. Komm, zieh dich an.»

«Nein.»

«In den Zoo. Wir beide gehen in den Zoo, du liebst den Zoo», sagte ich und holte seine kleine Jacke aus seinem kleinen Kasten. In der Innentür war ein Foto von Hermann mit Nina. Wieso war da eigentlich keins mit mir?

«Wir bauen gerade ein *A*», sagte er. «Aus Blumen.»

«Schön, aber das kannst du ja morgen auch noch machen. Jetzt schauen wir uns die Tiere in Schönbrunn an.»

«Morgen machen wir *B*», sagte er. Ich beendete die Diskussion und zog ihn an.

In der U-Bahn lag eine Gratiszeitung auf dem Nebensitz. «Mann auf Berg abgestürzt! Wanderer hat sich selber das gebrochene Bein geschient und es bis ins Tal geschafft. Dann ist er entkräftet in einem fünfzig Zentimeter tiefen Bach ertrunken.»

Wir fuhren an der Kettenbrückengasse vorbei. Hier hatte ich mit Kina und Sophie in meinem früheren Leben gewohnt. Über uns hatte ich Kina auf dem Flohmarkt Radfahren beigebracht und auf dem Nachmarkt Kirschkernweitspucken, um ihr Kirschen schmackhaft zu machen. Allerdings musste ich jeden Kern herauspulen und ihr dann zum Spucken geben.

«Wann kommt Kina wieder?», fragte ihr kleiner Bruder.

«Das dauert noch lange. Sie macht eine Weltreise.»

«Ist das weit weg?»

«Ja, sehr weit.»

Mir fiel ein, wie Kina sich einmal über die vielen Reisebusse am Ring gewundert hatte.

«Das sind Touristen. Die kommen nach Wien, weil es hier so schön ist», hatte ich ihr erklärt.

«Ich will auch einmal nach Wien», sagte meine kleine Wiener Tochter, als sie so alt war wie mein kleiner Wiener Sohn heute.

Wir gingen am Ticket Office in Schönbrunn an der langen Schlange der Zoobesucher vorbei, dem Pfeil «Jahreskartenbenutzer» folgend.

«Siehst du, Hermann, wie gut, dass ich bei unserem letzten Besuch im Zoo eine Jahreskarte für uns gekauft habe. Die anderen müssen eine halbe Stunde anstehen, wir können gleich rein», sagte ich zu meinem Sohn, der an meiner Hand ging. Diese kleine Hand in meiner Hand. Wenn wir nebeneinandergingen, musste ich meine Hand nur leicht in seine Richtung hängen, schon ergriff er sie. Ich mochte dieses Gefühl. Vater und Kind.

Es war Mitte Mai, und das schöne Wetter lockte die Besucher in den ältesten Zoo der Welt.

Ich legte die Jahreskarte auf den Scanner und wartete auf das grüne Licht am Schranken, aber es kam nicht. Ich wiederholte den Vorgang, das Licht blieb rot.

«Komisch», sagte ich und rief eine Zoomitarbeiterin, die auf der anderen Seite der Absperrung stand.

«Es funktioniert irgendwie nicht», sagte ich freundlich. Ich gab ihr die Jahreskarte, und sie betrachtete sie.

«Weil Ihre Karte abgelaufen ist», sagte sie.

«Ich hab sie bei unserem letzten Besuch gekauft! Das gibt's doch nicht, dass die jetzt schon abgelaufen ist!»

«Sie waren vor anderthalb Jahren das letzte Mal hier», sagte sie und gab mir unsere abgelaufene Jahreskarte zurück. Missmutig nahm ich sie entgegen. Sie hatte recht.

Eine Jahreskarte rechnet sich ab dem dritten Besuch. Da hatten wir den Tiergarten großzügig unterstützt.

«Hätte ich nicht gedacht, dass das schon so lange her ist», sagte ich zu Hermann.

«Ich kann mich gar nicht erinnern, dass wir schon einmal hier waren», antwortete er.

«Doch, klar. Wir beide waren schon oft zusammen im Zoo. Das ist unser Ding», sagte ich. Wir stellten uns am Ende der Schlange an. Dreißig Minuten später standen wir im Zoo.

«Ich will ein Eis», sagte Hermann, als er einen Stand erblickte.

«Wollen wir uns nicht erst einmal die Tiere anschauen?»

«Nein, erst Eis», beharrte er, und wir gingen zu dem Stand. «Eine Kugel Stratschella im Stanitzel», bestellte er routiniert. Er begann zu schlecken, und schnell war viel Stracciatella in seinem Gesicht.

«Könnte ich bitte eine Serviette haben?», fragte ich die Eisverkäuferin.

Sie gab mir eine von diesen harten, dünnen Servietten, die es nur in Eissalons gibt und deren Saugkraft so dürftig ist, als würde man versuchen, sich mit einem Stück Frischhaltefolie abzutrocknen. Ich kaufte eine Flasche Mineralwasser und reinigte ihn mit meiner nassen Hand.

In dem unübersichtlichen und riesigen Areal des Tiergartens fand ich mich trotz der vielen Hinweisschilder mit Tiersymbolen nur schwer zurecht. Hermann wollte zu den Affen, aber nach einiger Zeit war unübersehbar, dass wir uns verlaufen hatten.

«Wollen wir nicht erst einmal zu den Tapiren gehen? Die wohnen hier, steht da.» Ich zeigte auf ein kleines Gebäude, vor dem keine Schlange stand. Offensichtlich zählten Tapire nicht zu den Hauptattraktionen. Pandabären, Pinguine, Elefantenbabys. Tapire waren eher Außenseiter. Freaks, aber immerhin Tiere, dachte ich mir.

«Kenn ich nicht», sagte Hermann.

«Eben. Wir werden sie jetzt kennenlernen.»

Es roch muffig im Tapir-Haus. Außer uns waren noch zwei Kinder und ihre Eltern da. Hinter Eisengittern standen reglos zwei Tapire, ein Männchen und ein Weibchen. Ich hätte kein Geschlecht zuordnen können, aber die andere Mutter kannte sich aus.

«Tapire sind am liebsten allein. Wenn sie andere Tapire treffen, werden sie aggressiv. Nur in der Paarungszeit kommen Männchen und Weibchen kurz zusammen», erklärte die Frau den Kindern. «Hallo, wie heißt du?» Sie schaute zu uns.

«Dirk», sagte ich aus einem Reflex. «Dirk Stermann.»

«Ich meinte den kleinen Mann», sagte sie und ging vor Hermann in die Hocke.

«Er heißt Hermann», sagte ich, um das Gespräch abzukürzen. Manchmal dauerte es, bis mein Sohn Fremden seinen Namen sagte. Die stickige Luft im Tapir-Haus war unerträglich. Meine Augen brannten wieder.

«Ich kann das selber sagen, Papa», sagte mein Kind. «Ich heiße Hermann.»

«Also Hermann, das sind Schabrackentapire. Die kommen aus Südostasien», erklärte sie. Das hätte ich auch gekonnt, die Information stand ja kuchenbreit auf der Schautafel am Gitter.

«Das sind Unpaarhufer», dozierte die Zoo-Mama.

«Aha», sagte ich. «Gehen wir weiter, Hermann?»

Er schüttelte seinen kleinen, blonden Kopf, denn in diesem Moment begann das Männchen einen Schritt auf das Weibchen zuzugehen. Er versuchte, sie zu besteigen. Im Verhältnis zum Körper ist der Kopf des Männchens recht klein, aber der Penis dafür gigantisch. Und diesen Penis fuhr er nun aus. Ihn aufzurichten, schien dem Tapir fast unmöglich. Er krächzte, sein Gemächt ächzte.

«Was ist das?», fragte Hermann, aber sowohl die fremde Mutter als auch ich waren zu gebannt, um seine Frage zu beantworten.

Der Tapir stand hinter dem Tapirweibchen, seine Vorderbeine auf ihrem schwarz-weißen Rücken. Schließlich hob sich sein Penis. Der Zoo-Mama entglitten die Züge. In diesem Moment machte die Tapirfrau einen Schritt nach vorn, und der stolzgeschwellte Tierphallus krachte ohrenbetäubend auf den Steinfußboden. Der Schrei des Tapirs ist in meinen Steigbügeln und Ambossen verankert. Verzweifelt, verletzt, verloren. Eine unangenehme Stimmlage hat das Tier.

Mehrmals wiederholte sich diese Szene. Kampf um die Erektion, Schritt, Patsch. Das Weibchen schien völlig unbeteiligt, sie hatte die absolute Macht. Er begann traurig zu blöken wie ein unattraktiver Hirte, der von seinen Schafen verschmäht wird. Es war unsagbar schmerzhaft. Immer wieder donnerte der Tapirpenis auf den steinharten Grund.

«Auf Spielplätzen hat man doch diesen Gummibelag für den Boden», sagte ich. «Warum nicht hier?»

«Kommt, Kinder, wir gehen jetzt», sagte die Mutter.

«Was war das?» fragte Hermann und starrte den armen Tapir an.

«Das war so eine Art Liebe», antwortete ich ihm.

«Ein paar Ufer», sagte Hermann beim Ausgang des Schlossparks. Ich wusste nicht, wovon er sprach.

«Die Tiere mit dem Schlauch, der auf den Boden fiel. Das war ein paar Ufer!»

«Unpaarhufer», verbesserte ich ihn. «Aber du hast recht. Die waren wie zwei gegenüberliegende Ufer. Das sind halt Tiere, die eigentlich lieber allein sind. Aber manchmal müssen sie sich treffen, damit Babys kommen können.»

«Wenn es so laut auf den Boden kracht, kommen keine Babys», sagte Hermann. «Da kriegen sie Angst.»

«Stimmt», antwortete ich und zeigte auf ein großes, altes Gebäude. «Das ist das Schlosshotel Hietzing», erklärte ich. «Hier hat ein berühmter Erfinder gewohnt. Der hieß Edison und hat für den Kaiser im ganzen Schloss Elektrizität eingebaut, damit sie richtige Lampen haben konnten. Und als er mit seiner Arbeit fertig war, hat er gewartet, dass der Kaiser ihn bezahlt. Ein Jahr blieb er hier im Hotel und ging nicht weg, bis der Kaiser die Nerven verlor und ihm das Geld gab.»

Hermann blickte mich ernst an. Er schien zu überlegen. «Wirst du dann auch bei dem Herrn Mondschein wohnen, bis er dir das Geld gibt?»

Woher wusste er das? Vielleicht hatte Nina ihm davon erzählt. Ich kniete mich vor ihn auf den Gehsteig. «Nein. Ich lass dich doch nicht allein. Keine Sorge.»

«Und das Geld?»

«Du hast recht. Vielleicht sollte ich doch dort wohnen.»

Auf der Fahrt zurück lag wieder die Gratiszeitung auf dem Sitz, diesmal mit eingerissener Vorderseite. «Mann auf Berg abgestürzt! Wanderer hat sich selber das gebrochene Bein geschient und es bis ins Tal geschafft.» Hier kam der Riss. Nichts mehr davon, dass er dann doch noch kurz vor dem Ziel in einem Rinnsal ertrunken war. Der Riss war wie die positive Sicht auf eine negative Welt. Wer die Nachricht jetzt las, dachte sich, schön, dass der Mann es geschafft hat. Et hätt noch emmer jot jejange, wie man im Rheinland die Hoffnung gern in ein Naturgesetz umformuliert.

Daheim badete ich Hermann und trocknete ihn dann ab.

«Hast du ihn eingecremt?», rief Nina vom Flur.

Ich suchte eine Creme, fand aber nur altes Babyöl. Es zog nicht richtig ein und klumpte. Mein Sohn glänzte wie eine bröcklige Discokugel.

Nina kam ins Bad und lachte. «Das Zeug ist uralt! Dein Vater hat es nicht so mit Pflegeprodukten. Er hat sich einmal in Südfrankreich mit einem Aloe-vera-Shampoo eingecremt, weil er dachte, es sei ein Sonnenschutzmittel. Dein Papa sah am Abend aus wie ein kaputter Dinosaurier.»

Hermann lachte. Die Vorstellung gefiel ihm, dass ich wie ein hautkrankes Reptil ausgesehen hatte. Nina wusch ihm das ranzige Öl mit warmem Wasser ab und cremte ihn dann mit einem sauteuren Bioprodukt ein. Hermann saß nackt da und sah auf seinen kleinen Penis.

«Wird der später auch auf den Boden fallen?», fragte er.

«Nein», beruhigte ich ihn. «Dein Penis hat eine Größe, die genau richtig ist. Und du wirst jemanden finden, der nicht einen Schritt nach vorne macht. Versprochen.»

«Das ist sehr gut», sagte er und nickte ernst.

«Ja, das ist sehr gut», sagte ich. «Wollen wir vor dem Schlafengehen noch Käpt'n Knalltüte spielen? Er könnte heute Bilder aus Mamas Museum in New York stehlen.»

«Nein, Papa. Käpt'n Knalltüte soll Mama nichts stehlen. Er klaut nur Sachen aus Wien.»

«Ein Provinz-Pirat also», sagte ich. «In Ordnung. Mamas Museum ist eh so klein, da ist gar nicht so viel drin.»

Im Bett erzählte er mir, dass Orhan ihn geschubst habe.

Maksym habe ihm aber beigebracht, wie man jemanden in die Kniekehle treten kann, damit er umfällt.

«Orhan ist geknickt und umgekippt», erzählte Hermann stolz. «Obwohl er schon fünf ist!»

«Toll», sagte ich. «Gut, dass Maksym dir nicht die Axt in den Kindergarten mitgegeben hat.»

Wir lasen «Pippi in Taka-Tuka-Land», und ich musste ständig den Text spontan ändern, damit der Rassismus abgeschwächt wurde. Statt *Negerkönig* las ich *Inselkönig* und statt *Negerkinder Kinder*. Politisch korrekt vorzulesen schärft den Geist und hält wach. Leider auch Hermann.

«Kannst du nicht schlafen?», fragte ich nach einer Dreiviertelstunde.

«Die Katze muss ins Krankenhaus», sagte er. «Hat die ein Tier?»

«Ein Tier?»

«Krebse?»

«Ach so, Krebs? Keine Ahnung, warum die so laut schreit.»

Er legte seinen Kopf auf meine Brust. «Kannst du mir eine Geschichte vom kleinen Papa erzählen?»

«Es war einmal ein Mann, der hatte sieben Kinder?»

«Nein, von dir. In echt. Als du klein warst.»

«Gut». Ich überlegte. «Also. Herr Reuter war mein Sportlehrer in der Schule. Aus ganz kurzer Entfernung hat er mir mal einen Basketball an den Kopf geworfen. Er war so ein muskulöser Dorftrottel, der in einem Mistkübel in seiner niedersächsischen Heimat ein Lehrer-Diplom gefunden hatte.»

«Was heißt Muskeltrottel?»

«Er sah aus wie Maksym, war aber größer. Beim Hürdenlaufen war meine Freundin Sandra gestürzt und hatte sich das Knie aufgeschlagen. Sie lag auf dem Boden und blutete. Herr Reuter schrie: Stell mal wer die Hürde wieder auf. Sonst nichts. Sandra war ihm egal, obwohl sie große Schmerzen hatte. Und ich schrie zurück: Sie sind wirklich ein Arschloch.»

Hermann lachte. «Arschloch hast du gesagt? Das darf man nicht.»

«Ja, das darf man nicht, aber ich war wütend auf den Lehrer. Ich half Sandra auf, und schon flog mir der Ball an die Schläfe. Ich sackte zu Boden und blieb ohnmächtig neben Sandras Blutlache liegen. Der Dorftrottel hatte mich ausgeknockt.»

«Warst du tot?»

«Nein.»

«Gut», sagte Hermann. «Sonst würde es mich ja nicht geben.» Er war erleichtert. Die Katze schrie wieder, und seine Augen wurden glasiger.

«Lasst ihn liegen, tritt sich fest, brüllte Herr Reuter und richtete sich den Sack.»

«Welchen Sack?»

«Den Hodensack. Unter deinem Penis ist der Hodensack.»

«Er hat sich meinen Hodensack gerichtet?»

«Nein, er hatte auch einen. Alle Männer haben einen.»

«Du auch?» Er gähnte.

«Klar. Herr Reuter hat sich oft in seine Turnhose gegriffen. Sein Lieblingssatz war *Das weibliche Östrogen macht den männlichen Körper kaputt.* Er trug in der Schule immer so ein Muscle-Shirt, darüber manchmal seine Motorradjacke. Er fuhr eine Kawasaki, deshalb nannten wir sein Gemächt auch so. Schau, er greift sich wieder an seine Kawasaki, sagten wir. Oder: Das weibliche Östrogen macht den männlichen Kawasaki kaputt. Ich war damals dreizehn, meine einmal sitzen gebliebenen Freunde vierzehn, meine mehrmals sitzen gebliebenen Freunde fünfzehn oder sechzehn.»

Hermann fielen die Augen zu. Er kämpfte dagegen an, aber ich sah, dass er eigentlich schon schlief. Ich sprach leise weiter.

«Wir schwänzten die nächste Sportstunde. Die ganze Klasse, lagen im Gras am Rhein und schauten auf die Frachter aus Rotterdam und Basel. Nordsee ist Mordsee, sagte Sandra, und wir anderen nickten und wussten nicht, wieso.

Reuter geht mir voll auf die Kawasaki, sagte Sandra. Wir nickten wieder. Sie war die Chefin. Wir sollten dem Dorftrottel mal zeigen, wie man bei uns in der Stadt mit solchen Typen verfährt. Wir schauten sie erwartungsvoll an. Sandra war die Tochter eines evangelischen Pfarrers. Sie war sechzehn und ihr Wort Gesetz. Was schlägst du vor, fragte ich. Noch immer sah man eine kleine Schwellung an meiner Schläfe von dem Basketball.»

«Papa?» Er murmelte im Schlaf und drehte sich weg von mir. Ich flüsterte weiter. Würde ich zu früh aufhören, wäre er mit einem Schlag wieder hellwach, das kannte ich schon.

«Was ich vorschlage?», flüsterte ich. «Ann-Kathrin wecken, sagte Sandra und sah uns der Reihe nach in die Augen. Sandra hatte schon öfter Sex gehabt als jeder andere von uns, nämlich ein Mal. Vielleicht war sie deshalb unsere Anführerin. Ann-Kathrin wecken, genial, sagte einer von uns. Wann? Heute? Sandra nickte. Wie schön sie war, als von der anderen Rheinseite die Sonne auf sie schien. Fast so schön wie deine Mama, Hermann. Hermann?»

Er atmete gleichmäßig.

«Sandra drehte sich eine Zigarette. Drum. Seemanstabak, wie sie uns mal erklärt hatte. Heute Nacht, sagte sie und steckte sich die etwas schief geratene Zigarette in den Mund. Feuer?, fragte sie, aber wir rauchten alle nicht.»

Hermann schmatzte und drehte sich mit dem Gesicht zur Wand. Jetzt war es fast so weit. Bald könnte ich leise aus dem Zimmer gehen. Ich flüsterte noch leiser, so leise, dass meine Stimme brach.

«Wir trafen uns um acht vor der Schule. Aus den offenen Fenstern der Häuser hörten wir die Tagesschaumelodie. Sieben Mofas und eine Vespa. Die gehörte Sandra. Wir fuhren durch die Stadt und waren Hells Angels. Easy Rider. Ich saß hinter Sandra. Unter ihrem Helm flatterten die roten Haare im Wind. Ich hielt mich an ihr fest, mit dem Daumen meinte ich die Wölbung ihres Busens zu erahnen. So fuhren wir in die Siedlung, in der Herr Reuter wohnte, mit seiner Frau und ihrer neugeborenen Tochter Ann-Kathrin. Was bedeutet der Name Ann-Kathrin?, fragte Sandra, als wir vor dem Haus des Trottels standen. Die zu Weckende, riefen wir im Chor, und die Motoren von sieben Mofas und einer Vespa heulten im Leerlauf auf, dazu hupten wir, wie es im Verkehr von Kairo nicht lauter hätte sein können. Als in Ann-Kathrins Zimmer das Licht anging, brausten wir davon. Das machten wir von nun an jeden Tag, mehrere Wochen. Dass wir ganze Arbeit leisteten, war an Herrn Reuters Gesicht zu erkennen. Der Trottel sah morgens in der Schule aus, als hätte man ihm Medizinbälle an die Schläfen geworfen. Na ja, Hermann, heute tut es mir irgendwie leid. Ann-Kathrin hat wahrscheinlich dauerhafte psychische Probleme. Herr Reuter ist ein paar Jahre später mit seiner Kawasaki tödlich verunglückt. Aber Sandra lebt heute in Rotterdam. Da kann sie sehen, wie sich der Fluss mit der Nordsee vereint.»

Ich gähnte. Die Katze war auch ruhig. Vielleicht hatte sie zugehört. Ich ging zu Nina ins Wohnzimmer. Sie lag unter einer Wolldecke und las.

«Was ist denn mit deinen Augen passiert?», fragte sie, als ich mich neben sie legte.

«Ein Kunstprojekt», sagte ich und erzählte ihr von der Sendung.

«Blöde Kuh», sagte sie und gab mir einen Kuss auf die Augen.

«Na ja, Kunst liegt im Auge des Betrachters», sagte ich, und sie lachte.

«Komm», sagte sie, und wir gingen ins Schlafzimmer. Wir zogen uns aus und die Decke über den Kopf. Wir küssten uns. So wie früher.

Von Kina kam eine Postkarte aus Helsinki. «Wusstest du das? Einst kamen die heutigen Ungarn und Finnen gemeinsam aus der mongolischen Steppe. Irgendwann gab es einen Wegweiser. Auf dem nach rechts zeigenden stand: kalt, finster, Wölfe, auf dem nach links zeigenden: warm, Salami, Wein. Alle, die lesen konnten, gingen nach links, die anderen leben heute hier. Kuss, Kina. PS: Helsinki ist schön, aber Wien ist besser!»

Mir schien, sie machte diese Weltreise nur, um sich ihrer Heimatstadt zu vergewissern. Vielleicht würde es Nina in New York auch so gehen. Mein gelobtes Land war auch Wien, für diese Erkenntnis musste ich die Stadt gar nicht mehr verlassen. In all seiner Trägheit und negativen Energie war Wien mir ein wirkliches Zuhause geworden. Ich vermisste den Rhein meiner Jugend, aber vor allem meine Jugend, die Donau hatte den Rhein ganz gut ersetzt.

Unser Haus im Servitenviertel ist so nah an der Servitenkirche, dass ich manchmal das Gefühl habe, der Glockenturm stünde in unserem Badezimmer. Manchmal, im Traum, meine ich sogar, bei jedem Läuten einen leichten Windhauch zu spüren von den schwingenden Klöppeln. Manchmal bin ich im Traum die Glocke, und die Klöppel, so träume ich, schlagen auf mich ein. Aber wegziehen würde ich niemals. Ich halte länger durch als die Kirche, das habe ich mir vorgenommen. Ich werde das Christentum überleben; die Austrittszahlen aus der katholischen Kirche machen diesen Plan realistisch. Die Kirche aber soll stehen bleiben. Sie verwandelt den Platz in eine norditalienische Piazza. Der frühbarocke Bau von Carlo Martino Carlone wurde 1670 geweiht. Der Schmerzensaltar ist zugleich das Grabmal des Fürsten Piccolomini, Wallensteins Widersacher im Dreißigjährigen Krieg; jeder Zentimeter Wiens ist geschichtsträchtig. 1782 besuchte Papst Pius VI. die Kapelle und betete vor dem Altar des heiligen Peregrinus, der 1283 einen der Gründer des Servitenordens geohrfeigt haben soll und dann zur Buße in den Orden eintrat, um sein Leben der Barmherzigkeit zu widmen. Darum ist er heute Schutzpatron der Krebskranken, der Aidskranken, der Gebärenden und Wöchnerinnen, der Lohnkutscher, Rheuma-, Gicht- und Pestkranken. Bei Beinleiden soll er auch helfen.

Neben der Kirche ist das Café Luxor, das innen seit den Siebzigerjahren nicht mehr renoviert wurde, was aber egal ist, weil es im Freien so schön ist. Hier treffe ich manchmal den italienischen Pater, einen jungen Mönch, der zusammen mit drei Brüdern im wunderschönen Kloster direkt an der Kirche wohnt. Ein prächtiger Kreuzgang führt um den hübschen Innenhof, in dem ab und zu Flüchtlinge grillen. Jeder mag die Mönche, die gerne rauchen und trinken. Acht Fäuste für ein Halleluja.

«Hermann hat jetzt einen Bodyguard?», fragte mich Pater Giovanni. Er trank einen Espresso im Luxor, der nicht sehr gut war, aber das war egal, weil der Platz so schön ist.

«Er heißt Maksym», sagte ich und nickte dem griechischen Schneider zu, der am Nebentisch saß.

«Ein Russe?»

«Ukrainer.»

Giovanni schnorrte sich eine Zigarette von mir und zündete sie an. Bei ihm wirkte es feierlich, fast sakral. Als handele es sich um Weihrauch und nicht um Industrietabak.

«Der heilige Wladimir. Nationalheld der Ukraine. Wladimir hat seinen Halbbruder umgebracht. Vor seiner Taufe hieß es, er sei ein Wüstling mit sieben Hauptfrauen und achthundert Mätressen.» Er zog an seiner Zigarette, und die Glocke läutete zur halben Stunde.

«Er ist unser Babysitter.»

«Ist der Ukrainer schon getauft oder noch ein Wüstling», fragte der Grieche vom Nebentisch.

«Keine Ahnung», sagte ich. «Er verehrt einen Käfigkämpfer, der als Kind mit Bären gekämpft hat. Viel mehr weiß ich nicht von ihm.»

«Das solltest du aber», sagte Pater Giovanni. «Auf Gott würde ich mich nicht verlassen. Vorsicht ist die Mutter der Porzellangasse.»

Das sagte er, weil die Porzellangasse ums Eck liegt. «Wiens Broadway» stand früher auf den Straßenschildern, weil es drei Theater in der gar nicht so langen Gasse gibt. Das Schauspielhaus, das ehemalige English Theatre, das heute ein kleines Kellertheater ist und «Bronski & Grünberg» heißt, und ein Marionettentheater. Insgesamt gibt es in Wien etwa vierzig feste Theaterhäuser. Eine Stadt als Bühne, eine Bühne als Stadt.

Es war Juni und ungewöhnlich heiß. Zum Glück spendeten uns die alten Bäume vorm Luxor Schatten. Vor dem in den Boden eingelassenen Mahnmal mit den Wohnungsschlüsseln der ermordeten Juden aus der Servitengasse stand schon längere Zeit ein Mann mit Glatze in der prallen Sonne, er wirkte weggetreten. Die Glatze glänzte rot, als hätte man auf seinem Kopf eine heiße Speise zubereitet. Die Glatze sah aus wie eine Pfanne mit Bratflecken. Offensichtlich hatte die Sonne seine Haut unterschiedlich stark zerstört.

«Merkwürdig, so unbewegt in der prallen Sonne zu stehen», sagte ich. Der Pater und der Grieche drehten sich zu dem Mann um. Bei uns unter den Bäumen hätte er es schattig gehabt. Das Thermometer zeigte einunddreißig Grad im Schatten, aber er stand ja in der Sonne, wo es wahrscheinlich vierzig Grad hatte. Außerdem trug er einen Anzug mit Krawatte. Überall waren Schweißflecken zu sehen. Er wirkte, als habe man ihn als Wasserleiche aus der Donau gezogen und ungetrocknet ausgestellt.

Pater Giovanni ging ins Kloster und kam kurz darauf zurück. Er ging zu dem Mann und gab ihm eine Sonnenmilch.

«Schutzfaktor 50», sagte der Pater. «Nehmen Sie nur.»

Ich stellte mich dazu. Der Mann schien aus den Ohren zu tropfen, den Wimpern, der Nase, den Wangen.

«Sie können sich gern zu uns in den Schatten setzen. Auf ein kaltes Glas Wasser», schlug ich vor. Er nickte mechanisch, als hätte die Sonne ihm bereits alle Synapsen verbrannt. Ich nahm ihn sicherheitshalber an die Hand und führte ihn vorsichtig zu unserem Platz, wo ich ihm Servietten reichte, damit er sich notdürftig trocknen konnte.

«Danke sehr», sagte er nach einigen Minuten. Im Schatten wachte offenbar sein Hirn wieder auf. Er schmierte sich seinen tiefroten, gefleckten Schädel mit der Sonnenmilch des Mönchs ein und lockerte den Schlips. Endlich zog er das Sakko aus.

«Oh, Mann, was für ein gutes Gefühl», sagte er erleichtert. «Das war jetzt wie beim Skifahren. Da gibt es auch diesen einen unvergleichlichen Moment, wenn man endlich seine Skischuhe auszieht. Diese Befreiung!»

Wir nickten. Er krempelte die Ärmel seines Hemdes auf. Mit den Servietten wischte er sich über die Unterarme, dann begann er, die Servietten auszuwringen. Ich machte dem Kellner ein Zeichen, neue zu bringen.

Der Mann bewegte die Füße. Aus den Schuhen kamen blubbernde Geräusche, als wäre Suppe darin. Er zog die Schuhe aus und schüttete den gesammelten Schweiß auf die Straße.

«Pardon», sagte er.

«Klar. Gar kein Problem», sagte ich. Der Grieche starrte auf die Pfütze.

Der Glatzkopf zog die Socken aus und dann die Anzughose. Der Kellner brachte fünf große Packungen frische Servietten. Der Mann mit der Glatze stand auf und trocknete seine weißen, dünnen Beine. Er stand jetzt barfuß vor uns. Dann zog er sich auch das Hemd aus. Er war knochig. Die Schulterblätter standen eckig heraus, als würde er innen einen Kleiderbügel tragen. Ein Knochengerüst, das alle Flüssigkeit abgegeben hatte.

Er stand nur noch in seiner Unterhose vor uns.

Er nahm einen tiefen Schluck Wasser. Endlich befüllte er sich wieder.

«Es tut mir leid und es ist mir schrecklich unangenehm», sagte er. «Meine Frau hat mich heute morgen verlassen.

Wir haben hier in der Servitenkirche geheiratet. Ich wusste nicht, wohin ich gehen soll. Also bin ich stehen geblieben. Die Zeit anhalten, ich weiß es nicht.»

«Kein Problem», sagte ich. Ein falscher Satz, denn ganz offensichtlich gab es ein Problem. Ich sah auf seine Unterhose. Da war eine Zeichnung aufgedruckt, man sah einen Zahnarzt mit Mundschutz, der sich über einen Patienten beugt. *Keep calm, Peter,* stand in einer Sprechblase.

I am not Peter, my name is Tom, stand in der Sprechblase des Patienten.

Yes, but my name is Peter, antwortet der Zahnarzt.

Ich musste lachen. Der nackte Mann mit der knallroten Glatze lachte mit und auch der Pater und der Grieche.

«Ich mache lustige Unterhosen», sagte er wie zur Erklärung. «In der Wollzeile ist mein Geschäft. *Funny Underpants* heißt mein Laden.»

Ich kannte das Geschäft. Als Roberts Freundin ihn verlassen hatte, hatte ich ihm dort eine Unterhose gekauft. *Kalsarikännit* stand auf den weißen Boxershorts. Das war Finnisch und hieß angeblich «sich allein zu Hause in Unterhosen betrinken».

Robert hatte mir damals eine SMS geschickt:

«Kapiteotak – dessen Weinen man in der Ferne hört (in der Sprache der Algonkin)»

«Vorm Schmerzensaltar wurden Sie getraut?», sagte der Pater. «Da hätten Sie sich ja schon denken können, wie es endet.»

Mir fiel dazu der Taxifahrer ein, den ich in meinem ersten Roman verewigt habe. Er war auch von seiner Frau geschieden und sagte mir: «Wissen Sie, warum eine Scheidung so teuer ist? Weil sie es wert ist!»

Aber der Mann mit Glatze amüsierte sich nicht über

diese Geschichte. Er hatte schon wieder feuchte Augen, nicht wegen der Hitze. Er war Kapiteotak.

Dass man mein Weinen in wenigen Monaten auch aus der Ferne hören würde, ahnte ich da noch nicht.

Frau Professor Leber studierte das CT.

«Der muss raus, sehen Sie?»

Ich saß in der Zahnklinik der Universität, die im alten Josephinum untergebracht war, einem barocken Gebäude, das man komplett saniert hatte. Die Angstschreie von Generationen waren übermalt worden. In Vitrinen waren zahnärztliche Foltergeräte vergangener Jahrhunderte ausgestellt, Frau Professor Leber, die kurz vor ihrer Pensionierung stand, hatte wahrscheinlich noch mit einigen von diesen Instrumenten praktiziert. Mein eigentlicher Zahnarzt hatte mich zu ihr überwiesen, weil er mir den Zahn nicht ziehen wollte.

«Ich will nicht, dass du mich so in Erinnerung behältst», hatte er gesagt. «Ich will deine Zähne bewahren, nicht reißen.»

«Aber der Zahn tut weh. Die ganze Zeit.»

«Ich hab halt versucht, ihn zu retten.»

«Und mich dabei verloren», sagte ich. «Du bist nicht mein Zahnarzt, sondern der meiner Zähne.»

Jetzt saß ich bei Frau Professor Leber und versuchte ihr zu erklären, wie große Angst ich vor dem Ziehen des Zahns hatte.

Sie lächelte. «Mein verstorbener Mann hat immer gesagt: die Schuhe erst ausziehen, wenn man am Fluss ist.»

In der folgenden Woche kam ich wieder. Ängstlich wartete ich vor ihrem Behandlungszimmer, bis eine Schwester kam und mich aufforderte, ihr zu folgen.

«Wo gehen wir denn hin», fragte ich.

«In den Operationssaal.»

«Operationssaal? Warum das denn? Sie zieht doch nur einen Zahn!»

«Das macht die Frau Professor immer lieber im OP, für den Fall, dass Komplikationen zu erwarten sind.»

Sie öffnete einen kleinen Raum, in dem ein grüner Kittel hing. «Ziehen Sie den bitte an. Wenn Sie fertig sind, gehen Sie durch die andere Tür.»

Mein Puls begann zu trommeln. Komplikationen? «Was kann denn passieren», fragte ich die Schwester und hielt die Tür mit einer Hand zu.

«Es könnte in die Kieferhöhle durchbrechen», sagte die junge Frau. «Gehen Sie jetzt bitte hinein.»

Mein Zahn tat plötzlich gar nicht mehr weh. Vielleicht konnte ich alles noch absagen. Wundersame Selbstheilung.

Ich ging hinein, schloss die Tür und zog mich aus. Ganz nackt? Und dann mit nacktem Po in den OP? Ich beschloss, die Unterhose anzulassen, und sang leise vor mich hin, um mein Herzrasen zu beruhigen.

«Ich bin gar nicht hier, ich bin gar nicht da. Eins, zwei, drei, vier, fünf, sechs, sieben, acht, neun, zehn, wenn ich will, kann ich gehn.» Der Song der Aeronauten, den ich immer gut gebrauchen konnte, wenn ich Angst hatte.

Ich öffnete die zweite Tür nicht. Sollten sie doch denken, dass ich zu dumm war, den Operationskittel anzuziehen. Doch dann ging die Tür von selbst auf.

«Kommen Sie», sagte eine vermummte Schwester. Im Saal waren fünf andere Vermummte. Der Behandlungsstuhl glich eher einem Operationstisch. Überall Technik, EKG-Geräte, Sauerstoffflaschen.

«Nehmen Sie Platz», sagte die Schwester, die helle, leuchtend blaue Augen hatte. Wie ein grün verkleideter Huskie sah sie aus.

«Die Frau Professor kommt gleich. Entspannen Sie sich.» Ich setzte mich und glaubte, die Klinikleute müssten mein Herz schlagen hören.

Ich summte leise den Song der Aeronauten. Endlich kam Frau Leber, wusch sich die Hände, zog Handschuhe an und bekam den Mundschutz und die Haube umgelegt. Sie sah sich das CT noch einmal an. Malte sie sich aus, was sie machen würde, wenn die Kieferhöhle, die Nebenhöhle oder sonst etwas bricht? In Johannes Heesters' Nasennebenhöhlen hat man Nasennebenhöhlenmalereien aus der Steinzeit gefunden. In einer frühen Radiosendung hatte ich diesen Witz gemacht, den ich nun gar nicht mehr so lustig fand.

«So», sagte sie und setzte sich neben meinen Operationsstuhl.

«Bitte», sagte ich. «Nur für mein Gefühl. Wie viele Zähne haben Sie heute schon gezogen?»

«Oh, schlechte Nachricht», antwortete sie. «Ich war die ganze Woche auf einem Kongress und bin mir gar nicht sicher, ob ich es noch kann. Gut, jetzt können Sie die Schuhe ausziehen. Jetzt sind wir am Fluss.»

Sie gab mir eine Spritze und nahm ein Gerät in die Hand, das nicht so viel anders aussah als die in den Schaukästen. Ich summte lauter.

Sie begann, den Zahn auszuhebeln. Plötzlich hielt sie inne.

«Wenn Sie jetzt nicht sofort aufhören zu summen, tu ich Ihnen wirklich weh.»

Ich blickte ihr entsetzt in die Augen, dann nach links

zum Huskie, und schon war der Zahn draußen. Als hätte sie eine Kirsche entkernt.

«Wollen Sie ihn sehen?», fragte sie. Ich war schweißgebadet wie der Glatzkopf am Servitenplatz und schüttelte den Kopf.

«Ich habe im Radio einen sehr merkwürdigen Beitrag mit Ihnen gehört», sagte die Chirurgin und warf meinen Zahn mit einem Pling in einen Metalleimer. «Sie haben einfach nur die Uhr runtergebetet.»

Die hatten das tatsächlich gesendet? Ich machte mir Sorgen um den ORF.

In der Woche vor unserer Abreise gab es ein großes Abendessen bei Ricarda, einer Freundin von Nina, einer Filmemacherin.

Zum ersten Mal hatte ich widerstrebend Maksym angerufen, um ihn für diesen Abend als Babysitter zu engagieren. Er hob nicht ab, vielleicht, weil er meine Nummer nicht kannte. Also schrieb ich ihm eine Nachricht. Kurz darauf kam als Antwort ein erhobener Daumen. Kein Mann der großen Worte.

Während Nina im Bad war, um sich herzurichten, saß ich mit Hermann und Maksym am Küchentisch. Ich hatte ihm ein Bier hingestellt, ich selbst trank Weißwein, Hermann Holundersaft.

«Wir werden heute vielleicht etwas später heimkommen», sagte ich.

«Kein Problem», antwortete Maksym, der ein T-Shirt mit kyrillischer Aufschrift trug. Das Bärenohr schaute aus dem Ausschnitt.

«Boxen wir heute?», fragte Hermann aufgeregt. Maksym lachte. Ich sah, dass ihm ein Backenzahn fehlte. Ob er auch gesummt hatte, als man den Zahn zog? Oder ging so jemand gar nicht zum Arzt, sondern ließ sich den Zahn ausschlagen?

«Klar boxen wir», sagte er. «Training ist immer.»

Ich trank mein Glas aus und füllte mir nach. Es würde nicht schaden, etwas vorzuglühen, bevor wir auf das Fest gingen.

«Bist du eigentlich getauft?», fragte ich Maksym.

Er schaute mich verwundert an. «Ja, natürlich. Du?»

«Ich bin evangelisch getauft, aber Gott und ich glauben nicht aneinander.»

«Ich bin ukrainisch-orthodox», sagte er. «Seit Wladimir sind Ukrainer Christen.»

«Wladimir hat seinen Bruder umgebracht», sagte ich.

«Halbbruder», verbesserte er mich, als würde das die Sache christlicher machen.

«Was machst du eigentlich beruflich? Hast du irgendeine Ausbildung?»

Er grinste. «Haben wir ein Date? Willst du wissen, was meine Sterne sind?»

«Nein, Aszendenten sind mir egal. Ich hab dir eine einfache Frage gestellt.»

«Ich habe schon alles gemacht. Zu Hause, in Kyjiw, in Odessa, in Wien.»

«Legale Sachen?»

Er lachte. «Wer sagt, was legal ist? Kennst du das Paragrafenzeichen? Das sieht aus wie ein Folterwerkzeug, stimmt?»

«Ich kenne mich mit Folterwerkzeugen nicht aus. Du schon?»

Nina kam aus dem Bad. Sie war wunderschön. Wir drei starrten sie an.

«Mama, du bist die schönste Mama von Wien», sagte Hermann entzückend entzückt, und ich fand seine Einschätzung sehr treffend.

Es gab Schweinsbraten, Knödel und Kraut. Ricarda war eine fantastische Köchin. Nach dem Essen zog sie eine Leinwand auf und zeigte uns eine einstündige Doku über Menstruation. Ich hatte mich beim Schweinsbraten aus Vorfreude auf die Nachspeise zurückgehalten und schaute jetzt hungrig und höflich zu.

«Glaubst du, es gibt später noch was Süßes?», flüsterte ich Nina zu, die mich ignorierte und weiter gebannt auf die Leinwand starrte, auf der gerade Menstruationstassen zu sehen waren.

«Ich hatte mir unseren letzten gemeinsamen Abend in Wien irgendwie anders vorgestellt», flüsterte ich.

«Warum?», fragte sie zurück.

«Warum? Weil wir bald durch den Atlantik getrennt sind und ich auf ein Meer von Blut starre.»

«Ich will den Film sehen. Er ist fantastisch. Wenn es dich nicht interessiert, zwingt dich niemand zuzuschauen.»

Ich verstand nicht, warum sie so abweisend war. Während des Essens hatte Nina noch launig die alte Anekdote von ihrem Großvater erzählt, der bis ins hohe Alter Trucker war. Mit über siebzig ist er noch blasenkrank durch Österreich und Deutschland gebrettert. Seine Prostata machte Probleme, also musste er an jeder Raststätte halten. Manchmal schaffte er es nach dem Pinkeln kaum zum Laster zurück und ging noch einmal. Er hatte die goldene Ehrennadel von Sanifair. Ihr Opa war der Grund dafür, dass das Unternehmen wuchs und gedieh. «Er hat Sanifair mehr oder weniger im Alleingang an die Spitze gepinkelt», erzählte sie. Fünfzig Cent pro Klobesuch, das ging bei ihm ins Geld. Die Fahrt selbst lohnte sich damit für ihn praktisch nicht, es war ein Nullsummenspiel. Sanifair bekam von ihm fast so viel wie BP.

«Natürlich haben wir ihn immer wieder angefleht, er soll mit dem Fahren aufhören, den LKW-Führerschein abgeben und seine Zeit endlich im Wartezimmer beim Urologen verbringen», sagte sie, und ihre Freunde lachten. Künstler, Designer, Filmleute. «Man bekommt an den Raststätten ja immer diese Sanifair-Bons. Als er starb, erbte ich die. Viertausendfünfhundertsechsundachtzig Bons. Sein Aktienpaket. Jedes Mal, wenn ich jetzt auf einer Autobahntankstelle etwas einkaufe, kann ich einen seiner Bons eintauschen. Alles ist für mich um fünfzig Cent billiger, dank Opa. Und viertausendfünfhundertsechsundachtzigmal werde ich mich an ihn erinnern. Erpinkelte Erinnerungen, pissed memories.»

Alle lachten, da war die Stimmung noch gut gewesen. Aber Nina hatte viel getrunken, und der Alkohol hatte uns voneinander entfernt, und der Film war wie eine Leinwand zwischen uns. Außerdem bin ich hungrig immer unleidlich.

Nina setzte sich von mir weg, neben die Punk-Schlagzeugerin, die ich als Babysitterin hatte engagieren wollen. Beide schauten zu mir rüber und lachten. Ich trank einen Schluck weißen Spritzer, merkte aber, dass ich nicht in bessere Stimmung kam.

Ich stand auf und ging zu ihr rüber. «Ich fahr schon mal. Viel Spaß noch.»

Sie sah mich an. «Okay», sagte sie traurig.

Auf der Straße winkte ich ein Taxi. Der Fahrer war ein gesprächiger Afghane. Wir sprachen über den Schweinsbraten und darüber, dass in seinem Heimatdorf einfach ein Hammel in viele Stücke gerissen und aufs Feuer geworfen wird.

«Einfach ein Tier anzünden, wenn man hungrig wird», sagte er. «Reicht doch. Gab es eine Nachspeise?»

«Ja», antwortete ich. «Einen Film über Menstruation.»

«Das ist gut», sagte der Afghane. «In meinem Dorf hat meine Nichte gedacht, sie muss sterben, als sie das erste Mal blutete. Hätte sie davor auch so einen Film gesehen, hätte sie sich ihre Angst ersparen können. Aber wir hatten im Dorf keine Leinwand, und in Afghanistan ist es am Land eher üblich, zum Nachtisch Halva zu essen. Oder Ferni. Oder Khatei Cookies. Oder Khajoor.»

In der Wohnung war es ruhig. Ich schaute in Hermanns Zimmer. Er schlief ganz ruhig, neben seinem kleinen Bett lagen Kinderboxhandschuhe. Aus meinem Arbeitszimmer hörte ich Maksym schnarchen. Und irgendwo im Haus jammerte die arme Katze.

Ich schlief bis mittags. Maksym hatte Hermann in den Kindergarten gebracht, und Nina hatte gerade frischen Kaffee gemacht.

«Tut mir leid wegen gestern», sagte ich.

«Mir auch», sagte sie, und wir küssten uns.

«Ich könnte am Abend eine Nachspeise machen. Statt eines Films», schlug ich vor.

«Gern, wenn du das kannst», sagte sie.

«Kann ich.»

Ich setzte mich an den Frühstückstisch.

«Gibt es Eier? Ich hätte Lust auf Eierspeis», sagte ich, aber Nina schüttelte den Kopf.

«Maksym hat in der Früh für Hermann und sich selbst sechs Eier im Glas gemacht.»

«Hermann isst so etwas nicht», sagte ich.

«Ich habe das Gefühl, Maksym könnte ihm Wal-Darm servieren und Hermann würde es begeistert aufessen.»

Ich las gerade im *Falter* ein Interview mit einem Schriftsteller, der ausführlich über das viele Sitzen während der Arbeit erzählte, über seine Schreibhämorrhoiden, die der Tennisarm des Schriftstellers seien, was ich nicht kannte, vielleicht weil ich zu selten schrieb, als ich hörte, wie die Wohnungstür aufgesperrt wurde. Maksym kam mit zwei fremden Männern in die Küche, die aussahen, als wären sie für einen Ulrich-Seidl-Gangsterfilm gecastet worden. Ich sah die drei erschrocken an. War es jetzt so weit? Räumten sie uns jetzt die Wohnung leer, oder schlimmer noch, würden sie uns etwas antun?

Ich spürte, wie das Blut aus meinem Kopf verschwand und ich mich kleiner machte, in Erwartung eines Schlages.

Maksym kam auf mich zu, nahm meine notdürftig geklebte «Carpe That Fucking Diem»-Tasse und goss sich Kaffee ein.

Ich konnte noch immer nicht gleichmäßig atmen vor Angst. Er griff sich einen Stuhl.

«Willst du das Geld haben?» Maksym sah mir in die Augen, die anderen beiden setzten sich nun auch an den Tisch. Nina schien überhaupt keine Furcht zu haben, sie bot den beiden offensichtlich Schwerkriminellen sogar Kaffee an.

«Geld?» Mir war schwindlig. Ich hatte mit Gewalt noch nie umgehen können, nicht einmal mit der Fantasie einer zu erwartenden Gewalt.

«Schau, Dirk», sagte Maksym ruhig. «In Wien gibt es

fünf harte Jungs. Das sind zwei davon.» Er zeigte auf die beiden Männer, die, ungeachtet der sommerlichen Temperaturen, lange, schwarze Mäntel trugen. Einer der beiden hatte eine Glatze, der andere lange, geföhnte Haare, beide trugen dunkle Sonnenbrillen.

«Was heißt das?», fragte Nina. Sie hatte den Menstruationsfilm zu Ende gesehen und war härter im Nehmen als ich.

Maksym nahm einen Schluck. «Sie können Mondschein finden und ihm dein Geld abnehmen!»

Die beiden Männer sagten kein Wort. Schweigend tranken sie ihren Kaffee.

«Sie sind Geldeintreiber?» Nina schien fasziniert zu sein. «In echt?»

Maksym nickte. «Sie arbeiten normalerweise fürs Rotlicht. Wenn es Probleme gibt, kommen sie und lösen das Problem.»

Langsam konnte ich wieder klarer denken. Anscheinend sollte es nicht uns an den Kragen gehen, sondern dem Schwindler. Das war eine gute Nachricht.

«Und wie machen sie das?», fragte ich. Ich fand es eigenartig, dass unser Babysitter offizielles Sprachrohr von solchen Halbweltgestalten war.

«Elegant», sagte Maksym. «Du siehst ja, sie sind gut gekleidet, teuer, nobel. Sie läuten an, der eine schlägt den Kunden zu Boden, der andere schnitzt ihm ein kleines Andenken in den Oberarm, und dann sagen sie, dass sie in dreißig Minuten wiederkommen und das Geld holen. So machen sie es. Ganz diskret.»

Ich hatte das Gefühl, in einem Kinofilm mitzuspielen.

«Woher kennst du solche Typen?», fragte ich Maksym und hatte sofort Sorge, die Frage zu scharf formuliert zu haben und selbst kurz vor einem kleinen Andenken zu stehen, aber sie blieben gelassen.

«Ich kenne ein paar Leute. Die zwei sind die Besten. Wenn sie kommen, löst sich jedes Missverständnis.»

Ich sah Nina an. War ihr klar, dass wir hier zwei, *mindestens* zwei Schwerkriminelle sitzen hatten? In unserer Wohnung, an unserem Tisch? Ich sah schon die Überschriften vor mir: *ORF-Star im Sumpf der Gewalt. Stermann engagiert Auftragskiller. Komiker löscht Mondschein aus.*

«Herr …?» Nina wandte sich an den Geföhnten.

«Egal», sagte der Geföhnte.

«Okay. Maksym scheint große Stücke auf Sie zu halten, aber ich nehme mal an, wenn Sie im Milieu arbeiten, dann sind Ihre Gegenüber eher genauso wie Sie selbst, oder? Haben Sie da nicht Angst, an den Falschen zu geraten?»

Der Geföhnte nahm einen Schluck Kaffee aus der Tasse mit dem Eichhörnchenmotiv. Langsam setzte er die Tasse ab.

«Es ist immer so», sagte er. «Da sind zwei Typen. Am Ende bleibt einer übrig. Und das bin ich.»

Beide waren etwa Mitte dreißig. Auf eine gewöhnliche Art sogar gut aussehend. Sehr gepflegt, mit offenbar wirklich sehr teuren Ledermänteln, die ich niemals anziehen würde, die ihnen aber gut standen. Was mich am meisten beeindruckte, war ihre Klarheit. Sie schienen vollkommen von sich überzeugt zu sein, auf eine geradezu körperlich spürbare Weise. Wie zwei Wände, die signalisierten, dass ihnen auch ein Lastwagen in voller Fahrt nichts anhaben konnte. Komm, Laster. Knall in mich rein. Am Ende bleibt einer übrig, und das bist nicht du.

«Hast du auch schon in Arme geschnitzt?», fragte ich Maksym.

«Einmal nur leicht in den Bauch gestecht. Gestecht?» Er blickte uns an wie ein Deutschschüler.

«Gestochen», sagte ich.

«Ah!» Er schlug sich an die Stirn. «Stechen, stach, gestochen. Klar», sagte er. «Und einmal im Krieg, also Notgewehr.»

Ich sah Nina fassungslos an. Das also hatten wir nun davon. Krieg und Gewalt am Frühstückstisch und unser Sohn in den Händen eines Mannes, der aus ihm einen Käfigkämpfer machen wollte.

«Okay», sagte Nina. «Ich finde, es wäre einen Versuch wert!»

«Spinnst du?», sagte ich verblüfft.

«Die zwei können das. Hundert Prozent», sagte Maksym, und unsere Gäste erhoben sich.

«Wir melden uns», sagte der Geföhnte, der anscheinend das Brain des Duos war, dann gingen sie grußlos. Der Deal war fixiert. Handschlagqualität ohne Handschlag.

VIER WUNDSCHUH

«Da hockt die Altfut, auf meinem Geld in meinem Haus!»

Hinkende Skandinavier und lungenrasselnde Deutsche prägten das Straßenbild von Playa de las Américas. Braun gebrannte, welke Haut in infantil kurzen Hosen. Ninas Vater wirkte wesentlich älter als früher, als er noch in Wien lebte. Die Wut auf seine Villenverkäuferin hatte ihn aufgezehrt.

«Das war der mit Abstand schlechteste Deal meines Lebens, abgesehen von der Heirat mit deiner Lesbenmutter», sagte er.

Das Haus am Meer, das er so günstig erstanden hatte, mit herrlichem Blick über die ganze Bucht, lag unerreichbar vor seinen Augen.

«Niemals», sagte er bitter, «niemals darf man sich auf eine Erbpacht einlassen, wenn man nicht mindestens zwei ärztliche Atteste hat, die den Tod der Verkäuferin in absehbarer Zeit eindeutig beweisen. Niemals!»

Die Spanierin, die weit über achtzig gewesen war, als sie mit ihm den Vertrag schloss, starb einfach nicht. Er zahlte ihr schon seit zehn Jahren jeden Monat eine beträchtliche Leibrente, während er in seinem kleinen Apartment in einem Siebzigerjahre-Bunker auf eine Verschlechterung ihres Gesundheitszustandes wartete, die im milden Klima

Teneriffas aber nicht eintraf. Sie war topfit, und er baute ab.

«Die Sau wird mich überleben», schimpfte er. «Sie wird zweihundert Jahre. Aus Geiz und Bosheit, diese spanische Fotze!»

Ich hatte Ninas Vater nur einmal kurz in Wien gesehen, als er sich in Ungarn die Zähne machen ließ. Damals schon, kurz nach Hermanns Geburt, hatte er seiner Wut über die Alte freien Lauf gelassen, und auch jetzt blieb die Stimmung schlecht. Wir beschlossen, den Aufenthalt auf Teneriffa zu verkürzen. Ninas Vater zeigte keinerlei Interesse an Hermann oder an seiner eigenen Tochter. Er war wie besessen von diesem Haus der Untoten und schien unsere Abreise nach Portugal kaum zu bemerken.

«Dein Vater ist krank», sagte ich am Flughafen.

«Mein Opa auch», sagte Hermann. «Er hat gesagt, er will, dass die alte Frau im Atlantik ertrinkt, wenn sie schwimmen geht, und dass sie ihm auf einen Sack geht. Er hat gesagt, dass er auf ihr Grab Lulu macht.»

«Ich wundere mich auch, wie es Oma so lange mit ihm ausgehalten hat», sagte Nina und streichelte den Kopf unseres Sohnes.

«Gut, dass mein Papa nicht will, dass alte Frauen sterben», sagte er.

«Ja, das ist schon mal ganz gut», antwortete sie.

Ganz anders war Ninas Mutter, die uns mit ihrer Frau am Flughafen in Lissabon abholte. Hermann verschwand völlig zwischen den schweren Brüsten der beiden Frauen; er kreischte vor Vergnügen.

Sie hatten ein kleines Fischerhaus im Hinterland von Faro gekauft. Es war wahrscheinlich das letzte Fischerhaus, das vorher noch einem Fischer gehört hatte. Inzwischen wohnten Schweizer, Deutsche, Österreicher und Franzosen in den kleinen Häusern, und der Fischbestand konnte sich erholen. Entweder gab es keine Fischer mehr an der Algarve, oder alle Fischer schliefen jetzt im Freien. Überraschenderweise gab es abends trotzdem Fisch. Wir tranken viel und verbrachten mit den beiden verliebten Frauen eine schöne Zeit.

«Ich finde es gut, dass ihr euch für einen Mann als Babysitter entschieden habt», sagte Ninas Mutter. «Es geht nur so, dass sich Geschlechterrollen endlich auflösen. Irgendjemand muss es tun. Ich bin stolz auf euch.»

«Ja», sagte ich. «Er jagt gerade mit einem Messer und zwei Berufskillern einen Gläubiger von mir. Ich mag es auch, wenn Geschlechterrollen sich auflösen.»

«Ist doch gut, wenn er so etwas kann. Mit Hermann spielen und gleichzeitig resolut auftreten», sagte sie. Nina nickte. Es hatte keinen Sinn, darüber zu streiten. Für Nina war klar, dass Maksym ein absoluter Glücksfall war, und für ihre Mutter auch, aber die lebte ja auch dreitausend Kilometer entfernt, während ich jetzt mit dem Milieu unter einem Dach leben musste.

Wir fuhren zu einer kleinen Bucht. Ich hatte Respekt vor den meterhohen Wellen und dachte daran, dass regelmäßig auch gute Schwimmer vom Atlantik verschlungen wurden. Immer wieder warnte ich die wild gewordenen Frauen, die mit Hermann stundenlang im Wasser verbrachten, vor gefährlichen Strömungen und vor der Wucht der Wellen.

«Dein Papa ist sehr ängstlich, wie viele alte Väter», sagte Hermanns Oma, die nur acht Jahre älter war als ich. «Gut, dass du dann ab Herbst auch einen wilden, jungen Mann daheim hast, Hermann.»

Später lagen Nina und ich eng aneinandergeschmiegt im Sand und blickten über den Atlantik nach Westen.

«Ich such dich schon da drüben», sagte ich. «So weit weg.»

«Ich bin noch hier. Du wirst mich nicht finden.»

«Wirst du uns vermissen? Weil, wir werden dich sehr vermissen.»

«Was für eine dumme Frage. Ich werde euch sehr vermissen. Sehr, sehr.»

Sie stand auf und lief noch einmal ins Meer. Sie verschwand in einer Welle, aber im Sand war noch ihr Abdruck. So würde es sein.

Im Flugzeug nach New York saß Nina neben Hermann, ich hockte zwei Reihen hinter ihnen neben einem sehr alten, dementen Amerikaner, der mir gestand, vor der Reise nach Europa einen Test gemacht zu haben, weil seine Kinder sichergehen wollten, dass er einer solchen Reise auch gewachsen war.

«Ich kann Elefanten von Hamstern unterscheiden. Hamster haben viel kleinere Rüssel», sagte er. Ich lachte, weil er so vergnügt erzählte.

«Das ist doch schon mal gar nicht so schlecht. Kennen Sie Tapire?»

Er reagierte nicht, vielleicht hörte er schwer.

«Der Test beginnt sehr leicht», sagte er. «Aber dann wird er immer schwieriger. Am Anfang wird man gebeten, sich hinzusetzen. Nimmt man den Stuhl, bekommt man die volle Punktzahl. Wählt man aber die Kaffeetasse, gibt es Abzüge.»

Ich nickte freundlich. Verarschte mich der Mann?

«Dann haben sie gesagt, wiederholen Sie die Worte Nase

und Gnu. Aber in der richtigen Reihenfolge. Klingt leicht, aber versuchen Sie das mal.»

«Nase, Gnu. Wieso sprechen Sie so gut Deutsch? Ich glaube, so jemand wie Sie kann gar nicht dement sein, bei dem Wortschatz in einer fremden Sprache.»

«Ich war Übersetzer in Nürnberg. Beim Kriegsverbrechertribunal.»

Plötzlich sah ich ihn mit anderen Augen. Da saß Geschichte neben mir, trotz Nase und Gnu. Seine wässrigen Augen hatten den Prozess gesehen.

«Wen haben Sie übersetzt?» Plötzlich war meine Neugierde geweckt.

«Weiß nicht mehr», sagte er, und sein Redeschwall endete plötzlich.

«Göring? Heß? Ribbentrop?»

Er sah mich leer an.

Später sah ich, wie er ein deutsches Kreuzworträtsel löste. *Kopfbedeckung mit drei Buchstaben.* Der erste Buchstabe war ein *H*. Er schrieb als Lösung *Har*.

Vielleicht hatte er gar nicht in Nürnberg übersetzt, sondern wurde übersetzt? Als ich endlich einschlief, träumte ich unruhig von Kriegsverbrechern, die Herrn Mondschein jagten und dabei das Unterland Trio aufrieben.

«Früher erkannte man Europäer an ihren schiefen Zähnen, heute daran, dass sie ihren Kindern schon bei der Geburt ein Geschlecht zuordnen», sagte Cynthia, als wir in Montauk im *Lobster House* saßen. Sie zuzelte mit einem Spieß kleinste Mengen weißen Fleisches aus einem dünnen Hummerärmchen.

Am Nebentisch saß der Regisseur Volker Schlöndorff, der schon einmal Gast in meiner Fernsehshow gewesen war. Auf meinen Gruß hatte er mich nur fragend angeschaut und sich sofort wieder abgewendet.

«Wir haben uns gedacht, Hermann ist ein Bub, weil er einen Penis hat», sagte ich neutral.

«Wow, really?» Cynthia lachte gespielt. «Überlass das doch bitte ihm. Er wird selbst definieren, was er ist. Du bist ein alter, weißer Mann, der genderbegrenzt ist, weil du genderbegrenzt aufgewachsen bist. Aber, good news, Dirk. Dein Kopf ist rund, damit deine Gedanken die Richtung ändern können.»

Cynthia, die im Village eine Galerie leitete, sah mich an, als könnte ich Gnus nicht von Nasen unterscheiden.

«Natürlich geben wir Hermann da jede Freiheit», sagte Nina, die Cynthia vor Jahren in Bilbao kennengelernt hatte, vor meiner Zeit.

«Genau», warf ich ein. «Und deshalb geben wir ihm auch die Chance, herauszufinden, ob er nicht lieber ein osteuropäischer Macho sein will.» Ich spürte, dass die Cocktails stärker waren, als ich gedacht hatte. Vielleicht war es auch der Jetlag, der stärker wurde, je älter ich war. Und weißer. Und männlicher.

Ich fühlte mich wie eine beschwipste Ausgabe von Max Frisch, der sich mit seiner jungen Geliebten im Herbst seines Lebens den Atlantikwind um die Ohren sausen lässt, um das eigene Ohrensausen zu übertönen.

Hermann starrte die Lobster an, die kurz zuvor lebend in kochendes Wasser geworfen worden waren. Er verstand nichts von den Gesprächen, die auf Englisch geführt wurden.

«Sollen wir deutsch reden?», fragte ich ihn, auch um Cynthia in der Konversation loszuwerden, die mich mit ihrer penetranten Newyorkigkeit nervte.

«Ja bitte», sagte mein Sohn. «Tut denen das weh, wenn sie in kochendes Wasser geschmissen werden?»

«Bestimmt.»

«Isst du deshalb auch nichts?»

«Ja.» Und weil ich keine Ahnung hatte, mit welchem Werkzeug man welchen Teil des Tieres essen musste, aber das sagte ich Hermann nicht. «Gehen wir raus, das Meer anschauen?»

«Von der anderen Seite?»

«Ja, von Mamas Seite. Wir beide schauen hinüber zu unserer Seite des Meeres.»

Er nickte ernst. Wir gingen hinaus und stellten uns in der Dunkelheit auf eine Düne. Man sah nichts als Schwärze und ahnte nur das Wasser anhand des Rauschens.

«Dahinten sind wir», sagte Hermann.

«Genau, hinter der Dunkelheit. Bei uns ist schon Morgen.»

«Maksym kann schon sehen? Ohne Licht?»

«Ja, bei ihm ist die Sonne schon aufgegangen. Magst du ihn?»

«Klar, er ist echt cool.»

«Und ich?»

«Du bist mein Papa.»

«Ist das auch cool?»

«Ja, Banksy», sagte er. «Das ist auch cool.»

Möwen kreischten.

Ich hatte mir drei Visiten notiert, die ich in New York machen wollte. Volker Schlöndorff strich ich von der Liste. Daniel, der berühmte Schriftstellerfreund, war nicht in der Stadt, weil er irgendwo in der Welt einen Literaturpreis entgegennehmen musste.

«Schade», sagte er am Telefon. «Der Verlag hat mich angerufen. Ich soll dir ausrichten, sie warten auf deinen neuen Roman.»

«Ich weiß», antwortete ich. «Gibt es den Flugzeugträger im Hudson noch? Ich würde mit Hermann gerne hingehen.»

«Am Pier 86, der ist immer da. Wie das Riesenrad in Wien.»

Hermann wusste nicht, was ein Flugzeugträger ist. Er dachte, es sei ein Mensch, der Flugzeuge trägt. So wie ein Gepäckträger Gepäck trägt. Ich erklärte ihm, dass es ein so großes Schiff sei, dass Flugzeuge auf ihm landen könnten.

«Wie ein Flughafen, der schwimmen kann», sagte er. Jetzt war er begeistert von der Idee. Die USS *Intrepid* war riesig, wie die Schlange vor der Kasse. Überall wehten amerikanische Flaggen, und der militante Patriotismus erschlug mich.

«Ich glaube, es ist doch keine gute Idee. Gehen wir lieber Eis essen», schlug ich vor.

«Nein, ich will da rein», rief Hermann. «Hast du eine Jahreskarte? Dann können wir an den Leuten vorbeigehen.»

«Nein, hab ich nicht. Krieg ist eh was für Idioten, und das ist ein Kriegsschiff, also ein Schiff für Idioten.»

«Du hast gesagt, wir gehen dahin!»

«Genau, aber jetzt sage ich, dass wir Eis essen.»

Den restlichen Nachmittag wanderte ich mit einem weinenden Kind durch Manhattan. Ich ärgerte mich über meinen dummen Vorschlag und war neidisch auf Nina, die sich durch die New Yorker Kulturwelt kaffeetrank, während wir wie Touristen ohne Plan herumirrten.

Ich versuchte, Hermann Ninas Arbeitsplatz zu zeigen, konnte aber das Gebäude nicht finden. Vielleicht war es wirklich zu klein, um für das bloße Auge sichtbar zu sein. Ich kannte mich in Villach aus, in Graz und Ybbs an der Donau, New York war mir zu groß, zu aufgeregt und zu unübersichtlich, trotz der geraden Straßen.

Wir gingen zum Central Park und schauten auf die Enten, die erst im Winter verschwinden würden. Ich dachte an Salinger, Holden Caulfield, grün bemooste Zähne und im Bett geschnittene Zehennägel, während Hermann Eichhörnchen zählte. Immer wieder bis zwölf, denn weiter traute er sich noch nicht zu zählen, als lauerte etwas Unheimliches, Gefährliches hinter der Zwölf.

«Sag einmal Oachkatzlschwoaf», sagte mein Sohn und sprach es noch weniger wienerisch aus als ich.

«Ochkatzlschwoaf», sagte ich, und er lachte.

«Du kannst kein Wienerisch, Papa. Weil du Deutschländer bist!»

Ich rief die dritte Telefonnummer auf meiner Liste an. Erika Freeman, eine Psychoanalytikerin, die auch in meiner Fernsehsendung zu Gast gewesen war und mit der ich mich dann später noch einmal im Café Korb getroffen hatte. Sie war die Analytikerin der Hollywoodstars. Mia Farrow, Marilyn Monroe, Marlon Brando, alle hatten bei ihr auf der Couch gelegen. Erika stammte aus Wien und war als junges Mädchen allein nach New York geflüchtet, wo sie bei einem Schüler von Freud lernte. Das Leben ihrer Mutter diente als Vorlage für den Film *Yentl*, seit den Dreharbeiten war sie mit Barbra Streisand befreundet.

Erikas Praxis lag direkt am Park. Sie war über neunzig und trug ein knallrotes Kostüm, als wir sie auf der Straße vor ihrer Praxis trafen. Sie wirkte mindestens zwanzig Jahre jünger, klein und agil war sie. Am Kragen ihres Kostüms trug sie einen goldenen Orden.

«Ein österreichischer Orden», erklärte sie. «Ich hab ihn extra für dich und Hermann angesteckt.»

«Wow», sagte Hermann. Sein Englisch wurde schon besser.

«They couldn't kill me, now they decorate me», sagte sie lächelnd.

Wir setzten uns auf eine Parkbank. Sie hatte nicht lange Zeit. Noch am Abend würde sie nach London fliegen, um den letzten überlebenden Bee Gee zu analysieren.

Wir redeten über Makysm und Nina, während Hermann mehrmals bis zwölf zählte.

«Kennst du Bambi, Hermann?», fragte sie ihn in ihrem charmanten New Yorker Wienerisch.

Mein Sohn kannte Bambi nicht. Wir hatten es ihm nie vorgelesen, weil wir ihm den traurigen Teil ersparen wollten. Die Mutter von Bambi wird erschossen, und der uralte Vater zieht sich zum Sterben zurück, das wollte ich nicht vorlesen müssen.

«Ich dachte, jedes Kind kennt Bambi», sagte Erika verblüfft. «Felix Salten, ein Freund meiner Eltern, hat das geschrieben. Und weißt du, wo er wohnte? In der Porzellangasse, gleich bei dir ums Eck. Und gleich ums Eck vom alten Freud. Du wohnst in einer tollen Gegend, Hermann.»

«Das will ich lesen», sagte Hermann.

«Hier ist ein German Bookshop ums Eck», sagte sie. «Ich werd dir eins kaufen. Ist das in Ordnung?»

Nina hatte am Abend einen Termin, und wir lagen in ihrem winzigen Apartment auf dem Bett und lasen Bambi. Als Bambis Mutter von dem Jäger erschossen wurde, griff Hermann nach meiner Hand.

«Sollen wir aufhören?»

Er schüttelte den Kopf. Als Bambis Vater sich zum Sterben verabschiedete, fragte Hermann: «Kriegt Bambi jetzt Maksym?»

Nina kam sehr spät nach Hause. Ich lag noch immer wach. Der Jetlag war jetzt mehrere Tage alt und hatte sich als treuer Freund in mir eingenistet. Ich wurde müde, wenn Wien schlief, und munter, wenn Wien aufwachte.

«Bambi?», fragte sie, als sie das Buch auf dem Nachtkästchen sah, das auch klein war, wie alles in ihrer Wohnung. Das Apartment hatte nicht einmal zwanzig Quadratmeter.

«Ja, er wollte es lesen. Ich glaube, er ist sehr traurig, dass du hierbleibst.»

Sie setzte sich aufs Bett und strich unserem entzückenden, kleinen Sohn durchs Haar.

«Es ist nur mal bis Weihnachten», sagte sie.

«Ja, ich weiß. Aber fünf Monate sind für ihn eine Ewigkeit.»

Ich nahm sie in den Arm.

«Wir schaffen das schon. Vielleicht könntet ihr mich ins Österreichische Kulturinstitut einladen? Da tritt doch jeder auf. Dann komm ich mit Hermann her.»

«Ich hab tatsächlich heute über dich gesprochen. Sie haben nach dir gefragt. Ich habe gesagt, du schreibst gerade an einem neuen Roman, und sie meinten, da würden sie dich wirklich gern einladen.»

«Obwohl ich Deutscher bin?»

«Obwohl du Deutscher bist. Die Deutschen laden dich ja nicht ein, weil du für die ein Österreicher bist.»

«Und was bin ich für dich?»

«Mein Mann und Hermanns Vater.»

Wir blieben noch zwei Tage länger in New York, dann flogen wir nach Wien zurück. Die Stewardess von der Austrian Airlines fragte mich nach einem Selfie, aber mit Hermann an meiner Seite lehne ich solche Anfragen immer ab.

«Wozu will sie ein Foto von dir?», fragte er.

«Sie wollte eins von dir, aber hat sich nicht getraut, dich zu fragen. Darum hat sie mich gebeten.»

Ich hielt ihn während des Fluges viel im Arm.

Ich hatte Nina wegschicken müssen, weil beide nicht voneinander lassen konnten am Gate. Bambi hatte ich in ihrer Wohnung am Nachttisch liegen lassen. Die Geschichte war zu dramatisch für Hermann. Ich hatte überlegt, ihr das Wort *Kapiteotak* zu schicken, es aber zum Glück gelassen, es hätte gut gepasst.

In Schwechat nahmen wir ein Taxi. Der Taxler schimpfte während der Fahrt über die anderen Autofahrer.

«Schleich dich, Gschissener!»

«Wir sind wieder zu Hause», flüsterte ich Hermann ins Ohr, aber er schlief tief und fest.

Es war früh am Morgen und sehr heiß. Wir fuhren an der Trabrennbahn vorbei und am grünen Prater. In der Seitenspur stand ein parkendes Auto. Ich sah ein Kleinkind allein im Wagen sitzen und hoffte, dass die Mutter oder der Vater bald zurückkehren würde. Die Fenster waren geschlossen, und man las so oft von furchtbaren Dingen. Kind bei großer Hitze in Auto erstickt.

Ich erinnerte mich daran, wie ich mit meiner Mutter einmal in Duisburg im Sommer zu einem Supermarkt fuhr. Sie hielt auf dem Parkplatz und sagte, sie müsse nur schnell etwas einkaufen. Sie schloss ab und ging. Nach einer halben Stunde kehrte sie zurück. Inzwischen hatte es über dreißig Grad in dem kleinen Wagen.

«Du hast mich eingesperrt! Dein eigenes Kind! Bei dieser Hitze! Liest du keine Zeitungen? Weißt du nicht, was da passieren kann?» Ich war außer mir.

Sie lachte. «Du bist fast fünfzig, Dirk. Das ist kein klassischer Fall von ‹Mutter lässt Kind in Auto›.»

Auf dem Tisch im Wohnzimmer lagen dreitausendfünfhundert Euro. Daneben eine Nachricht von Maksym. «Mondgeld. Sie haben nicht einmal gestecht!» *Gestecht* war durchgestrichen. *Gestochen* stand darüber.

Hermann lag schon im Bett. Der Holzdino war auch wieder da. Wahrscheinlich hatte Maksym ihn extra vor unserer Rückkehr in Hermanns Bett gelegt.

In der Post war eine Karte von Kina. «Mein lieber, alter Vater. Ich bin in Hanoi. Neben mir hat eine deutsche Touristin eine Pizza gegessen und gesagt, in Italien wären die Pizzas besser. Manche Leute sollten nicht reisen. Sie war ganz angetan, als ich erkennen ließ, Wienerin zu sein. Wien sei eine wunderschöne Stadt. Ich will auch einmal nach Wien, versprichst du mir das? Kuss, deine junge Tochter.

PS: Vietnam ist toll, aber Wien ist besser.»

Ich ging in mein Arbeitszimmer. Es war zehn Uhr am Vormittag, und ich war überhaupt nicht müde. Ich hatte keinen Jetlag. Weil die Wiener Uhr in mir tickte. Und nur die Wiener Uhr.

In meinem Arbeitszimmer hing da, wo ich die kaiserliche Urkunde meines Ururgroßvaters aufgehängt hatte, nun ein Poster von Chabib Abdulmanapowitsch Nurmagomedow. Es machte mir nichts aus.

Ich öffnete den Laptop und sah mir ein Youtubevideo des jungen Nurmagomedow an. Er war vielleicht ein oder zwei Jahre älter als Hermann jetzt und kämpfte tatsächlich mit einem jungen Bären. Er war stärker als der Bär und rang ihn zu Boden. Der kleine Dagestaner lag auf dem wütenden Tier, das sich nicht befreien konnte.

Zu Mittag läutete es an der Tür. Vor mir stand eine Frau mit einer auffällig großen Brille. Im Arm hielt sie eine Katze.

«Grüß Gott», sagte sie. «Ich bin von Tür achtzehn. Ist Maksym da?»

«Nein», antwortete ich. «Wir sind gerade erst aus Amerika zurückgekommen.»

«Schade. Wir wollten uns noch einmal bei ihm bedanken.»

«Wofür?»

«Er hat uns sehr geholfen, nicht?» Sie schaute ihre Katze an, als würde sie eine Antwort erwarten. Die Nachbarin trug einen rosafarbenen Trenchcoat und einen Reif im Haar, sodass sie wie ein Filmstar aussah, aber aus den Sechzigerjahren.

«Ist das die Katze, die so furchtbar gewimmert hat?», fragte ich.

Sie nickte.

«Was haben Sie dem armen Tier denn angetan?», fragte ich und legte möglichst viel Entrüstung in meine Frage.

«Ich konnte ihr nicht helfen. Ich wusste nicht, was man da tun kann», sagte meine Nachbarin, deren geschminkte Augenbrauen auch aus einem längst vergangenen Jahrzehnt stammten. «Sie ist läufig, aber ich kann ja schlecht einen jungen Kater kommen lassen, nicht wahr? Ich möchte ja keine Zucht beginnen.»

«Und?»

«Und da hat sie halt gelitten. Furchtbare Qualen. Sie haben ja vielleicht die Schreie mitbekommen.»

«Alle im Haus haben die Schreie mitbekommen.»

«Sie wollte Geschlechtsverkehr, punktum. Und bekam keinen.»

«Und was hat unser Babysitter damit zu tun?»

«Er hat eine Methode gefunden, sie zu stimulieren. Mit einem Bleistift. Mit dem Radierer hinten am Bleistift. Und es wirkt! Es entspannt sie. Er hat sie, wie soll ich es sagen, selbstbefriedigt wäre falsch. Fremdbefriedigt?»

Ich war sprachlos. Unser Babysitter hatte eine fremde Katze zum Höhepunkt gerubbelt?

«Und da wollten wir uns eben bedanken. Er hat es mir beigebracht. Sehen Sie?»

Sie holte aus ihrer Vintage-Handtasche einen Bleistift und hielt ihn mir unter die Nase. Die Katze auf ihrem Arm wurde unruhig und begann zu schnurren. Die Frau mit den Augengläsern überreichte mir eine Flasche Krimsekt mit einem angehängten Grußkärtchen, auf dem man einen Katzenpfoten-Abdruck und ein Herz sah.

«Könnten Sie das Maksym in unserem Namen überreichen? Er hat uns beide sehr glücklich gemacht.»

Uns beide? Hatte er sie auch mit dem Bleistift beglückt?

«Natürlich, das mach ich gern», sagte ich und nahm die Flasche entgegen. Sie lächelte mich noch einmal an, die Katze im Arm und den Bleistift mit dem Radiergummi des Glücks in der Hand.

Ich nickte ihr zu und schloss die Tür.

Hermann kam schlaftrunken aus seinem Zimmer, den Holzdino in der Hand. Er sah verwirrt aus, nach den vielen verschiedenen Stationen der letzten Wochen.

«Papa?»

«Guten Morgen, mein Schatz. Wir sind wieder daheim. Du bist nach der Landung eingeschlafen.» Ich nahm ihn auf den Arm. Er legte seinen Kopf auf meine Schulter und seine kleinen Arme um meinen Hals.

«Ist Mama nicht da?»

«Nein, mein Schatz. Sie ist in der Stadt mit den hohen Häusern, aber wir sind wieder in Wien. In deinem Wien.»

Seine Augen füllten sich mit Tränen. Ich spürte es feucht an meinem Hals.

«Ich will Mama», sagte er.

«Ich weiß», sagte ich sanft. «Ich weiß. Und ich weiß noch etwas. Der Katze geht es wieder gut.»

«Sie weint nicht mehr?», fragte er, selbst noch weinend.

«Nein, sie weint nicht mehr. Und rate mal, wer ihr geholfen hat, dass sie nicht mehr weint? Dein großer Freund.»

«Maksym?»

«Genau. Maksym hat sie gesund gemacht.»

«Wo ist Maksym?»

«Er kommt bald. Und dann sind wir zu dritt. Bis Mama wieder zurückkommt.»

Und wie auf Zuruf ging die Wohnungstüre auf.

Hermann hörte auf zu weinen und lief auf Maksym zu. Maksym warf ihn in die Höhe, und Hermann kreischte vor Vergnügen.

Ich machte uns Kaffee. Am Tisch zeigte ich auf das Geld und auf Maksyms Nachricht. Er erzählte mir alles. Mondschein hatte sich in dem kleinen Ort Wundschuh in der Steiermark versteckt. Ich war nicht der Einzige gewesen, den er um sein Geld betrogen hatte. Mehr als hunderttausend Euro war er insgesamt schuldig geblieben. Die beiden Geldeintreiber hatten ihre Beziehungen zum Grazer Rotlicht spielen lassen und ihn gefunden. Sie hatten das Messer kaum gezückt, da war Mondschein schon eingeknickt. Darauf fuhren sie mit ihm zu einem Gebrauchtwagenhändler, der ihnen siebentausend Euro für den Mercedes gab. Die Hälfte der Summe behielten sie als Honorar. Das sei so üblich, erklärte mir Maksym.

«Wundschuh», sagte ich. «Wie passend für die Schmerzen, die ihn erwartet hätten.»

Maksym nickte und wandte sich an mein Kind. «Hermann, hast du trainiert in Amerika?»

Hermann schüttelte den Kopf.

«Proklyatyy!», rief Maksym. «Wenn du nicht trainierst, wird dein Körper schlaff wie ein Regenwurm.»

Hermann sah mit großen Augen zu, wie sein Babysitter Jacke und T-Shirt auszog und aus dem Arbeitszimmer die kleinen Boxhandschuhe holte. Er umwickelte Hermanns Hände mit Bandagen und zog ihm die Handschuhe an. Dann stellte er sich mit ihm in die Mitte des Wohnzimmers und simulierte einen Kampf. Hermann begann konzentriert mit seinen kleinen Fäusten in die Pads seines großen Freundes zu schlagen. Dass er nicht ungeübt war, konnte auch ich sehen. Sie mussten bereits vor Amerika trainiert haben. Er beherrschte einfache Kombinationen. Links-rechts, links-rechts, Geraden, Uppercuts.

«Gut», rief Maksym. «Du bist in Weißbrot-Amerika nicht schwächer geworden. Nu!»

«Und Mondschein?», fragte ich.

«Sie haben ihn aus dem Fenster gehängt. Dritter Stock. Mondschein über Wundschuh. Klingt wie ein Lied. Aber er hat nicht gesungen, sondern in Hose gepisst.»

Die junge Frau hatte Angst vor Sex und ließ sich deshalb die Gebärmutter herausnehmen, um so für fortpflanzungswillige Männer uninteressanter zu werden. Dann lernte sie einen Mann kennen, mit dem sie ein Kind haben wollte, und kam auf den Gedanken, sich die Gebärmutter ihrer eigenen Mutter einpflanzen zu lassen. Mehrere Mediziner hatten sich geweigert, den Eingriff vorzunehmen, Psychologen wurden konsultiert, und schließlich wurde ihrem Flehen stattgegeben. Jetzt war sie schwanger, und das Baby wuchs in der Gebärmutter der Oma auf.

Diese Geschichte erzählte mir Robert, als wollte er mir damit erklären, wieso er die Vasektomie rückgängig gemacht hatte. Lisa war der Grund. Er hatte sie im Anzengruber kennengelernt, unserem Stammlokal. Seit über dreißig Jahren gingen wir dorthin, und zusammen mit uns war das Stammpublikum auch gealtert. Nur Tommi, der Wirt, schien nicht zu altern. Vielversprechende junge Schriftsteller waren zu viel trinkenden alten Schriftstellern geworden, Nachwuchsschauspieler zu vertragslosen arbeitslosen Schauspielern und bildende Künstler, die es geschafft hatten, zu eingebildeten Künstlern. Über allen Tischen schwebte ein Ablaufdatum, aber Lisa war erst vor Kurzem aus Mannheim nach Wien gekommen und brachte frisches Blut in die abgestandene Luft des Lokals auf dem Naschmarkt.

Robert kannte Mannheim von seinen *Really Lonely Planet*-Büchern.

«Eine Stadt wie ein Schachbrett mit entstellten Figuren», sagte er. «Krüppel und Versehrte als Bauern und Springer.»

«Und Lisa?»

«Die Königin. Wie geschnitzt.»

Er war verliebt. «Schlagverliebt», wie er es nannte. Er sah sie, als er gerade über seinem Gulasch saß, und der Gulaschsaft tropfte ihm vor Entzücken aus dem Mund, als sie das Anzengruber betrat.

«Sie sieht aus wie die junge Marie Colbin in *Sei zärtlich, Pinguin*», schwärmte er.

«Peter Handke war mit Marie Colbin zusammen und hat ihr mit Bergschuhen in den Bauch getreten», sagte ich. «Seit wann kennst du sie?»

«Seit fast zwei Wochen. Und ich habe das noch nie erlebt, aber ich kann mir vorstellen, ein Kind mit ihr zusammen zu haben.»

«Verstehe. Gut, zwei Wochen, das ist eine lange Zeit. Da hast du sie wirklich gut genug kennenlernen können, um so eine Entscheidung zu treffen. Und die Vasektomie wird rückgängig gemacht?»

«Ja, in einem Monat.»

«Wenn ihr dann noch zusammen seid.»

«Was soll der Zynismus? Diesmal bin ich mir sicher.»

«Warst du beim letzten Mal auch, und dann bist du ins Waldviertel geflüchtet.»

«Aber die Vasektomie hab ich damals nicht zurücknehmen lassen.»

«Gut. Ich würde dir vorschlagen, dass ihr euch jetzt schon einmal um einen Babysitter bemüht, falls die Operation glückt und du mit Mitte fünfzig ein Fruchtbarkeitsgott sein solltest, mit deinem müden Nachkriegssperma.»

«Ich bin nur ein paar Monate älter als du», sagte er. «Und Handke ist auch mit fünfzig noch mal Vater geworden. Apropos Handke, was macht dein Roman?»

Ich nahm einen Schluck von meinem Vranac. «Handkes erste Tochter ist in deinem Alter, Robert. Und mein Roman ist noch eine Niemandsbucht, in die ich nicht vorgedrungen bin.»

Er blickte mich fragend an.

«Der Verlag hätte gerne eine Fortsetzung von ‹6 Österreicher unter den ersten 5›, zwanzig Jahre später.»

«Weil sich der erste Teil so gut verkauft hat.»

«Klar. Aber damals hab ich ein Buch geschrieben über einen Deutschen in Wien.»

«Über deine Entpiefkenisierung.»

«Genau. Und jetzt bin ich entpiefkenisiert.»

«Findest du? Ich finde, du bist mehr so etwas wie ein Berliner Türke. Ein Wiener Piefke.»

Tommi kam zu uns an den Tisch. «Da hat Robert recht. Ich bin Wiener Kroate. Alle in Wien sind irgendwas und Wiener. Immer schon.»

«Du bist Wirt», sagte ich. «Noch ein Glas Vranac, bitte.»

Wenn ich das Haus verließ, um zur Arbeit zu fahren, hatte ich manchmal das Gefühl, der uralte Hirsch aus Bambi zu sein, während Maksym meinen kleinen Sohn mit seiner Lebensenergie verzauberte. Käpt'n Knalltüte, unser Spiel, das man im Sitzen spielen konnte, interessierte ihn kaum mehr. Wir hatten im Spiel alle Museen leer geraubt, nun wurde ihm die Wiederholung der immer gleichen virtuellen Straftat schnell langweilig.

«Ich habe mit Maksym in echt etwas aus einem Museum gestohlen», erzählte er mir eines Tages freudestrahlend.

«In echt im Spiel?», fragte ich.

«Nein, in echt. Ich war Käpt'n Knalltüte und habe Mozart gestohlen. Aber wirklich!»

«Wie meinst du das?»

Hermann lief mit seinen kurzen Beinen ins Kinderzimmer und kehrte mit einer kleinen Mozartfigur zurück.

«Die hab ich geklaut», erzählte er aufgeregt. «Maksym hat mit der Frau gesprochen, und dann hat er mit der Hand gewackelt, und ich hab Mozart weggenommen!»

Ich sah mir die kleine Statue genauer an. *Haus der Musik* stand unter dem Sockel.

«Ich will das wieder machen», rief Hermann. «Das war so spannend, Papa!»

«Man darf nichts stehlen», sagte ich.

«Doch, das ist cool», sagte Hermann begeistert.

«Nein, das ist uncool. Ich werde Maksym sagen, dass ihr nichts in echt stehlen dürft. Das ist nicht in Ordnung, Hermann.»

«Blöder Papa», rief Hermann, lief zurück in sein Kinderzimmer und schmiss die Tür zu.

Ich ging in mein altes Arbeitszimmer, um Maksym zur Rede zu stellen.

«Ich will nicht, dass mein Sohn stiehlt», fing ich ohne weitere Vorreden an. «Ich will nicht, dass er mit Äxten im Wald Bäume fällt, und ich will nicht, dass er mit wilden Tieren kämpft. Hast du mich verstanden?»

Er sah mich ruhig an. «Ich habe die Figur bezahlt, aber ohne dass es Hermann gemerkt hat. Ich stehle nichts», sagte er. Er saß an meinem Schreibtisch, vor sich ein dickes Buch, ich konnte nicht erkennen, um welches es sich handelte.

«Ach, tatsächlich?», fragte ich. Wortlos zog er einen Zettel aus seiner Hosentasche. Die Quittung.

«Gut», sagte ich. «Käpt'n Knalltüte ist ein Spiel, ich möchte nicht, dass Hermann glaubt, stehlen sei in Ordnung.»

«Klar», sagte er. «Ist es Diebstahl, wenn man glaubt, man hat gestohlen? Hat man aber nicht? Interessante Frage.»

Ich sah ihn an. Waren wir jetzt im rechtsphilosophischen Seminar?

«Noch eine Frage», sagte er. «Ist es in Ordnung, wenn ich morgen erst um achtzehn Uhr komme? Ich muss was erledigen und kann Hermann nicht vom Kindergarten abholen.»

«Ja, natürlich», antwortete ich. «Ich hab erst abends einen Auftritt. Es reicht, wenn ich um halb sieben das Haus verlasse.»

Erst jetzt sah ich, dass er in der Ecke ein Foto aufgehängt hatte. Es zeigte einen kleinen Buben neben einem Mann in Uniform.

«Ist das dein Vater?», fragte ich.

Er lachte. «Nein, leider nicht. Mein Vater war Bergmann. Das ist Wladimir Afanassjewitsch Ljachow. Mein Vater hat das Foto gemacht, mit einer Zorki. Gute russische Kamera.»

«Und wer ist das?»

«Der Bub bin ich, und Ljachow ist ein sowjetischer Kosmonaut. Aus Antrazyt, wie wir. Mein Held, als ich so alt war wie Hermann. Mein Vater grub sich tief in die Erde, und Ljachow flog hoch hinauf ins All. Weg von alldem. Dreimal war er mit der Sojus im Weltraum. Dreihundertdreiunddreißig Tage, sieben Stunden und siebenundvierzig Minuten im All.»

Ungefähr so lange würde Nina in New York sein.

Ich ging in die Küche. Die «Carpe That Fucking Diem»-Tasse fiel mir beim Einräumen aus der Hand. Der Henkel brach erneut ab.

In der berühmten Berggasse befindet sich an der Ecke zur Liechtensteinstraße die alteingesessene Drogerie «Zum weißen Engel», die vom alten Herrn Pekarek geleitet wird. Er ist über achtzig und trägt im Laden einen weißen Kittel. Bei ihm gibt es alles, was es sonst nirgendwo mehr gibt. Die Cochenille-Laus, welche Campari und Lippenstiften die rote Farbe gibt, Meerschaum, Speisesoda, Salzsäure. Der Wandverbau aus dunklem Vollholz ist noch original aus dem Jahr 1904, als die Drogerie eröffnet wurde. In einer

Vitrine stehen braune Glasbehälter, fein säuberlich in Kurrent beschriftet. Weingeist, Ammoniak, Brumolin, Glycerin, Kölnisch Wasser.

«Ich brauche einen besseren Kleber, Herr Pekarek», sagte ich und zeigte ihm meine Tasse. Er nahm sie, setzte die Brille auf und betrachtete die Bruchstelle.

«Das Häferl ist Billigware», sagte er.

«Ich weiß, aber ich häng an ihr», sagte ich. «Sie ist so lang in Wien wie ich.»

«Verstehe», sagte Herr Pekarek. Er ging in den hinteren Teil des Ladens, wo er die wirklich alten Hausmittel stehen hatte. Er hatte mir einmal eine Dose aus den Zwanzigerjahren gezeigt, ein Produkt, das sein Vater noch regelmäßig verkauft hatte. Mumia, pulverisierte Mumie, geschätzt als Potenzmittel.

«War aber wahrscheinlich kein Mensch, den man da fraß, sondern mumifizierte Katzen», hatte er mir erklärt.

Ich wartete und überlegte, mich auf den prachtvollen, mit rotem Samt überzogenen Schemel zu hocken, der in einer Ecke des Geschäfts stand.

«Setzen Sie sich nur», sagte Herr Pekarek, als er wiederkam. «Da saß schon der alte Freud, wenn er im Geschäft war.»

«Wirklich?», fragte ich ehrfurchtsvoll. «Hier saß Freud?»

«Er wohnte ja vis-à-vis. Der Doktor Freud war oft hier. Mein Vater verkaufte noch Kokain und Cannabis und Schmerzmittel. Der Freud war ein guter Kunde; wenn er kam, setzte er sich dahin. Er war ja schon ein älterer Herr.»

Ich schaute den Schemel jetzt mit anderen Augen an. «Verrückt, was die Dinge für eine Bedeutung bekommen, wenn man ihre Geschichte kennt», sagte ich.

«Ja», sagte Herr Pekarek. «Aber die schöne Geschichte

stimmt wahrscheinlich nicht. Ich erzähl sie halt immer. Ich mein, Freud war wirklich Kunde von uns, aber ob er da jemals Platz genommen hat? Keine Ahnung. Der Schemel war aber schon oft im Fernsehen und in der Zeitung. Freuds Schemel. In Japan und Amerika, der Schemel ist berühmt, dabei behaupte ich es nur. Die Leute wollen es eben gerne glauben. Ich hab schon ein richtig schlechtes Gewissen bekommen, wissen S'? Deshalb bin ich rüber ins Freud-Museum und hab's denen gestanden. Und wissen S', was die Frau Direktor vom Freud-Museum gesagt hat?»

«Was?»

«Dass ich wahrscheinlich trotzdem mehr Originale vom Freud hab als das Museum. Der hat doch damals alles mit nach London genommen. Die Couch und alles.»

«Dann sagen wir einfach, das ist der Schemel, auf dem er gesessen haben könnte, wenn er in der Drogerie war.»

«Genau», sagte Herr Pekarek. «Und das hier ist Gummiarabikum. Des müssen S' anrühren. Des hält, egal wie schleißig das Häferl produziert worden ist.»

Eine ältere Dame betrat den Laden und verlangte nach Venen-Gel. Ich warf einen letzten Blick auf den Schemel und meinte, Zigarrenasche neben dem Möbel auf dem Parkett zu sehen. Sicherlich auch noch original von Freud.

Ich hörte noch, wie Herr Pekarek der alten Kundin erklärte, dass Schellack aus den Exkrementen von Läusen gemacht wurde und sich manchmal auch so anhörte.

Zu Hause klebte ich die Tasse. Es funktionierte tadellos. Natürlich. Herr Pekarek würde nichts verkaufen, das nicht wirkte. Ich sah auf die Uhr. In zwei Stunden müsste ich Hermann aus dem Kindergarten holen. Ich setzte mich an den Esstisch und sah hinüber in mein Arbeitszimmer. Der

Schreibtisch war voll mit Büchern. Ich holte meinen Laptop und versuchte, den Roman zu beginnen.

Nach zwanzig Minuten schrieb ich eine Mail an Frank. «Lieber Frank, Melkmaschinen sind ein Hund. Ich verstehe dich immer besser und hoffe, dass wenigstens du vorankommst, Dirk.»

Ich fuhr mit dem D-Wagen zum Franz-Josefs-Bahnhof. Beim Aussteigen rief mir ein junger Junkie etwas zu, das ich nicht verstand.

«Wie bitte?», fragte ich.

«Du bist doch der Gschissene vom Fernsehen», sagte er. Er hatte eine sehr schlecht gedrehte Zigarette im Mund und ein schlecht verheiltes Piercingloch in der Nase.

«Ja, genau», antwortete ich.

«Kann ich ein Selfie mit dir machen? Für meine Mama?»

«Ich dachte, ich bin ein Gschissener.»

«Ja, eh. Aber für meine Mama.»

«Nein danke. Ich will kein Selfie mit dir machen.»

«Gschissener!» Er wurde wütend. «Mach bitte ein Selfie mit mir.»

«Bin ich jetzt gschissen, oder soll ich ein Foto mit dir machen?»

«Bist eh gschissen, aber meine Mutter hat Geburtstag.»

«Nein danke. Schenk ihr etwas anderes. Und geh zum Arzt. Deine Nase eitert.»

«Gschissener! Bitte! Ein Selfie!» Er spuckte beim Schreien. «Oaschloch!»

Ich ließ ihn stehen und holte Hermann ab. Er hatte im Kindergarten die Umrisse eines Landes ausmalen müssen und hielt mir nun das Blatt hin.

«Was für ein Land ist das?», fragte ich ihn, und er sah mich verblüfft an.

«Die Ukraine. Darum hab ich das Bild gelb und blau gemalt.»

«Ich dachte, das ist Niederösterreich.»

«Das würde ich doch nicht malen. Das Bild ist für Maksym. Ich dachte, er holt mich heute ab.»

«Der hat noch zu tun. Er kommt später und bringt dich ins Bett.»

Er schien erleichtert zu sein. «Gut, Papa», sagte er gönnerhaft. «Wir können so lange zu Hause Käpt'n Knalltüte spielen. Du magst das Spiel ja so gern, obwohl es echt babysch ist.»

Maksym kam pünktlich um sechs. Er schien gut gelaunt und ging gleich zum Kühlschrank, um die Flasche Krimsekt der Katze zu öffnen.

«Gibt es etwas zu feiern?», fragte ich.

«Ja», sagte er. «Es gibt etwas zu feiern.»

Hermann kam angelaufen, umarmte seinen Babysitter und drückte ihm seine Zeichnung aus dem Kindergarten in die Hand.

«Ah», rief Maksym. «Heimat! Sehr schön, Genosse Kind.»

«Und was feiern wir?», fragte ich, ein Glas Sekt in der Rechten, das er mir in die Hand gedrückt hatte.

«Heute ist ein großer Tag», sagte er feierlich. «ich bin wie Ljachow hochgeflogen!»

Ich hatte keine Ahnung, was er meinte, hatte aber auch keine Lust nachzufragen, trank aus und ging. Es war eine Gala im Burgtheater. Der Bundespräsident würde kommen, den Anlass hatte ich vergessen, aber die Agentur hatte gesagt, es sei gut, wenn ich dabei wäre. Ich solle einfach nur ein paar launige Worte aufsagen, der Aufwand sei gering, die mediale Wirkung aber umso größer.

Am Bühneneingang holte mich eine junge Regieassistentin ab und brachte mich in meine Garderobe. Dort stand bereits ein Ensemblemitglied des Burgtheaters am offenen Fenster und rauchte.

«In meiner Garderobe ist Rauchverbot», erklärte er.

«In meiner nicht?»

«Doch», sagte er und dämpfte die Zigarette aus. Am Gang standen mehrere Jedermänner und Buhlschaften und ein paar erwartbare Kulturmenschen des Landes, die ich immer wieder bei Galas traf. Es gibt Künstler, die zu allem etwas zu sagen haben.

Die Garderobe neben mir hatte ein goldenes Schild an der Tür. *Hörbiger* stand darauf. Ich klopfte.

«Ja?»

Ich öffnete und begrüßte Mavie.

«Das ist ja toll, dass du ein eigenes Schild an der Garderobe hast», sagte ich und zündete mir eine Zigarette an.

«Na ja, ein paar von uns haben das. Richtig berühmt bist du, wenn dein Schild von irgendeinem Fan abgeschraubt wird. Die Türen ohne Schilder, dahinter sind die echten Stars.»

«Soll ich dein Schild abschrauben?»

«Nein, es zählt nicht, wenn ich weiß, wer es war. Hier ist übrigens Rauchverbot.»

«Ich weiß, aber in meiner Garderobe darf man auch nicht rauchen.»

Sie nickte und zündete sich selbst eine an. Wir öffneten beide Fensterflügel.

«Hast du eigentlich eine Ahnung, was für eine Gala das ist?», fragte ich.

«Keinen Schimmer. Wir singen zwei Nummern, und dann bin ich eine Wolke.» Über den Lautsprecher kam die Durchsage, dass sich das Nestroy-Couplet bereit machen solle. Sie warf die Zigarette aus dem Fenster Richtung Volksgarten, wo die Fiaker auf Touristen warteten.

«Ich geh dann mal», sagte sie. «Du kannst gern noch hierbleiben und fertig rauchen.»

Das tat ich und sah dabei aus dem Fenster auf die Lichter des Rings und das Zuckerbäcker-Rathaus. *Studentenpreise und keine Standing Ovations,* dachte ich und ging wieder in meine Garderobe zurück, in der ein schmales Bett stand. Auf der Matratze waren undefinierbare Flecken. Das ist wohl Kulturgeschichte, dachte ich. Wiener Theatergeschichte. Spermaflecken von Curd Jürgens? Oder getrocknete Speichelfäden von Attila Hörbiger? Auf dem Tisch mit dem Spiegel stand ein halb leeres Glas Milch. Die Milch sah schlecht aus, Mikroorganismen hatten sich gebildet. Vielleicht hatte Oskar Werner das Glas bestellt, als er für einen kurzen Moment einmal aufgehört hatte, Alkohol zu trinken.

Es klopfte. Die Tür ging auf, und der Inspizient erschien.

«Sie sind in zehn Minuten dran. Ich begleite Sie zur Bühne. Sie treten von links auf.»

«Worum geht es denn eigentlich?»

Er sah mich verdutzt an und lachte. «Bis gleich, ich hol Sie dann», sagte er und verschwand.

Ich schrieb eine Nachricht an meinen Agenten. «Was ist das hier im Burgtheater überhaupt?»

Er antwortete nicht. Bügelte wahrscheinlich. Die Mail mit der Anfrage, die mir Klarheit hätte verschaffen können, hatte ich längst gelöscht.

Ich ging auf den Gang, der inzwischen menschenleer

war. Mavie war auch ahnungslos gewesen, aber Nestroy-Couplets passten in Wien zu jeder Gelegenheit, das half mir nicht weiter. Ich suchte hektisch nach der Running Order, in der Hoffnung, dort zumindest den Namen der Gala zu finden, aber auf dem Zettel mit der Reihenfolge der auftretenden Künstler und Redner stand nur das Wort *Gala*.

Ein Techniker ging an mir vorbei.

«Entschuldigung, wissen Sie, worum es bei der Gala geht?»

«Keine Ahnung, ich mach hier das Licht», sagte er, ohne anzuhalten.

Mukoviszidose? Jährte sich der Staatsvertrag? Hatte der Bundespräsident Geburtstag? Alles war möglich. Ich überlegte, ob mir irgendetwas einfiel, das zu allen Themen passte. Warum bereitete ich mich immer so wenig vor? Im Mistkübel fand ich einen *Standard* und blätterte hektisch den Veranstaltungskalender durch, bis ich draufkam, dass die Zeitung vom Vortag war.

«Wir müssen! Brandauer ist schon fertig!» Der Inspizient winkte mir und öffnete die Tür zum Seiteneingang der Bühne. Ein Tontechniker drückte mir das Mikrofon in die Hand. Ich hörte noch die letzten Worte Brandauers. «... denn was wäre die Freiheit ohne sie?»

Applaus brandete auf, Brandauer verließ die Bühne uneitel, ohne Verbeugung. Offenbar ging es um eine Sache, der sich sogar der bekannte Narzisst unterordnete. Eine Sache, größer als Brandauer? Ich dachte an Brandauers Haus in Altaussee. Auf der Bühne machte ich immer diesen Witz. Sein Haus sei abgebrannt, und er sei zum Feuerwehrmann gegangen und habe «Brandauer» gesagt, und der Feuerwehrmann habe «Drei, vier Stunden» geantwortet. Aber das half mir jetzt nicht.

Der Inspizient legte mir eine Hand auf die Schulter und schob mich sanft auf die Bühne. Gab es denn keine Moderatorin, die mich ansagte und mir vielleicht einen Hinweis geben konnte, warum ich da war? Nein. Der Lichtkegel war für mich bestimmt. Ich musste raus.

Ich trat in das Scheinwerferlicht, das nicht hell genug war, um mich wirksam zu blenden. Das Haus war vollbesetzt. Eintausendzweihundert Augenpaare starrten mich an. In der ersten Reihe saß der Bundespräsident, neben ihm der Oberrabbiner von Wien. Ich erkannte einige Minister, den Wiener Bürgermeister und die Generaldirektorin des Kunsthistorischen Museums. Schon oft hatte Käpt'n Knalltüte wichtige Kunstwerke aus ihren Beständen gestohlen, aber das gehörte wohl nicht hierher.

Ich blickte in das Gesichtermeer und hob das Mikrofon. Bedeutungsschwer begann ich zu sprechen.

«Denn was wäre die Freiheit ohne sie? Klaus Maria Brandauer hat recht.» In meinem Kopf arbeitete es, aber es war die Melkmaschine, von Fehlzündungen gebeutelt. «Und was wäre die Freiheit ohne das Nachdenken? Viele reden, bevor sie denken. Denken wir. Nehmen wir uns die Freiheit, nachzudenken. Jeder für sich. Sich seinen Teil. Hier und jetzt!» Ich ließ das Mikrofon sinken und starrte über die Reihen der Köpfe hinweg. Es herrschte vollkommene Stille. Bei Fußballspielen mochte ich solche Momente, Schweigeminuten, und ich kostete das Gefühl aus. Welche Macht dieses Schweigen hatte. Gleichzeitig überlegte ich, ob ich noch etwas Sinnstiftendes anzufügen hätte, aber mir fiel nichts ein. Nach gefühlten drei Minuten bedankte ich mich und ging, wie Brandauer, ohne Verbeugung ab. Wofür hätte ich mich auch verbeugen sollen? Ich ging ab, und niemand klatschte. Vielleicht dachten sie noch nach.

Als ich wieder auf den Garderobenflur kam, nickte mir ein Burgtheaterschauspieler anerkennend zu. «Das war groß», sagte er. «So einen Moment hat es sicher noch nie gegeben auf einer Gala fürs Wienerlied.»

«Wienerlied?»

«Ja, der gschupfte Ferdl, Schnucki, ach Schnucki, die Reblaus, Mei Muatterl war a Weanerin, I bin a stiller Zecher, das wurde heute alles gesungen, dazu Nestroy als historischer Verweis.» Er war Norddeutscher und sprach die Dialektwörter aus wie ein Norddeutscher. Jeden Wiener hätte es gerissen. Jede Aussprache ein Stich ins goldene Wiener Herz.

«Und was sollte ich dabei?»

Er zuckte mit den Schultern. «Das haben wir uns alle gefragt. Vielleicht was über das Wienerlied aus Sicht eines deutschen Komikers, eher launig hat man sich das wohl vorgestellt. Aber dass du daraus eine Schweigeminute machst, das hat alle verblüfft. Knorke, dass so etwas noch geht, die Leute so zu irritieren.»

Knorke? «Schweigen ist nie verkehrt», sagte ich und verzog mich in meine Garderobe. Ich schüttete mir kaltes Wasser ins Gesicht. Auf meinem Handy sah ich, dass mein bügelnder Agent doch noch geantwortet hatte.

«??? Wienerlied! Das weißt du seit Wochen!!!»

Mein Mund war trocken. Ich trank das Glas Milch aus. Es schmeckte vergoren. «Auf dein Wohl, Oskar», sagte ich und verließ das Burgtheater, so schnell es ging. Keine Standing Ovations.

Ich hatte nicht gewusst, dass die Gala live im Fernsehen übertragen wurde. Am nächsten Morgen las ich die hämischen Zeitungskommentare. Nachmittags rief mich Nina aus New York an. Durch die Zeitverschiebung hatte sie jetzt erst die teilweise vernichtende Berichterstattung mitbekommen.

«Mir hat doch keiner gesagt, worum es ging», rechtfertigte ich mich. «Außerdem bin ich Komiker, da hat doch alles, was man macht, irgendwie einen tieferen Sinn.»

«Komiker haben einen tieferen Sinn? Nein, das war einfach nur daneben», sagte sie. «Schweigen fürs Wienerlied? Das ist weder komisch noch tief, sondern einfach nur blöd. Sie haben geschrieben, es hätte gewirkt, als hättest du einen Schlaganfall gehabt.»

«Und wenn ich einen hatte? Dann ist Häme ja wohl die falsche Reaktion», sagte ich trotzig.

Vor allem *Die Presse* hatte sich über meinen Auftritt lustig gemacht und ganz eindeutig nationalistische Ressentiments bedient. Ich kannte den Kolumnisten. Ein sehr alter, beinahe schon toter Mann, der feinstes Josefstädter Deutsch sprach. Er trug einen Haarkranz auf dem kugelrunden Kopf, der seinerseits auf einem kugelrunden Körper saß, der von kurzen, stämmigen Beinen mühevoll getragen wurde. Der Mann fühlte sich erkennbar als Wertebewahrer eines Wienerismus, den es gegen Versuche einer Teutonisierung zu verteidigen galt. Vor Jahren hatte ich die Eröffnung der Wiener Festwochen am hell erleuchteten Wiener Rathausplatz moderiert, und er hatte sich daraufhin in Rage und mich in Grund und Boden geschrieben. Ein Deutscher eröffnet die Wiener Festwochen? «Als hätte ein Neandertaler im Salzburger Festspielhaus begrüßt. Stermann kommt offenbar aus Berlin, weil er den Arnold Schönberg Chor als Arnold Schöneberg Chor ankündigte. Sollen bald schon Touristen aus Bad Salzuflen im Akademietheater in Schnitzlers *Reigen* auftreten oder ein

Kfz-Mechaniker aus Wuppertal als Raimunds Barometer-macher in der Josefstadt? Wiens Dreivierteltakt ist schwer zu tanzen, wenn man nur Marschmusik im Blut hat.» Und jetzt hatte ich auch noch das Wienerlied entweiht.

«Der Ruhrpott-Komiker ist wohl selbst ‹a stiller Zecher›, ein Opfer der Reblaus. Hätte seine zähe Schweigeminute doch nur auch schweigend schon begonnen. Still hätte man ihn vielleicht noch ertragen, aber so fühlte man sich, als sei man nicht im Burgtheater, sondern im Narrenturm oder auf der Baumgartner Höh!»

«Der Typ von der *Presse* schreibt mit einer einzigen Synapse», sagte ich Nina, die mir alles vorlas, was ich selbst schon gelesen hatte. «Respekt, wenn man auf die Weise ein ganzes Berufsleben stemmen kann.»

«Das ist einer der wichtigsten Kritiker des Landes», sagte Nina.

«Armes Land», sagte ich. «Übrigens habe ich heute Morgen in der Dusche ein Schamhaar gefunden. Von Maksym.»

Nina lachte. «Und? Grauslich, oder? So geht es mir fast jeden Tag mit deinen Schamhaaren.»

«Du findest mein Schamhaar grauslich?»

«An dir nicht, aber einzelne Schamhaare in der Dusche gehören nicht zu meinen Fetischen. Wie geht es Hermann? Schickst du mir bitte mal wieder ein Foto von ihm?»

«Ich hab dir gestern eins geschickt. Er hat sich nicht so stark verändert in den letzten vierundzwanzig Stunden. Soll ich dir auch ein Bild von mir schicken?»

«Ein Selfie?»

«Ja, für drei Euro kannst du eins bestellen.»

«Seit deinem gestrigen Auftritt dürfte der Preis gefallen sein.»

«Gut. Du kriegst ein Selfie und drei Euro.»

«Ich habe Schamhaare von dir im Bad gefunden», sagte ich, als Maksym vom Kindergarten zurückkam.

«Aha», sagte er. «Ist mir vielleicht vom Sack gefallen. Hab ich gar nicht gemerkt. Aber bringt Glück.»

«Ich hätte lieber keine Glücksbringer von dir in der Dusche», sagte ich und las noch einmal den Verriss in der *Presse*. Maksym ging zum Kühlschrank und nahm sich einen seiner Eiweiß-Shakes, die aussahen wie Barbies Lieblingsgetränk. Er setzte sich zu mir an den Tisch, trank und blätterte die *Zeit* in großer Geschwindigkeit durch.

«Zu wenig Bilder?», fragte ich.

«Nein, wieso?»

«Weil du so schnell durchblätterst.»

«Ja», sagte er. «Interessant. Bis auf den Österreichteil.»

Ich lachte. «Wie willst du das beurteilen? Du hast es nicht gelesen.»

«Doch», antwortete er. «Hab ich.»

«Alles klar», sagte ich und schüttelte den Kopf. «Hier ist eine harsche Kritik über mich in der Zeitung.» Ich weiß nicht, warum ich ihm das erzählte. Wollte ich angeben? Schau, hier steht etwas über mich? Es ist zwar eine Vernichtung, aber immerhin? So wichtig ist dein Arbeitgeber? In solch einem Haushalt darfst du Babysitten?

Maksym zog die Seite zu sich. Er schaute auf den Artikel und sagte: «Das Schwein.»

«Du musst den Artikel auch lesen», sagte ich.

«Hab ich. Der Mann will dich fertigmachen. Er schreibt, du bist ein Säufer. Oder ein Psycho. Soll ich meine beiden Freunde zu ihm schicken?»

Ich war verblüfft. «Hast du das vorhin schon gelesen?»

«Nein, jetzt. Bei mir zu Hause kriegst du einen Schuss ins Knie für weniger!»

«Aber du hast doch nur kurz draufgeschaut!», sagte ich.

«Ja, reicht. Kurzer Artikel.»

Verwirrt legte ich ihm das Feuilleton der *Zeit* neben sein rosafarbenes Eiweißgetränk. Aufmacher war ein Essay über Hölderlin.

«Lies!», befahl ich.

Er nahm einen Schluck seines Getränks, das zähflüssig wie Kleister zu sein schien, blickte auf die Doppelseite und legte die Zeitung nach wenigen Sekunden wieder hin.

«Und jetzt?», fragte er mich. Rosafarbene Shakereste klebten in seinen Mundwinkeln.

«Was steht da?», fragte ich ihn, als befänden wir uns in einem Verhör. Als hätte ich die Lampe nur vergessen, die ihm eigentlich ins Gesicht brennen sollte.

«Hölderlins Vermieter war ein sehr hilfsbereiter Mann», sagte er. «Alle dachten, Hölderlin ist ein Psycho, aber Ernst Friedrich Zimmer fand das nicht. Hölderlin wurde als unheilbar krank aus dem Autenrieth'schen Klinikum entlassen. Zimmer bewunderte ihn. Vor allem den *Hyperion*. Kenn ich nicht, muss aber wohl gut sein. Der Turm, die Freundschaft, das Genie, der Wahnsinn. So ungefähr. Ich kann auch aufsagen, wenn du willst.»

Ich war sprachlos. Maksym hatte so kurz auf den Artikel geschaut, dass ich dachte, er hätte bestenfalls die Überschrift lesen können, noch dazu in einer für ihn fremden Sprache. Ich nahm ihm die Zeitung weg und las nach. Tatsächlich ging es um die Freundschaft im Turm zwischen Zimmer und Hölderlin.

«Gut, Maksym. Dann zitiere etwas.»

Er nahm einen weiteren Schluck seines Kraftstoffes.

«Wo aber Gefahr ist, wächst das Rettende auch.»

Ich suchte das Zitat und fand es tatsächlich.

«Noch eins!»

«Ein längeres?»

«Was du willst.»

«Gut. Alles prüfe der Mensch, sagen die Himmlischen. Dass er, kräftig genährt, danken für Alles lern'. Und verstehe die Freiheit, aufzubrechen, wohin er will. Okay? Und soll ich den Mann besuchen lassen? Ihm zeigen, dass er sich mit dem Falschen anlegt?»

«Was?» Ich war völlig verwirrt. «Welcher Mann?» Ich suchte nach dem Zitat und fand es ebenfalls.

«Der Mann von deinem Artikel. Der geschrieben hat, dass du wie ein saufender Hölderlin bist. Ich kann ihn gestechen.»

«Stechen», sagte ich abwesend. «Wieso kannst du das? Oder bist du Hölderlin-Fan?»

«Nein, ich kenne Hölderlin nicht. Aber er war sehr krank. Gut von Zimmer. Mein Vater war im Bergwerk, als, krach, bumm, eine Explosion war. Er wurde gerettet, aber war im Kopf defekt. Ein Eisenträger. Im Schädel. Er wurde in Kyjiw operiert, aber er ist am Tisch geblieben.»

«Was heißt das?»

«Ist aus der Narkose nicht mehr aufgewacht. Ist am OP-Tisch liegen geblieben. Er war vorher auch wie Hölderlin, nur ohne Hyperion. Dann ist seine Seele hinaufgeflogen, wie Ljachow.»

Ich starrte ihn an.

«Ist das ein Trick?», fragte ich skeptisch.

«Mit dem Lesen? Kein Trick. Fotografisches Gedächtnis. Manche Leute haben eine Warze oder Schweißfüße, ich habe das. Normal.»

In einem Schuhkarton der Kampfsportmarke «Daniken» hatte er seine Erinnerungen gesammelt. Wir saßen neben dem Boxsack auf dem Boden, und er zeigte mir ein Foto seiner Eltern. Das Bild war nach dem verheerenden Grubenunglück aufgenommen worden, und sein Vater, der später am Tisch bleiben sollte, wirkte so entrückt, als blicke er bereits ins Jenseits. Ein Ljachow-Blick, wie Maksym es nannte. Hier unten waren wir, da oben war die Welt von Ljachow.

Ein paar Zeitungsartikel lagen auch in dem Karton, der nach Schweiß roch. Maksym in Kämpferpose in der *Wetschernije Westi* und im *Ekspres*. Maksym mit einem sehr brutal wirkenden Gegner auf der Titelseite eines ukrainischen MMA-Magazins. Maksym im Sportteil einer belgischen und einer polnischen Sportzeitung.

«Ich war Profi. Nach der Armee, mein Vater war bozhevil'nyy, loco, crazy, gaga. Ich hab trainiert, weil ich nicht in die Grube der Toten wollte. In Antrazyt ist es nicht wie in Wien. Keine Waldorfschule, kein Montessori.» Er lachte. «Aber kämpfen lernst du, ob du willst oder nicht. Mafia. Als Erstes töten wir deinen Hund, haben sie gesagt, oder du kämpfst für uns. Ich hatte keinen Hund, das war ihnen egal. Ich ging in den Park, Vulytsya Petrovs'koho, da gab es ein Gym aus Schrott. Eisenstangen, Reifen, Motorblöcke. Und einen Käfig aus Stahlgittern. Da hab ich gekämpft. Wie Chabib.»

«Nurmagomedow», ergänzte ich.

«Genau. Er hat Ohren wie Karfiol, aber McGregor aus dem Ring geworfen, den irischen Mandjuk, wie einen tapsigen Bären. Er ist ein Held!»

Inzwischen hatte auch ich mich an den Geschmack seines Eiweißdrinks gewöhnt und wollte noch ein Glas, aber Maksym nahm die Flasche vom Tisch.

«Genug. Sonst krank.» Seine Jogginghose war hinaufgerutscht, und ich sah auf seinem Schienbein eine tiefe Einbuchtung. Keine Narbe, sondern eine Vertiefung, als hätte ihm ein Pferd den Knochen eingetreten.

«Ist das ein Andenken aus deiner Zeit als Kämpfer?»

«Lowkicks. Du trittst, immer auf die gleiche Stelle. Taktaktak. Das sind Schmerzen, große Schmerzen. Irgendwann musst du nur einen Tritt andeuten, und dein Gegner zuckt. Angst vor dem Schmerz. Wenn der Schmerz zu groß wird, knickt er ein. Fällt um. Dann kannst du machen, was du willst. Mit Fäusten, Ellbogen, er liegt am Boden. Besser nicht umfallen! Ich bin nie umgefallen, aber Schmerz? Groß! Du spürst, wie dein Knochen immer mürber wird an dieser Stelle. Wie mit einem Hammer. Der Knochen gibt nach. Aber nie umfallen! Okay?»

«Okay», antwortete ich mechanisch, als würde ich jemals in die Situation kommen, nicht umzufallen, während mir jemand das Schienbein zertrümmert. Aber falls, wüsste ich es jetzt. Nicht umfallen. Stoisch stehen bleiben und den Schmerz wegatmen.

«Hast du nie gekämpft, Dirk?»

«Nein, natürlich nicht», antwortete ich. «In der Kleinkunst und beim Fernsehen prügelt man sich eher selten. In meiner Welt redet man und tritt nicht. Meistens.»

Vielleicht hatte das weibliche Östrogen meinen männlichen Körper wirklich zerstört, wie mein Sportlehrer es prophezeit hatte, und ich bildete zu wenig Testosteron, um mich zu schlagen. Während meiner Schulzeit hatte ich eine einzige Rauferei gehabt. Wir hatten einen neuen Mitschüler bekommen. Eckehard von Bussow. B-U-S-S-O-W, hatte er seinen Namen buchstabiert, als er sich vorstellte. B-U-S-S-O-W war ein arrogantes, elfjähriges Arschloch, dessen Vater im Management von Mannesmann arbeitete. B-U-S-S-O-W hatte vorher in Stuttgart gelebt und verhielt sich zu uns Stahlkindern wie der alte Krupp zu seinen Arbeitern. Er klebte CDU-Aufkleber an die Wände, während wir hochpolitische, linke Elfjährige waren, die *CDU, blöde Kuh, lass die SPD in Ruh* skandierten. Ich versuchte, einen seiner Aufkleber von der Wand zu kletzeln, schaffte es aber nicht. B-U-S-S-O-W hatte da irgendeinen CDU-Superkleber an seinen Stickern. Er hatte meinen versuchten Anschlag auf seine Wahlpropaganda mitbekommen und warf sich auf mich. Meine Freunde standen im Kreis um uns herum, griffen aber nicht ein. B-U-S-S-O-W lag auf mir wie das Kapital auf dem Rücken des Proletariats. Er roch sehr stark nach seinem Leberwurstbrot und kickte mir sein Knie in die Weichteile. Mit dem Ellbogen drückte er mir die Nase zur Seite, dann biss er in mein Ohr. Ich hatte den ersten und einzigen politischen Kampf meines Lebens verloren. B-U-S-S-O-W hatte gezeigt, wer das Sagen hatte. Ich nicht. Kurz darauf wurde Helmut Kohl Bundeskanzler.

«Du hättest ihm die Finger in die Augen gestechen sollen», rief Maksym aufgebracht.

«Stechen», verbesserte ich ihn.

«Stechen und gestochen», rief er. «Am besten beides!»

Maksym hatte mit Anfang zwanzig begonnen, für ein paar Jahre als professioneller Käfigkämpfer zu arbeiten. In Osteuropa, den Beneluxstaaten und England. Er war nicht reich geworden, hatte aber davon leben können. Als bei einem Kampf in Cardiff seine Milz riss, hörte er auf und machte als Türsteher weiter, erst in Budapest, dann in Wien.

«Als ich fünfunddreißig wurde, ich weiß noch genau», erzählte er. «Ich stand vor der Tür von einem Club am Gürtel. Es hat geregnet. Ich stand da und dachte: Maksym, was willst du tun? Türsteher ohne Milz? Wien war gut, aber die Tür nicht. Mir war egal, welches Arschloch reingeht, verstehst du? Draußen vor der Tür hab ich gedacht, Blödmann, was machst du? Und dann? Maksymale Idee. Mit Fotogedächtnis, was ist der große Vorteil? Lernen. Ich sehe ein Buch und kann das Buch. Ist in meinem Kopf. Und dann überlegt, wo muss man viel lernen? Jura, Jus, wie man in Wien sagt. Verstehst du? Viele dicke Bücher, muss ich mir nur anschauen und weiß sofort, was alles in dem Buch steht. Nu! Ich bin zur Universität gegangen und hab mich eingeschrieben.»

«Du studierst Jus?» Ich war perplex.

«Nein», antwortete er grinsend. «Ich habe studiert. Ich bin fertig. In zwei Jahren fertig studiert. Nur vier Prozent in Wien schaffen Jusstudium in der Regelzeit, vier Jahre. Ich hab doppelt so schnell. Maksym. Kein Problem. Weißt du noch, als wir den Sekt von der Frau mit der Sexkatze getrunken haben? Da war Abschluss. Ich kann jetzt als Anwalt arbeiten.»

«Und verstehe die Freiheit, aufzubrechen, wohin er will», murmelte ich.

«Genau», sagte unser ukrainischer Babysitter. «Und jetzt zeige ich dir kämpfen. Komm!» Er stand auf und holte Boxhandschuhe aus seiner Sporttasche. Carpe That Fucking Diem.

Ein paar Tage später stand im *Österreichischen Anwaltsblatt* ein Porträt unseres Babysitters. Noch nie zuvor hatte jemand in Österreich so schnell sein Jusstudium beendet wie Maksym. Im Interview erklärte er, dass er zwar ein fotografisches Gedächtnis habe, vor allem aber habe er bei jedem Gesetzestext gefunden, dass er logisch war. «Es stimmt einfach. Es ist und hat Recht», wurde er zitiert. Seinem Empfinden nach hatten die Verfasser alles bedacht und abgewogen und richtig formuliert.

«Wenn ein Türsteher sagt, unter achtzehn kommst du nicht hinein, dann ist das Gesetz. Da gibt es kein ‹Ich werde aber bald volljährig›. Es gibt nur über achtzehn und unter achtzehn. Das ist klar. Und im Recht ist auch alles klar. Das Recht ist der Türsteher, der dir sagt, was geht und was nicht. Das habe ich verstanden, und darum war das Studium so leicht.»

Es wunderte mich nicht, dass Maksym von verschiedenen Kanzleien Angebote bekam. Auf meinem Schreibtisch stapelten sich Briefe in edlen Kuverts.

«Wird Maksym weggehen?», fragte Hermann traurig.

«Das weiß ich nicht. Wahrscheinlich. Er ist jetzt Anwalt und kein Babysitter mehr.»

«Er ist kein Babysitter», empörte sich mein Sohn. «Er ist mein großer Freund.»

«Das kann er ja bleiben, aber wahrscheinlich wird er als Anwalt arbeiten wollen und nicht bei uns.»

«Er kann das ja machen, wenn ich im Kindergarten bin, und dann holt er mich ab und spielt mit mir und kämpft.» Hermann hatte Tränen in den Augen.

«Das müssen wir wohl ihm überlassen», sagte ich.

Hermann lief in sein Zimmer und knallte die Tür hinter sich zu.

Tags darauf flog ich nach Hamburg. Ich war bei Lanz zu Gast, was gut ist, weil Lanz mehrere Kochshows fürs Fernsehen produziert. Deshalb bekommt man als Gast seiner Talkshow immer gutes Catering, nämlich die Reste der Kochshows. Ich war auf die Mittagsmaschine gebucht.

«Fliegen Sie auch nach Hamburg?», fragte mich eine Dame am Gangplatz.

Eine ungewöhnlich dumme Frage, wenn man gemeinsam in einem Flugzeug sitzt, wie ich fand.

«Nein», sagte ich, um sie zu beunruhigen.

Sie blickte hektisch auf ihr Ticket, in Sorge, vielleicht im falschen Flugzeug zu sitzen.

Am Nachmittag lag ich hungrig in meiner Hamburger Hotelsuite. Als ich in den Spiegel gegenüber vom Bett blickte, sah ich einen wilden Mann. Mein Bart hatte sich verselbstständigt, und mir wurde klar, dass ich so unmöglich in die Show des stets vorbildlich rasierten Markus Lanz gehen konnte. Ich zog mich an und kämpfte mich durch den kalten Hamburger Herbstwind auf der Suche nach einem Friseur oder Barbershop.

So nobel mein Hotel war, so grindig war der Salon, den ich fand. Vier Friseusen, die wie Friseusen aussahen, dazu ein Lehrling mit roten Haaren und rotem Hipsterbart. Der Lehrling erbot sich an, meine Rasur zu übernehmen. Er sei sehr gut darin, sagte er. «Ich rasiere nur nass. Ist besser.»

Ich nickte, setzte mich hin und sah im Spiegel, wie der Lehrling mit seinem Rasiermesser Tricks vollführte. Aufschnappen, zuschnappen. Als gehöre er zu einer Straßengang, so hantierte er mit dem Messer.

«Ich habe bei einem türkischen Meister gelernt, wie man rasiert. Ich durfte immer nur an Luftballons üben. Aufblasen, Rasiercreme drauf, Messer ran und: bumm!»

Er begann, mich einzucremen.

«Was heißt ‹bumm›?», fragte ich.

«Geplatzt. Bei mir sind die Scheißdinger immer geplatzt. Jetzt blutet der Kunde, hat mein Meister dann gesagt.»

«Aha», sagte ich. Der Lehrling war vielleicht siebzehn

und sah aus, als wäre er aus einem Salafistenvideo gesprungen. Plötzlich wurde mir klar, dass der Bart vielleicht gar kein Hipsterbart war, sondern ein religiöser.

«Deshalb durfte ich auch nie Kunden bedienen, wegen dem Ballon. Mein Meister hat gesagt, ich darf erst am lebenden Objekt rasieren, wenn die Ballons nicht mehr platzen.»

«Und? Wie lange hat es gedauert, bis Sie endlich rasieren durften?», fragte ich vorsichtig nach, sein Messer im Blick, das er an einem schmutzigen Handtuch wetzte.

«Bis zum Ende. Die Scheißdinger sind alle geplatzt. Ich durfte nie rasieren. Deshalb hab ich den Laden gewechselt. Hier darf ich rasieren.»

Er machte sich an meinem Hals zu schaffen. Es fühlte sich an, als würde er die Haut abschaben.

«Tut weh, was?», fragte er mitfühlend.

«Ich glaub, das Messer ist zu stumpf», sagte ich, Tränen vor Schmerz in den Augen.

«Kann sein. Hab ich jetzt schon seit Montag drin.»

Es war Freitag. Ich stellte mir vor, wie viele Schichten von Hautschuppen und Bakterien anderer Kunden an dem Messer klebten. Mit großer Geste machte der Salafist sich nun daran, die Klinge zu wechseln. Im Spiegel sah ich, wie er die neue aus einem anderen Messer nahm.

«Jetzt müsste es besser gehen. Die ist erst seit gestern drin.»

Er riss noch einige Minuten an meinen Barthaaren, bis er entnervt aufgab. Sein Einsatz hätte einen Zeppelin zum Platzen gebracht.

«Ich nehme doch erst einmal den elektrischen Bartschneider. Ist besser», sagte er und jonglierte kurz mit dem Messer. Jonglieren konnte er jedenfalls. Vielleicht hätte er besser beim Zirkus gearbeitet.

Der Bartschneider machte ein Geräusch, als würde er sein Leben aushauchen. Der Al-Kaida-Lehrling ließ sich dadurch nicht irritieren. Er rupfte schmerzhaft an meinem Gesicht, die Haare, so fühlte es sich an, wurden eher entwurzelt als geschnitten.

«Kann es sein, dass der Akku gleich leer ist?», fragte ich mit schmerzverzerrtem Gesicht.

«Kann sein. Keine Ahnung. Ich rasiere normal immer nass. Ist besser», sagte er.

«Ja, schon klar», sagte ich scharf. «Aber könnten Sie jetzt bitte einen mit aufgeladenem Akku verwenden?»

«Haben wir nicht. Das hier ist der einzige. Aber ich könnte mit dem Messer weitermachen. Ist sowieso besser», sagte er, und ich sah Armeen blutverschmierter Luftballons vor mir platzen.

«Nein danke. Ich finde es gut so. Die Rasur ist beendet», sagte ich.

Ich zahlte und war froh, vor der Sendung von einer professionellen Visagistin auf Gebührenzahlerkosten rasiert zu werden. Dafür zahlt man gern Fernsehgebühren. Weil es Sinn macht.

«Die roten Striemen kann ich aber nicht alle abdecken», sagte die Visagistin. Ich blickte in den Schminkspiegel. Ich war nun glatt rasiert, sah aber aus, als wäre ich mit Kinn und Hals in eine Glasscheibe gefallen.

Während der Sendung versuchte ich, so gut es ging, das Kinn mit der Hand zu verdecken und meinen Kopf gesenkt zu halten. Wie immer im deutschen Fernsehen musste ich Österreich erklären. Deutscher in Wien, das war zu meinem zweiten Beruf geworden. Am Ende des Gesprächs fragte Lanz mich noch, ob ich an einem neuen Roman arbeitete. Er war ein Fan meiner Bücher, und die «6 Österreicher» hatten sich auch deshalb so gut verkauft, weil er als Moderator von *Wetten, dass...?* die Geschichte meiner Entpiefkenisierung angepriesen hatte.

«Ja, ich habe angefangen», antwortete ich. Immerhin befanden wir uns in Hamburg, wo auch mein Verlag sitzt. Ich wollte meinem Verlag das Gefühl geben, alles sei in Ordnung.

«Prima», sagte Lanz. «Darauf freuen wir uns schon.»

Ich schlief lange und verpasste das Frühstück, weil ich mit dem Bankräuber und Schauspieler Burkhard Driest nach der Sendung abgestürzt war. Er hatte mich schon beim Warm-up der Sendung zum Lachen gebracht. Außer uns waren unter anderem noch die inzwischen achtzigjährige Schauspielerin, Ärztin und Beruferaterin bei «Wer bin ich?» Marianne Koch zu Gast sowie eine ehemalige Girlieband-Sängerin, die bei der Dschungelshow so bereitwillig Würmer und Hoden in sich hineingestopft hatte, dass sie vom Publikum fast zur Siegerin gewählt worden wäre. Während Lanz uns Gäste dem Publikum vorstellte, beugte sich Driest zu mir und fragte so laut, dass es alle im Saal hören konnten: «Wenn du entscheiden könntest, mit wem du schlafen müsstest, die Dschungelbraut oder die alte Ärztin, da würdste doch auch die Alte nehmen, oder?»

Ich trug einen schwarzen Rollkragenpullover, um die Striemen zu verdecken. In der Maske hatte die Dschungelfrau neben mir gesessen und mich gefragt, ob ich Priester sei. Ich hatte bejaht, und jetzt sah sie mich an, als wäre ich mit einem Bein in der Vorhölle, weil ich über Driest lachen musste.

Driest wollte viel trinken und steigerte sich in die Idee hinein, ich solle ein Drehbuch über sein Leben schreiben.

«Ich hab nicht nur eine Bank überfallen», sagte er stolz. «Es waren zwei, aber beim zweiten Mal konnte man mir nichts nachweisen. Das weiß nur keiner.»

«Und stimmt es, dass Romy Schneider dich so attraktiv fand, dass sie mit dir während einer Talkshow aufstand und ins Hotel ging?»

«Klar. Weißt du, Kinski und ich, wir haben sie alle bekommen. Weil wir Tiere sind.»

«Aha», hatte ich gesagt, aber dann fiel Driest, der auch schon sehr alt war, in eine Art Altersdepression, ließ den Kopf auf den Tresen sinken und starrte auf die Kasse. Vielleicht überlegte er einen dritten Coup.

Mit schwerem Kopf entschied ich mich am nächsten Tag für ein frühes Mittagessen. Vom Verlag war eine E-Mail gekommen; man habe mit großer Freude vernommen, dass ich schreibe, gerade auch, weil ja der vertraglich festgelegte Abgabetermin doch immer näher rücke.

Am Nebentisch unterhielt sich ein Paar, beide waren um die siebzig.

«Hier gibt es nur Buffet», sagte er. «Oder man geht ins Restaurant. Da kann man sich was bestellen, was nicht am Buffet ist.»

«Aha», antwortete sie.

«Am Buffet gibt es nur das, was am Buffet liegt. Da kann man dann nicht was anderes bestellen.»

«Ja», sagte sie, seltsam monoton. «Da muss man dann nehmen, was am Buffet liegt.»

Er nickte und schaute nachdenklich. «Weil sonst müsste man ja à la carte.»

«Ja», sagte sie. «Die können doch nicht alles aufs Buffet legen, was sie haben.»

Er nickte nachdenklich, sie auch.

«Ich nehme mir im Restaurant ja immer das, was ich am liebsten mag», sagte er schließlich, nach einer Nachdenkpause.

«Aha», sagte sie.

Aha? Das war alles, was sie auf eine derart törichte Feststellung zu sagen hatte? Mein Gott, dachte ich, wie resigniert musste sie nach fünfzig Jahren Ehe sein. Warum war sie nicht aufgesprungen und hatte ihn gepackt, geschüttelt und gebrüllt: «Ja, natürlich nimmst du dir Sachen, die du magst! Wenn du eine Fischallergie hast, wirst du dir ja keinen Aal vom Buffet holen!»

Stattdessen nur ein *Aha.* Wenn man nur noch solche Gespräche führt, sollte man sich dann nicht besser aus Protest gegen sich selbst den Mund zunähen?

Am anderen Nebentisch saß eine junge Mutter mit ihrer Tochter, die in Hermanns Alter war. Sie war schon dabei zu bezahlen, das Kind aß noch.

«Komm, beeil dich», sagte die schöne Mutter. «Ich will noch zum Yoga!»

«Das kann man sich doch auch bei Youtube angucken», antwortete die Kleine.

Youtube. Während ich am Gate auf meinen Rückflug wartete, suchte ich auf dem Handy nach Videos von Maksym. Vielleicht hatte es einer seiner Kämpfe ins Internet geschafft? Aber ich konnte nichts finden und sah mir stattdessen einen Kampf von Nurmagomedow an. Nurmagomedow gegen McGregor. Tatsächlich. Er hatte ihn wirklich wie einen tapsigen Bären aus dem Ring geworfen und sich dann mit der gesamten irischen Ecke geprügelt. Der Bärenbesieger. Als würde er in einer Bibliothek Bücher einräumen, so räumte er die Iren weg. Ganz ruhig und konzentriert. So etwas hatte ich noch nie gesehen. Kraft schien aus jeder Faser seines Körpers zu strömen, und die Blumenkohlohren waren sein Radar. Wenn von hinten jemand kam, hatte er den Gegner längst geortet und kam ihm mit seinem Schlag oder Tritt eine Zehntelsekunde zuvor.

Ich sah auf die Uhr und rechnete sechs Stunden zurück.

«Ich esse ja in Restaurants immer das, was ich am liebsten mag», schrieb ich Nina. Sie war wahrscheinlich gerade erst aufgestanden und in ihr Zwergenwolkenkratzerl gefahren. Es ging ihr gut. New York hielt für sie, was sie sich davon versprochen hatte. Ausstellungen, Lesungen, Filmvorführungen, Performances. Die österreichische Kulturwelt kam gern auf Einladung nach Manhattan, und Nina wurde hofiert. Dass bei den Veranstaltungen kaum Amerikaner anwesend waren: nebensächlich. «Meine Bilder wurden in New York ausgestellt» ist ein Satz, der immer einen guten Klang hat. «Ich bin im Big Apple aufgetreten» auch. Die wenigsten erwähnten, dass es sich um Veranstaltungen im österreichischen Zwergenhaus handelte. Nina zu kennen hieß für viele österreichische Kulturschaffende, erstmals international zu reüssieren. Und dann gleich Amerika! Ging Ninas Daumen nach oben, verließ man Kukmirn im Burgenland oder Katzenhirn in Oberösterreich und flog über den Atlantischen Ozean.

Maksym hatte in echten Käfigen gekämpft. Ohne Unterstützung des ukrainischen Sportministeriums. Er hatte sich durch Teile Europas gebissen und getreten, hatte seine Schienbeinknochen in die Waagschale geworfen, seine Milz. Das waren keine geschützten Werkstätten gewesen, sondern das genaue Gegenteil. Ungeschützte Schlachtfelder, umzäunt, damit man nicht fliehen kann.

«Hattest du nie Angst?», hatte ich ihn einmal gefragt.

«Nie», hatte er geantwortet. «Ich wusste, mein Gegner will mir wehtun. Ich wusste nicht, wie viel er trainiert hat. Aber ich wusste, wie viel *ich* trainiert habe. Also musste er Angst haben, verstehst du? Ich konnte *ihm* sehr wehtun.»

«Das verstehe ich nicht so richtig.»

«Ich habe ihm auf den Bauch geschaut. Und er wusste, ich werde versuchen, seine Leber zu treffen. So hart, dass sie ihm aus dem Rücken rauskommt. Ich habe meinem Gegner nie in die Augen gesehen, nur auf den Körper. Und er wusste, ich male mir aus, wohin ich schlage. Ich justiere seine Organe und Knochen.»

Ich sah hinaus auf die Startbahn. Das Licht in Hamburg stimmt oft nicht mit der Tageszeit überein. Der Himmel hängt hier tiefer als in Wien und hat mehr Grautöne. Es gibt ein Foto von mir am Jungfernstieg, auf dem meine Haare mit dem Himmel zu einem einzigen Grau verschwimmen. Als hätte ich den Himmel als Frisur oder eine Glatze an der Luft.

Als ich in der Austrian-Airlines-Maschine Platz nahm, schenkten mir das Rot der Stewardessenuniformen und die leise Strauß-Musik wie immer ein heimatliches Gefühl.

«Grüß Gott, Herr Stermann, herzlich willkommen», sagte die Purserin beim Einsteigen.

«Grüß Gott», sagte ich.

«Können wir ein Selfie machen?»

«Natürlich», sagte ich und stellte mich im engen Gang neben sie.

«Sie stengan auf meim Fuaß, Gschissener!», schrie ein Passagier der ersten Klasse.

Ich lächelte und nahm meinen Fuß weg.

«Hatten Sie in Hamburg einen Unfall?», fragte die Purserin. «Ihr Gesicht. Als wären Sie in einen Rosenstrauch gefallen.» Sie zeigte mir das Bild.

«Sie können das Foto gerne löschen», schlug ich vor.

«Naa, passt eh», sagte sie lächelnd.

Ich drängte mich an dem Mann vorbei, auf dessen Schuh ich gestanden hatte, und setzte mich an den Fensterplatz. Wie immer lauschte ich aufmerksam den Sicherheitsanweisungen der freundlichen Stewardess. Das hatte ich von Max Goldt gelernt. Immer gut zuhören. Und dann als Einziger im Notfall überleben.

Die Sicherheitsanweisungen in englischer Sprache höre ich mir auch immer an, die hat für Austrian Airlines mein Freund Howard eingelesen, der aus Sussex kommt und schon lange in Wien lebt. Seine erste Frau war Amerikanerin und ebenfalls Schauspielerin. Während er am English Theatre in der Porzellangasse auftrat, war sie ohne Engagement, dafür kannte sie jemanden von der US-Botschaft, der ihr anbot, für die CIA zu arbeiten. Sie sollte sich zusammen mit Howard eine große Wohnung suchen, die als «Safe House» für Agenten dienen würde. Wien war Ende der Achtzigerjahre noch immer eine Hochburg für Spione. Der dritte Mann war vom vierten und fünften ersetzt worden.

Sie mieteten also im noblen Währing eine Wohnung an, die sie sich selbst niemals hätten leisten können. Die CIA zahlte. Nur einmal im Monat mussten sie für eine Nacht die Wohnung verlassen. Als Zeichen dafür, dass die Luft rein war, hatten sie eine sehr österreichische Variante mit dem Geheimdienst ausgemacht. Ein Doppellliter Weißwein würde im Fenster stehen.

Nach zwei Jahren bekamen sie von der CIA die Aufforderung, der Mietervereinigung beizutreten, weil die Amerikaner das Gefühl hatten, die Wohnung sei zu teuer.

«Im Ernst? Die CIA ist so kleinkariert?», hatte ich Howard gefragt.

«Sie haben uns auch eine Ermäßigungskarte für die ÖBB zur Verfügung gestellt», hatte er mir erzählt, was mich verblüffte. Ich hatte gedacht, bei Spionen spiele Geld keine Rolle.

«Und habt ihr da einmal etwas Wildes erlebt?»

«Mit den Agenten? Nein, es war alles immer aufgeräumt, als wäre nie jemand dort gewesen. Nur einmal nicht. Da sah es in der Wohnung aus, als hätte der Berg-Karabach-Konflikt hier stattgefunden. Dann kam eine Putzkolonne, die alle Spuren beseitigte. Wir haben gefragt, was passiert war, aber die Amerikaner blieben stumm.»

Vom Safe House zu den Safety Instructions in englischer Sprache. Wenn ich im Ausland war, wurde die AUA-Maschine mit den roten Uniformen, der Walzermusik und mit Howards Stimme schnell zu meinem Safe House. So wie Wien mein Safe House war.

Als ich nach der Landung in Schwechat mein Handy wieder einschaltete, hatte ich eine Nachricht von Frank.

«Lieber Dirk, es ist ganz egal, ob dir etwas einfällt. Du bist kein Schriftsteller. Du bist ein Fernsehstar. Schriftsteller ist man, wenn man den Büchnerpreis gewinnt, und nicht, wenn man für die Romy nominiert wird, wie Veronica Ferres oder Nina Proll. Liebe Grüße, Frank.»

«Lieber Frank», schrieb ich zurück, «dann war Büchner selbst aber auch kein Schriftsteller, weil er den Büchnerpreis auch nie gewonnen hat. Liebe Grüße, Dirk.»

Ich steckte mein Handy ein und ging fröhlich an den Gepäckbändern vorbei. Ich freue mich immer wieder, mit leichtem Handgepäck zu reisen und nicht stundenlang an den Bändern warten zu müssen. Die Schiebetür öffnete sich. Die Abholer starrten mich an. Es war wie ein Auftritt. Schiebetür auf, wer kommt wohl heraus?

«Dirk!»

Durch die halbe Halle hörte ich seine Stimme.

«Hier! Wir trinken Kakao!»

Maksym winkte, und Hermann kam auf mich zugelaufen. Es war schon lange her, dass ich am Flughafen abgeholt worden war. Hermanns Kakao schwappte beim Laufen über wie mein Herz.

«Papa!»

Wir umarmten uns. Ich hob ihn hoch, und die Hälfte des Kakaos floss über meinen Mantel.

«Papa, ich habe gewonnen! In echt!»

«Wobei hast du gewonnen, mein Schatz?»

«Gegen den Bären! Ich habe den Bären umgeworfen und mich auf ihn draufgelegt!»

«Was?»

Maksym kam herbeigeschlendert, einen Espresso im Becher in der Hand. Er trug eine graue Jogginghose und eine Bomberjacke mit einem Tiger, der gerade mit aufgerissenem Maul zum Sprung ansetzt.

«Hermann hat wie Chabib gekämpft! War ein kleiner Bär, aber ein Bär! Fantastychnyy!» Er klopfte Hermann so fest auf die schmale Schulter, dass auch der Rest des Kakaos rausschwappte. Hermann strahlte. Maksym begann dröhnend zu lachen.

«Was ist mit deinem Gesicht, Dirk? Hast du auch mit einem Tier gekämpft? In Hamburg? Aber so wie du aussiehst, hast du verloren!»

Ich lächelte vielsagend und schwieg. Zu dritt gingen wir zum Taxistand. Zwei Bärenbezwinger und ich, der Angschüttete.

Der Käfig stand in einem Industrieviertel in der Nähe der Shopping City Nord. Hier, wo Wien gar nichts mehr gemein hat mit der lebenswertesten Stadt der Welt, wo Wien eher so aussieht wie ein schlechter Stadtteil des an schlechten Stadtteilen reichen Duisburg, hatte sich ein Mixed-Martial-Arts-Zentrum entwickelt. An den Wänden der unfreundlichen Industriehalle hingen Plakate von Eddie «The Underground King» Alvarez, «The Warmaster» Josh Barnett, Antonio Rodrigo «The Minotauro» Nogueira, Jon «Bones» Jones und eben von Chabib, den ich auch ohne Schriftzug erkannte. Chabib trug eine Fellmütze und schien in die Kamera zu brüllen.

Im Käfig trainierten zwei Kämpfer. Der eine hinter dem Maschendrahtzaun war schmächtig und blass, der andere überragte ihn um mindestens dreißig Zentimeter und mindestens so viele Kilogramm. Aber der Kleine war der überlegene Kämpfer. Der Große schnaufte wie ein Asthmatiker bei hoher Feinstaubbelastung und lag fast nur auf der Matte, wo der Kleine ihn mit Hebeln und Würgegriffen fixierte.

«Hallo, Hermann!», rief der Blasse. Mein Sohn winkte ihm zu.

«Das ist Slobo», erklärte er mir. «Maksym sagt, er ist gut, aber nur für Wiener Käfige.»

Überall hingen Boxsäcke und Punching Balls, auf dem Boden lagen Gewichte und Gymnastikmatten. Es roch streng, aber nicht nur nach Schweiß, sondern auch nach einer Chemikalie. Vielleicht ein spezielles Putzmittel, für Blut.

«Das ist doch krank», sagte ich. «Ein kranker Sport, wenn es überhaupt einer ist. Wie Gladiatorenkämpfe im alten Rom, aber in einer Halle in Floridsdorf.»

«Es ist ein Hobby», sagte Maksym. Nach Spaß sah das Gesicht des Großen im Käfig nicht aus. Ein Auge war geschwollen, und seine Nase blutete.

«Tiere sind im Käfig», sagte ich. «Keine Menschen.»

«Aber Tiere gehen nicht freiwillig rein. Menschen schon», sagte Maksym und trat im Vorbeigehen gegen einen Boxsack. Er trat so unvermittelt schnell, dass ich die Bewegung kaum sehen konnte. Aber der Boxsack wackelte, wie zum Beweis.

«Wow! Der Mann, der schneller tritt als sein Schatten», sagte ich, und Maksym lachte.

«Einen Gegner zu schlagen, der praktisch wehrlos am Boden liegt, das gibt es nirgendwo. Das ist unfair und menschenverachtend, das überschreitet alle Grenzen», sagte ich und sah auf den Mann am Boden, dessen Hals vom Würgegriff des Blassen zu platzen drohte, während er mit dem Ellbogen Schläge an die Schläfe bekam.

«Das ist nur Training. Wenn es zu schlimm wird, sagt der Dicke Bescheid», beruhigte mich Maksym. «Komm», sagte er, und Hermann lief in den hinteren Bereich der riesigen Halle vor. Ich konnte das Tier riechen, bevor ich es sah, trotz Schweiß und Chemie in der Luft.

Zwei Baumstämme und eine mit Wasser gefüllte Plastikwanne lagen auf dem Asphalt. Hermann kniete vor dem kleinen Bären und umarmte ihn. Es sah aus wie ein Disneyfilm. Neben dem schwarzen Babybären stand ein Mann, für den vermutlich das Wort *zwielichtig* erfunden worden war.

«Das ist Vahit. Er hat Bären», sagte Maksym und begrüßte den total schwarz Gekleideten. Vahit sah mich an, als wolle er mich auf der Stelle totschlagen.

«Und das ist Beisungur», rief Hermann. Bevor der Holzdino sein Liebling geworden war, hatte Hermann einen kleinen Kuschelteddy gehabt. Aber der hatte sich nicht bewegt, und er hatte auch keine scharfen Zähne gehabt. Beisungur versuchte sofort, Hermann mit der rechten Tatze umzuwerfen, aber Hermann drehte sich geschickt um das Tier herum und warf sich auf ihn, dass die Beine des Bären umknickten. Beisungur schnappte mehrfach nach Hermann, aber mein Sohn wich dem Maul durch immer neue Drehungen aus.

Vahit, dem eine Tätowierung schlangenförmig aus dem Hemd den Hals hinauf bis unter sein rechtes Auge kroch, stand breitbeinig da und gab dem Bären lautstarke Anweisungen in einer kehligen Sprache, Tschetschenisch wohl, während Maksym mein Kind anfeuerte. Der Bär schien immer wütender zu werden. Mit einer Tatze hatte er sich befreit und begann, auf Hermanns Rücken zu schlagen.

«Schluss jetzt!», schrie ich, aber der Tschetschene beachtete mich gar nicht, sondern brüllte weiter aggressive Anweisungen. Maksym sagte etwas auf Russisch oder Ukrainisch oder Tschetschenisch, und Vahit schlug mit einer Eisenkette auf den Boden. Der Bär machte ein Geräusch wie ein verwundetes Kind und rührte sich nicht mehr. Hermann rollte sich ab, und Vahit legte dem Tier die Kette um.

«Hermann wollte dir zeigen, wie er gegen Bären gewinnt», sagte Maksym und gab meinem Sohn ein High Five.

«Na, toll», sagte ich. «Das ist auf so viele Arten falsch, ich weiß überhaupt nicht, wo ich anfangen soll. Wir gehen jetzt. Sofort.» Ich griff nach Hermann. Seine kleine Hand war ganz nass von der Bärenzunge oder dem Bärenschlatz.

«Hast du das gesehen, Papa?», fragte er stolz.

«Ja, ich habe es gesehen. Zweimal. Zum ersten und zum letzten Mal, Hermann.»

Er blickte mich mit großen Augen an, und wir liefen an den Käfigkämpfern vorbei zurück ins Freie. Es schneite, und die Welt hier draußen auf dem trostlosen Parkplatz schien eine völlig andere zu sein als die in der Halle. Selten hatte ich etwas derart Fremdes erlebt. Ich blickte auf die begrünten Hügel der Sondermülldeponie. Das Hässliche verschönern. Wie in Duisburg, dachte ich.

Ich kniete mich vor ihm hin und untersuchte ihn auf Verletzungen. Auf dem Rücken hatte er einen kleinen Kratzer.

«Tut es weh?», fragte ich.

«Direkt nach dem Kampf tut nichts weh», sagte Maksym. «Adrenalin. Frag ihn in ein, zwei Stunden noch einmal.»

«Der Junge ist vier Jahre alt, Maksym!»

«Deswegen haben wir ja auch einen kleinen Bären genommen», sagte Maksym. Die Hallentür ging auf, und Vahit trat heraus. Er schritt auf uns zu. Im Freien wirkte er noch einmal so bedrohlich, noch bedrohlicher als Maksyms Geldeintreiber. War er wütend, dass mein Kind sein Tier besiegt hatte? Würden wir dafür jetzt zahlen müssen? Würde Maksym versuchen, uns mit schnellen, fürs bloße Auge unsichtbaren Tritten zu retten?

Vahit stellte sich vor Hermann, schaute ihn streng an und gab ihm die Hand, die in einem halben, schwarzen Lederhandschuh steckte.

«Guter Kampf», sagte er auf Deutsch, drehte sich um und verschwand wieder in seinem Hades der Gewalt.

In zwei Wochen würde Nina über die Weihnachtsferien nach Wien kommen, und ich hatte das Gefühl, dass mir gerade alles entglitt. «Schatz, unser Sohn ist jetzt Käfigkämpfer im Industriegebiet! Mixed Martial Arts. Er ringt mit

Bären.» Ließ sich das unverfänglicher formulieren? Und würde sie denken, gut, *Arts,* immerhin Kunst? Vielleicht war Maksym als Babysitter doch eine ungeeignete Besetzung. Ich war einmal in Cottbus aufgetreten, und Berliner Theaterleute hatten mich und meine Agentur eindringlich gewarnt, Cottbus sei ein Neonazinest. Also bestand meine Agentur darauf, dass Bodyguards im Cottbusser Theater anwesend sein müssten. Die einzigen Skinheads im Saal waren dann die Bodyguards gewesen.

Ich cremte die kleinen Wunden auf Hermanns Rücken mit einer Heilsalbe ein.

«Orhan könnte bestimmt nicht gegen Beisungur kämpfen», sagte Hermann versonnen.

«Muss er ja auch nicht. Niemand muss gegen Bären kämpfen, mein Schatz.»

«Aber Maksym sagt, so werde ich stark. Wenn ich das kann, muss ich vor niemandem Angst haben.»

«Hast du denn Angst?»

«Nur dass Maksym weggeht.»

Ich fuhr ihm durch seine blonden Locken. Mein Sohn war so schön. Seine Augen strahlten unter langen Wimpern.

«Papa?»

«Ja?»

«Ich bin der Underground Kink, hat Slobo gesagt.»

«King.»

«Ja, weil ich am Boden so gut bin.»

«Ja, das habe ich gesehen. Du bist sehr gut am Boden.»

«Papa?»

«Ja?»

«Wenn du von einem Bären angegriffen wirst, rufst du mich dann? Ich komme und berette dich.»

«Das mach ich, mein Liebling.»

Robert rief mich an und klang nach Kapiteotak, dessen Weinen man in der Ferne hört. Lisa hatte sich von ihm getrennt, und folglich hatte er die Vasektomierücknahme wieder rückgängig gemacht.

«Ich bin zurück im Waldviertel. Eingeschlossen in altem Gemäuer», sagte er leise.

«Dein Safe House», antwortete ich.

«Ja, Samenstränge durchtrennt und die Verbindung zur Welt. Ich werde wieder allein unterm Baum sitzen, mein Fest der Familie. Der Baum und ich. Für Kinder müssen dann wohl meine Nachfahren sorgen», sagte mein kinderloser, alter Freund.

«Vielleicht kannst du die Vasektomie ja noch einmal rückgängig machen, wenn du die Richtige findest», schlug ich vor.

«Ich hab beim Urologen doch keinen Zehnerblock gekauft. Und bisher war jede Richtige falsch, oder ich bin der Falsche für die Richtige» sagte er. «Und du? Bist du jetzt mit dem Russen zusammen?»

Wir lachten.

Im Januar, nach den Feiertagen, würde Maksym seine Stelle in einer der renommiertesten Kanzleien Wiens antreten. Er hatte mir das schriftliche Angebot gezeigt. Sechstausend Euro Anfangsgehalt plus Boni. Jetzt stand er da, im Dreiteiler. Er wirkte fremd.

«Das ist mein Türsteheranzug», erklärte er.

«In dem hast du dich geprügelt?»

«Nein, in dem habe ich Leuten klargemacht, dass sie unerwünscht sind.»

«Man sieht keine Kampfspuren.»

«Auf *meinem* Gewand nicht. Nur auf dem der anderen.»

Ich war mir über meine Gefühle nicht im Klaren. Sollte

ich froh sein, dass er uns verließ? Dass diese andere, brutale Welt draußen blieb? Eigentlich war es mit ihm im Alltag ganz gut gelaufen. Ich hatte mich auf ihn verlassen können. Er brachte Hermann in den Kindergarten, holte ihn ab, unternahm mit ihm abseits der pädagogisch fragwürdigen Aktivitäten immer wieder mal ganz normale Kinderdinge. Sie gingen in den Zoo, wenn ich in München war, sie gingen ins Museum, wenn ich in Linz war, sie gingen auf den Spielplatz, wenn ich in Graz war. Meine Auftritte hatten sich nicht reduzieren lassen. Die Bügelwäsche und die Verträge standen dagegen. Die hatte sich Maksym extra durchgelesen, aber leider keinen Spielraum für Absagen entdeckt, ohne Strafe zahlen zu müssen.

Ich zahlte ihm 1200 Euro im Monat, er wohnte gratis bei uns und wurde verpflegt, das heißt, er verpflegte uns. Er kaufte ein und kochte, ich zahlte die Rechnungen. Als ich zart darum bat, gab es nicht mehr nur Kartoffeln und Fleisch, sondern auch frisches Gemüse. Er kochte gut. Hermann und ich liebten seine Wareniki, Teigtaschen. Manchmal machte er mir auch einen Eiweiß-Shake.

Er brachte Hermann ins Bett und las ihm vor. Vor allem juristische Texte, weil Hermann so schneller einschlief. Sie spielten zusammen Memory. Maksym gewann jedes Mal, obwohl man Kindern großes Geschick bei Memory unterstellt, weil ihre Merkfähigkeit so viel größer ist als bei normalen Erwachsenen. Aber Maksym war eben nicht normal, was Merkfähigkeit betraf.

Wann immer ich mit Hermann Brettspiele spielte, ließ ich ihn gewinnen, weil ich gelesen hatte, dass Kinder in seinem Alter noch nicht verlieren können. Umgang mit Niederlagen muss man lernen. Ich wollte ihn nicht verärgern und hinterher alle Figuren vom Boden aufheben.

Maksym kannte keine derartigen Rücksichten. Und Hermann schmiss nie etwas hinunter, er akzeptierte klaglos seine Niederlagen.

«Maksym ist so gut, da macht es mir nichts», erklärte er mir. «Aber wenn ich gegen dich verliere, ärgert mich das bis zum Mond.»

«Weil ich nicht so gut bin?»

«Nicht so gut wie Maksym. Weißt du, Papa, Maksym ist der Beste von der Welt in Memory!»

Im Briefkasten lag eine Postkarte aus New York. «Lieber Papa, a big apple a day keeps the doctor away. Habe trotzdem eine Erkältung. Hier dampfen Bazillen aus den Gullys. Saukalt ist's. Wollte Nina im Kulturinstitut besuchen, sie war aber nicht da. Verreist. Vielleicht zu euch? Würde es verstehen. New York ist gut, aber Wien ist besser. Kuss, Kina.»

Jetzt war meine große Tochter um die halbe Welt gefahren, anscheinend nur, um sich ihrer Heimatstadt immer näher zu fühlen. Sie würde jetzt die USA Richtung Westen durchqueren, wie die Siedler im 19. Jahrhundert. Vielleicht würde sie bis zum Pazifik noch einen Ort finden, der ihr besser gefiel als Wien. Unwahrscheinlich, aber wer weiß. Vielleicht Vienna, Texas.

Ich ging zur Bank, um Geld für Ninas Weihnachtsgeschenk abzuheben. Über Künstlerfreunde hatte ich eine signierte Fußmatte von Banksy bestellt. *Welcome mat (1st run of 500), 2019.* Eine braune Fußmatte mit einem roten Welcome-Schriftzug. Dreitausend Euro kostete sie, und ich war stolz auf meine Idee. Von Banksy, würde ich sagen.

Vor der Bank saß ein Obdachloser. Ein guter Ort zum Betteln. Hermann hatte mir gesagt, er fände es am besten, wenn man Bettlern kein Geld geben würde, sondern eine Bankomatkarte. Eine gute Idee.

«Schleich dich, du Nacktschnecke!», brüllte ein Passant den Obdachlosen an. Das hatte ich noch nie gehört. Nacktschnecke?

Ich betrat das Foyer und hob am Automaten das Geld ab. Eine Frau mit einer fleckigen Küchenschürze tippte mir auf die Schulter.

«Ich habe meine Bankomatkarte eingeführt und den Betrag eingegeben, dann kam meine Karte raus, aber kein Geld. Was soll ich jetzt tun?» Sie schien eher ärgerlich als beunruhigt.

«Ich weiß es nicht», sagte ich wahrheitsgemäß. «Aber da steht eine Telefonnummer am Gerät für Notfälle.»

«Ja, und? Was soll mir das bringen?» Sie schrie mich fast an.

«Vielleicht anrufen? Da kann man Ihnen sicher weiterhelfen», sagte ich beruhigend. Die Frau war schon recht alt und hatte einen leichten Damenbart.

«Anrufen? Wozu?»

«Um zu klären, was da los ist.»

«Ich weiß nicht, ob die mir jetzt das Geld abbuchen. Ich hab aber gar keins bekommen!»

Sie war jetzt völlig außer sich und schrie so laut, dass der Obdachlose von der Straße durch die Schiebetür interessiert hineinschaute.

«Ich glaube nicht, dass ich Ihnen da helfen kann. Rufen Sie doch am besten bei der Nummer an.»

«Warum? Was soll ich denn da anrufen? Ich will doch einfach nur wissen, ob mein Geld jetzt abgebucht wurde!» Ihre Nase pulsierte, aber vielleicht bildete ich mir das auch nur ein. Vielleicht gibt es gar keine pulsierenden Nasen.

Nasen können viel, aber pulsieren? Ich starrte ihre Nase an, aus der etwas flog. Rotz oder Wut.

«Und jetzt?» Die alte Frau stellte sich breitbeinig vor mir auf. Ei. Das war Ei auf ihrer Küchenschürze. Ziemlich frisches Eiklar.

«Ich habe keine Ahnung, ich bin kein Bankbeamter», sagte ich und stellte mich genauso breitbeinig hin wie sie. High Noon im Bankfoyer.

«Was ist mit meinem Geld?», brüllte sie.

Ich zog mein Handy aus der Tasche und wählte die Notfallnummer. Nach wenigen Augenblicken meldete sich eine freundliche Servicedame. Ich nannte unseren Standort und erklärte das Problem.

«Und die Kundin will nicht selbst mit mir sprechen?»

«Nein.»

«Trägt sie eine Küchenschürze?»

Ich war verwirrt. «Woher wissen Sie das?» Ich blickte mich um, auf der Suche nach einer Überwachungskamera.

«Haben Sie ihr helfen können?»

«Ich? Nein, wie denn? Sie hat mich angebrüllt.»

«Sie haben ihr *nicht* geholfen? Das sind schlimme Zeiten, wenn man nicht bereit ist, seinem Nächsten behilflich zu sein. So kurz vor Weihnachten. Schämen Sie sich.» Die Dame legte auf. Die Frau mit der Küchenschürze hatte während des Telefonats das Foyer verlassen und schimpfte auf der Straße weiter. Ich war mir nicht mehr sicher, ob sie überhaupt eine Bankomatkarte hatte. Wahrscheinlicher war, dass sie einfach nur so wütend war und hier im Foyer ihr Ventil fand. Immerhin war es in der Bank warm. Warme Wut.

Der Obdachlose nickte mir freundlich zu. Ich gab ihm zehn Euro. Über seinem Mantel trug er ein T-Shirt. *Poveri ma poveri* stand darauf.

So viele Wienerinnen und Wiener brauchen einen Babysitter, dachte ich mir. Jemanden, der da ist und achtgibt.

An dem Wochenende, bevor Nina aus New York kam, machten wir einen Ausflug zu dritt. Ich wollte Nina erzählen können, dass auch ich mich tätig bemühte, mit Hermann schöne Zeiten zu verbringen. Quality Time. Ein Gast meiner Fernsehshow hatte einmal von regelmäßigen Ausflügen mit den Kindern zu den Ötschergräben in Niederösterreich berichtet. Sie war Schriftstellerin und hatte gerade einen Roman abgeschlossen.

«Es geht um Nachkriegsgeschichte, in Tirol. Bauern finden einen Goldschatz, den ungarische Nazis vergraben haben, Zahngold von Budapester Juden», erzählte sie.

«Spielt das in Schnann?», fragte ich.

«Genau», sagte sie. «Ich habe darüber gelesen und in vier Monaten den Roman geschrieben. Das ging mir ganz leicht von der Hand, so sehr hat mich der Stoff gepackt. Und dazwischen bin ich mit den Kindern alle paar Tage zu den Ötschergräben gefahren. Wir kennen dort jeden Stein und jeden Steg.»

Nach der Sendung rief ich Frank an und berichtete von dem Roman, der seiner hätte sein können.

Frank war sprachlos. «Im Ernst?»

«Ja, leider.»

«Die Sau», murmelte er. «Einfach so hinscheißen. Na, das wird ein Dreck sein. In vier Monaten? Kein Mensch kann so schnell einen Roman schreiben!»

«Sie offenbar schon. Sie hat sich mit dem ersten Satz nicht so lange aufgehalten wie du. Vielleicht hättest du mit dem zweiten beginnen sollen.»

«Eine Dilettantin», schnaufte er.

«Sie ist Büchnerpreisträgerin.»

«Das heißt doch nichts! Büchner hat den auch nie bekommen», schimpfte Frank.

«Das stimmt. Ich wollte dir das nur sofort sagen, damit du dich flugs auf ein neues Projekt stürzen kannst.»

«Nein. Ich werde jetzt erst einmal gar nichts machen. Mal ausruhen. Nach der langen Arbeit.»

«Wie viel hattest du denn schon?»

«Entwürfe für den Anfang. Den ersten Satz. Großartig wäre der geworden.»

«Ja, bestimmt. Jetzt kannst du ja die Melkmaschine reparieren. Für dein nächstes Buch.»

«Ja, vielleicht. Und du?»

«Ich verliere den Babysitter und damit jeden Kontakt ins Milieu.»

«So verliert am Ende jeder etwas.»

«Kopf hoch. Und frohe Weihnachten euch vieren.»

«Euch auch.»

Hermann würde Nina begeistert von unserem Ausflug berichten. Der Grand Canyon Österreichs. Sie würde das Gefühl bekommen, dass Banksy sich geändert und viel mehr Zeit mit seinem Kind verbracht habe, als sie es sich hätte vorstellen können. Der Adventurepapa.

Schroffe Felsen, tosende Wasserfälle, die Ötschergräben. Da ich Höhenangst habe, klang «Gräben» für mich angenehm. Ein Graben ist unten, oben sind die Höhen, dachte ich mir. Alles zu bewältigen.

Als wir nach einer Stunde in Wienerbruck aus dem Auto stiegen, standen wir im Nebel. Es hatte geschneit. Das Ötscherreich wirkte seltsam märchenhaft. Auf dem Asphalt des Parkplatzes blitzten Eiskristalle. Ich hatte für Hermann und mich hochalpine Kleidung gekauft, Maksym trug seine Jogginghose und eine dünne Lederjacke.

«Mit den Turnschuhen wirst du dich schwertun», sagte ich. «Das ist eine richtige Wanderung. Acht Kilometer, schwieriges Gelände.»

«Okay», sagte Maksym.

«Freust du dich, Hermann? Wir werden einen echten Wasserfall sehen!»

«Klar. Cool, Papa.»

Wir liefen am Stausee vorbei und bogen in die Waldschlucht ein, wo ich ein Warnschild sah. «Von 1. November bis 1. April gesperrt.»

«Es ist verboten», sagte Maksym. Dichte Nebelwolken quollen aus seinem Mund.

«Das macht nichts. Wir haben ja einen Anwalt dabei», sagte ich fröhlich und rutschte weiter auf dem eisigen Boden voran. Wir gingen den Schluchtrand entlang, über uns Felsen, knorrige Äste, auf den Bäumen so viel Schnee, dass sich die Äste bogen. Kein Mensch weit und breit.

«Halt dich an meiner Hand fest», ermahnte ich Hermann und stürzte gleich darauf über eine Eisplatte. Vereinzelt hörte man Krähen, sonst war Stille. Nur weit entferntes Rauschen von Wasser.

«Es ist wunderschön, nicht?», sagte ich.

«Ja, toll», sagte Hermann. «Und da müssen wir jetzt rauf?»

Ich folgte mit dem Blick seiner ausgestreckten Hand. In den Felsen befand sich ein Steig. Ein Pfeil am Weg zeigte hinauf. «Von Holzknechten angelegt», informierte eine Tafel. Der Steig schien tatsächlich hoch hinaufzuführen. Konnte das sein? Davon hatte ich nichts gelesen.

«Rauf, dawei», sagte Maksym und tat den ersten Schritt.

Wir folgten ihm. Das Holz des Steigs wirkte morsch und provisorisch, dazu wurde es immer eisglatter, je weiter wir nach oben stiegen. Mit der rechten Hand berührte ich den kalten Fels, links ging es steil bergab. Sicher zwanzig oder dreißig Meter. Nur ein hölzernes Geländer zwischen uns und dem Abgrund.

«Ich weiß nicht», sagte ich verunsichert. «Vielleicht kehren wir doch besser um.»

«Komm, Dirk», sagte Maksym und stieg weiter. Ich versuchte, nur geradeaus zu schauen, immer nur auf das nächste Holzbrett, auf das ich treten musste.

«Halt meine Hand nicht so fest!», jammerte Hermann und jubelte dann plötzlich, weil nach einer Kurve ein Wasserfall sichtbar wurde. Der Kienbachfall.

«Wow!» Mein Sohn war begeistert. Wild rauschten die Wassermassen herab und schlugen hart auf das Gestein auf.

«Ja, der ist toll. Gut, dass wir ihn gesehen haben. Kehren wir jetzt um.»

«Du hast gesagt, acht Kilometer. Das waren erst ein paar hundert Meter», sagte Maksym. «Ich glaube, es wird noch wilder!»

«Juhu», rief Hermann und nahm Maksyms Hand. Schnell kletterten sie weiter.

«Vorsicht!», brüllte ich. «Das ist gefährlich! Glatt und ungesichert!»

Fluchend folgte ich ihnen. Vorsichtig einen Fuß vor den anderen setzend. So eine idiotische Idee. Ich merkte, wie der Schwindel kam und meine Atmung sich veränderte. Ich blickte kurz hinunter. Die Tiefe war erschreckend. Vertigo.

«Maksym?»

Sie hörten mich nicht. Sie waren bereits um die nächste Ecke gebogen. Ich riss mich zusammen und hangelte mich vorsichtig und langsam weiter, versuchte dabei meine Atmung zu beruhigen und die Höhenangst in den Griff zu bekommen. Als ich auch endlich um die Ecke bog, sah ich sie etliche Höhenmeter über mir winken.

«Papa!» Ich hörte Hermann kaum, sein Ruf wurde von den Wassermassen übertönt. Ich stand vor zwei Brettern des Stegs, die weit voneinander entfernt angebracht waren. Zwischen ihnen konnte man hinuntersehen, in die Tiefe, wo ich zwischen Felsen erschlagen aufgefunden werden würde. Ich versuchte, mich zu zwingen, einen Fuß über die Spalte zu heben, aber ich schaffte es nicht. Ich hatte das Gefühl, in den Spalt gezogen zu werden, in die Ritze zwischen den Brettern zu stürzen.

«Maksym!»

Ich rief wieder. Jetzt konnte ich die beiden gar nicht mehr sehen. Entweder waren sie im Nebel verschwunden oder noch weiter hinaufgeklettert. Ich setzte mich auf den eisigen Boden und versuchte, die Lücke des Stegs sitzend zu überwinden. Mit dem Po rutschte ich zentimeterweise an den Spalt, so nah wie möglich rechts an den Felsen gepresst, und schwang ein Bein hinüber. Es brachte nichts. Der Rest meines Körpers war das Problem. Vorsichtig erhob ich mich. Schaute nur auf die sichere Felsseite und nicht in den Abgrund und stieg. Ich war kurz davor, ohnmächtig zu werden, und begann leise zu summen. Eins, zwei, drei, vier, fünf, sechs, sieben, acht, neun, zehn. Wenn ich will, kann ich gehn. Ich hatte es geschafft. Langsam schritt ich weiter, Schweiß tropfte mir von der Stirn. Meine rechte Hand war aufgerissen, weil ich mich so fest in den schroffen Stein verkrallt hatte. Nach zwanzig Minuten hatte ich Maksym und Hermann erreicht. Sie saßen auf einer Holzbank und tranken Tee.

«Wo warst du so lang, Papa?»

«Habt ihr mich nicht gehört? Ich habe euch gerufen!»

«Wieso? Hast du ein interessantes Tier gesehen, das du uns zeigen wolltest?»

Ächzend setzte ich mich auf die windschiefe Holzbank. Maksym reichte mir einen Becher.

«Ich kann das nicht», sagte ich. «Tut mir leid, aber ich habe Höhenangst. Ich dachte, wir gehen unten. Mit so etwas hier habe ich nicht gerechnet.»

«Aber dahinten ist der Absturz in den Lassingfall! Komm, Papa», rief Hermann, dem die Pause schon zu lang geworden war. Aber ein Absturz in den Lassingfall war nicht das, was ich jetzt brauchte.

«Nein, Hermann. Es tut mir leid, aber ich schaff das wirklich nicht. Ich weiß nicht mal, wie ich je wieder zum Parkplatz zurückkommen soll.»

Mein Sohn sah mich an, als hätte er in diesem Moment den letzten Respekt vor mir verloren.

«Ich will aber dahin», rief er.

«Nein, mein Schatz. Wirklich nicht.»

Maksym stand auf, schraubte die Thermoskanne zu und reichte mir seine Hand.

«Komm», sagte er. «Wir schaffen das.»

Ich schüttelte den Kopf. «Es ist mein Ernst. Es geht nicht.»

«Doch, es geht. Komm.»

Er half mir auf. Meine Beine zitterten noch immer.

«Du legst deine Hand auf meine Schulter. Du schaust nur auf meinen Kopf. Wir gehen langsam. Ich sage, was du machen musst. Vertrau.»

Und so gingen wir als bizarre Polonaise Schritt für Schritt, hinauf und hinunter, über Stege und kleine Brücken bis zum Lassingfall. Ich summte den Song der Aeronauten und starrte auf Maksyms Nacken, wo ich die Ohren des Bären sehen konnte.

«Atme. Ruhig. Ein. Aus», sagte Maksym. Meine beiden Hände auf seiner Schulter.

«Sehr gut, Papa», sagte Hermann immer wieder. Als hätte ich einen Schlaganfall gehabt und würde gerade mühsam wieder gehen lernen.

Die Brücke über den Absturz in den Lassingfall, dann den steilen Weg bergab durchs Felsgelände der vom Marienstein abbrechenden Dolomitenmauer zum Stierwaschboden.

«Prima, Papa!»

«Und ein. Und aus.»

Schließlich erreichten wir nach fünf Stunden die Jausenstation Ötscherhias. Sie war geschlossen. Wir setzten uns auf eine Bank und blickten in die Ötschergräben.

«Das war dein Bär, Dirk», sagte Maksym. Er zog aus seiner dünnen Jacke eine kleine, silberne Trinkflasche und gab sie mir.

«Trink», sagte er. «Auf den Bärenbesieger!»

Mit der Mariazellerbahn fuhren wir nach Wienerbruck zurück. Hermann war nach wenigen Minuten eingenickt. Unglaublich, dass er die ganze Strecke auf seinen kurzen Beinen bewältigt hatte. Er lag auf meinem Schoß und schlief fest.

Maksym saß mir gegenüber und blickte aus dem Fenster auf die wilde Winterlandschaft.

«Danke», sagte ich.

«Gern», antwortete er.

«Nicht nur für jetzt. Ich meine überhaupt.»

Er schaute mich an. Ich versuchte in ihm den Mann zu sehen, den ich damals auf dem Foto seiner Bewerbung gesehen hatte. *Mache alles.* Da hatte er schon studiert und einen Nebenjob gesucht. Die laute Kärntnerin hätte mich niemals durch die Gräben geführt. Anastasia natürlich auch nicht.

«Gern», sagte er. «Hermann ist toll.»

«Ja, fantastychnyy», sagte ich, und er musste über meine schlechte Aussprache lachen.

«Ja, fantastychnyy», wiederholte er.

Der Baum, den Hermann auswählte, war exakt so groß wie er selbst.

«Wir suchen eine vierjährige Tanne», hatte ich dem Baumverkäufer augenzwinkernd gesagt. «Ist der vier?»

Der Verkäufer zwinkerte zurück. «Ja, der ist genau vier Jahre alt.»

«So wie ich. Ich bin auch vier», sagte Hermann und umarmte den kleinen Baum.

Der Verkäufer trat zu mir und flüsterte in mein Ohr. «Der ist wirklich vier. Soll ich das dem Kleinen sagen?»

«Nein», flüsterte ich zurück. «Sie haben ihm das ja schon gesagt.»

«Ja, schon. Aber es stimmt ja wirklich.»

«Was flüstert ihr?», fragte mein Sohn.

«Nichts», sagte der Verkäufer. «Nur dass ich erst lügen wollte, aber es stimmt wirklich. Er ist wirklich vier, so wie du. Frohe Weihnachten!»

Das Flugzeug aus New York kam auf die Minute pünktlich. Hermann und ich waren sicherheitshalber schon eine halbe Stunde früher gekommen, um Nina ja nicht zu verpassen. Der Ankunftsbereich war voll, Hunderte von Menschen, die auf ihre Liebsten zu Weihnachten warteten. Die Luft war voll mit Menschen, die Pakete über Kontinente transportierten.

«Ob Mama mich erkennt?», fragte Hermann.

«Na klar», sagte ich. «So lange war sie ja nicht weg. Und ich hab ihr immer Fotos von dir geschickt. Damit sie weiß, wie groß du geworden bist.»

«Gut», sagte er und kletterte auf die Absperrung.

Endlich öffnete sich die Schiebetür. Nina erschien, sie sah müde und erschöpft aus, kein Wunder nach dem langen Flug. Neben ihr ging Enzo und trug die Tasche, die ich Nina vor einem Jahr zu Weihnachten geschenkt hatte.

«Mama!» Hermann kletterte unter der Absperrung durch und lief auf seine Mutter zu. Sie umarmte ihn und weinte vor Glück.

«Mein Liebling, mein Liebling, endlich», schluchzte sie und küsste ihn immer wieder.

«Wir haben einen Oh Tannenbaum gekauft, Mama», rief Hermann strahlend. «Er ist vier Jahre alt, wie ich.»

Überall um mich herum ereigneten sich Szenen wie diese. Menschen winkten euphorisch, fielen sich um den Hals, küssten sich.

Nina kam, Hermann auf dem Arm, zu mir und gab mir Küsse auf die Wangen. Als wären wir entfernt bekannt und würden uns auf einer Party treffen.

«Hallo», sagte ich. «Wir freuen uns so, dass du wieder hier bist.» Ich legte meinen Arm um ihre Schultern. «Ist Regula auch da?»

«Was? Nein. Regula ist in Basel. Sie arbeitet jetzt im Museum Basel.» Nina trug einen neuen, zotteligen Yetimantel, der trotzdem sehr figurbetont wirkte. Wahrscheinlich der heiße Scheiß in New York.

«Ciao», sagte Enzo und gab mir drei Küsse auf die Wange. Sein Dreitagebart auf meinem Dreitagebart. Seine große, schwarze Brille drückte gegen meine Wangenknochen. Er trug eine schwarze, zottelige Yetihaube, obwohl die Halle eh schon überheizt war.

«Sollen wir dich irgendwo absetzen?», fragte ich ihn. Hatte er eine Balletthose an? Samt Eierschoner? Oder lief er mit Erektion herum, in weihnachtlicher Vorfreude?

«Ich dachte mir, er könnte in deinem Arbeitszimmer schlafen», sagte Nina. «Oder ist Maksym noch da?»

«Über Weihnachten? Hat Enzo keine Liebsten?»

«Klar hat er die», sagte Nina.

Maksym hatte den Boxsack für Hermann und mich hängen lassen, sonst war das Zimmer leer geräumt. Die Kaiserurkunde meines Urgroßvaters hing wieder an ihrem Platz. Der Kosmonaut und Chabib, der Käfigkämpfer, waren weg. Neben meinen Laptop hatte Maksym einen Umschlag gelegt. Ein Foto war darin. Anscheinend hatte der Bärenführer das Bild gemacht, ohne dass ich es mitbekommen hatte. Hermann lag auf dem Tier, und wir standen in der Lagerhalle daneben. «Wir Bärenkämpfer» hatte er mit einem Edding auf das Foto geschrieben, das in einem kleinen Rahmen steckte. Zwei Pakete hatte er auch zurückgelassen. *Shchaslyvoho Rizdva, Dirk* stand auf dem kleineren und *Shchaslyvoho Rizdva, Hermann* auf dem größeren.

Er war vor zwei Tagen ausgezogen und nach Antrazyt gereist. Seine Mutter hatte einen Schlaganfall erlitten, und er wollte sich um sie kümmern. Schlaganfall in Antrazyt, das klang wie ein Romantitel. Romantitel begegneten mir viele, aber noch immer wusste ich nicht, worüber ich eigentlich schreiben sollte. Bis Ende Dezember sollte ich den fertigen Roman abschicken. Neun Tage hatte die Melkmaschine noch Zeit. Die letzte Mail meines Lektors hatte nur mehr aus einem Fragezeichen bestanden.

?

Ich hatte ein Semikolon zurückgeschickt.

;

Enzo stellte seine zugegebenermaßen sehr schöne, schwarze Reisetasche in mein Arbeitszimmer und warf sich auf mein Bett.

«Ich bin fertig», sagte er. «Ich könnte bis Silvester schlafen.»

«Mach ruhig, von mir aus gern», sagte ich und zog die Arbeitszimmertüre zu.

«Willkommen zu Hause», sagte ich, als Nina aus Hermanns Zimmer kam. «Schläft er?»

«Ja, er ist in meinen Armen eingenickt», sagte sie. «Unser Sohn ist so schön.»

«Ja, das ist er.» Ich öffnete eine Flasche Weißwein. «Wie war der Flug?»

«Im Ernst? Wie war dein Flug? Du bist doch auch schon geflogen. So ähnlich war es auch.»

Ich verstand nicht, warum sie so gereizt war. Immerhin hatte ich hier monatelang die Stellung gehalten.

«Enzo liegt in meinem Bett. Wenn ich morgen früh Schamhaare von ihm in der Dusche finde, fliegt er raus.»

«Du immer mit deinem Schamhaartrauma», sagte Nina und lachte. «Können wir morgen weiterreden? Ich bin wirklich kaputt.»

«Wir haben ja noch gar nicht angefangen zu reden»,

sagte ich. Sie räumte ihr Weinglas zurück ins Regal und verschwand im Bad.

Ich steckte den Korken, den ich gerade aus der Flasche gezogen hatte, mühevoll zurück und stellte die Flasche in den Kühlschrank. Allein wollte ich nichts trinken.

Der spätere Sex erinnerte mich an den traurigen Verkehr der Tapire in Schönbrunn.

Der erste Text, mit dem ich jemals Geld verdient hatte, war ein kurzes Gedicht, das ich mit achtzehn in einem Lyrikband veröffentlichte.

Liebe braucht Bewegung, sagte sie und bewegte sich fort.

Eine Frauenzeitschrift hatte das nachdrucken wollen und mir vierzig Mark bezahlt, achtzigmal so viel, wie mein Vater mir für einen guten Satz bezahlte. Ich hatte keinem meiner Freunde davon erzählt, dass ich jetzt *Brigitte*-Lyriker war. Aber meine Mutter hatte ein Abo und war stolz.

«Ein Gedicht meines Sohnes wurde in einer Zeitschrift veröffentlicht», erzählte sie in meinem Beisein dem Installateur, der unsere Waschmaschine reparierte.

«Ist der schwul?», fragte der Installateur und deutete auf mich, so wie er vorher auf das defekte Sieb der Waschmaschine gezeigt hatte.

Ich las damals Charles Bukowski und Wolf Wondratschek und wurde rot. *Brigitte*-Autoren galten in meiner Welt wenig.

«Sprichst du von meiner Liebe, so sprichst du von meinem Hodensack», zitierte ich Wondratschek. Der Installateur lachte so laut, dass die Waschküche dröhnte.

«Oh, Gott. Das klingt ja nicht gerade romantisch», sagte meine Mutter und bügelte sich weiter um den Verstand. Ich nickte bedeutungsschwer und ging, wie ein von

Wondratschek beschriebener Boxer, schwerfällig in mein Zimmer zurück und hörte Fehlfarben. «Es liegt ein Grauschleier über der Stadt, den meine Mutter noch nicht weggewaschen hat.»

Es klopfte. Meine Mutter kam herein. Ich stellte Fehlfarben leiser. Zum Glück hatte ich gelüftet, sodass sie den Zigarettenrauch nicht riechen konnte.

«Sprichst du von meiner Liebe, so sprichst du von meinem Hodensack? Glaubst du das im Ernst?»

Dreißig Jahre später saß ich mit Robert im Rüdigerhof. Wir sprachen über unsere Mütter. Ich erzählte ihm die Wondratschekgeschichte mit meiner bügelnden Mutter. Er sei mit Wondratschek befreundet, sagte er, der lebe ja seit Jahren in Wien, er habe ihn schon lange nicht mehr gesehen, ich solle ihn von ihm grüßen, wenn ich ihn träfe. Der Dichter sei nämlich im gleichen Fitnessclub wie ich. Ich versprach es, und wenige Wochen später traf ich ihn in der Umkleidekabine meines Studios am Schillerplatz, gleich neben der Akademie der Künste, auf der Hitler nicht angenommen worden war.

Ich hatte zwischen unzähligen Prominenten trainiert und mir jetzt Schweiß und Ekel abgewaschen. Der Rechtspopulist Herbert Kickl, Richard Lugners erste Frau, der Philosoph Sloterdijk mit Spitzbauch in einem albernen Aerobic-Outfit. Ich trocknete mich gerade ab und sah plötzlich am anderen Ende der Garderobe Wolf Wondratschek. Er zog sich aus. Ich zog mich an. Ich hängte mir meine Tasche über und ging auf dem Weg zum Ausgang an ihm vorbei, er stand nackt vor einem Spind. Ich zögerte kurz, dann sprach ich ihn an.

«Entschuldigung, ich soll Sie von Robert aus der Zeinlhofergasse grüßen.»

Der Dichter der Huren und Boxer sah mich an und sprang begeistert in die Höhe.

«Der Robert», rief er und hüpfte nackt vor mir auf und ab. Sein Hoden hüpfte mit. Der Hoden, von dem ich dreißig Jahre zuvor meiner Mutter erzählt hatte.

«Das freut mich jetzt», rief der Dichter Wondratschek, und ich hob den Blick von seinem Hoden in sein freundliches Gesicht. «Grüßen Sie ihn doch bitte zurück!»

«Mach ich», antwortete ich. «Und meine Mutter grüß ich gleich mit.»

«Wie bitte?», fragte der Dichter.

Ich nickte bedeutungsschwer und ging wie ein von ihm beschriebener Boxer schwerfällig hinaus.

Ich rief meine Mutter an. «Du hast mich mal vor dreißig Jahren gefragt, ob ich im Ernst glaube, dass sich Liebe nur im Hodensack abspielt. Erinnerst du dich?»

«Ja», antwortete meine Mutter. «Ich erinnere mich. Ich hab gebügelt. Ich hab Bügeln gehasst. Und du hast nach Zigaretten gerochen.»

«Ach so, ich dachte, ich hätte das damals vor dir verheimlichen können. Na ja, also ich find's nicht. Ich finde nicht, dass Liebe nur im Hodensack begründet ist.»

«Ich inzwischen schon», antwortete meine Mutter.

In New York hatte ich mit Erika Freeman über meine Beziehung zu Nina gesprochen.

«Ist es Liebe?», hatte sie mich gefragt.

«Was ist Liebe, Erika?»

Sie hatte kurz überlegt und auf den Eichhörnchen zählenden Hermann geblickt.

«Verliebtsein ist wie die Kirschblüte. Und Liebe wie die Kirschen, die dann wachsen.»

Enzo läutete. Mit einer kleinen Schweizer Kuhglocke. Nina, Hermann und ich warteten vor der Tür wie drei Kinder.

«Wieso läutest du nicht, Papa?», fragte Hermann.

«Ist doch egal, wer läutet», sagte ich. «Komm, wir gehen rein und schauen, was dir das Christkind gebracht hat.»

Hermann und ich hatten den Baum schon vor Tagen geschmückt. Mit den gleichen Kugeln, die ich schon für Kinas Christbäume verwendet hatte. Maksym hatte vier kleine, goldene Boxhandschuhe als Anhänger beigesteuert. Natürlich war das Hermanns Lieblingsschmuck.

Seit meiner Kindheit war ich es gewohnt, im Angesicht des Baums und der Bescherung *Lasst uns froh und munter sein* anzustimmen, aber Enzo und Nina begannen *Jingle Bells* zu singen. Widerwillig setzte ich mit ein. Hermann sang irgendwas, das phonetisch in eine ähnliche Richtung ging, und begann direkt nach dem Ende des für ihn unverständlichen Liedes damit, seine Geschenke auszupacken. Nina hatte ihm ein Modell des U-Bootes geschenkt, das im Hudson River zu besichtigen ist, außerdem einen Football.

«Der rollt überhaupt nicht», murrte Hermann. «Nur so blöd.»

«Den muss man werfen», erklärte Nina.

«Wohin?», fragte Hermann und packte sogleich das nächste Paket aus. Das von Maksym. Ein Kosmonautenanzug für Kinder, mit einer Originalunterschrift von Wladimir Afanassjewitsch Ljachow. Ich las ihm die Karte vor. *«Lieber Hermann, das ist für dich. Weil du fliegst, bis ganz nach oben. Dein Freund Maksym.»*

Der Anzug war ihm zu groß, aber das störte ihn nicht. Er zog ihn den ganzen Weihnachtsabend nicht mehr aus. Der Kosmonaut aus der Sowjetunion und das U-Boot aus den Vereinigten Staaten, dazwischen Nina, Enzo und ich. Es war wie Kalter Krieg.

In Maksyms Paket für mich war eine Hölderlin-Ausgabe. *«Ich brauche es nicht, ich kann es auswendig»*, hatte er als Widmung hineingeschrieben.

Von Nina bekam ich Handschuhe in dem albernen Zottelyetistil. Jetzt könnten wir zusammen als *ein* Yeti gehen. Sie im Mantel, er mit Haube und ich mit den Handschuhen.

«Danke», sagte ich. «Ich finde es gut, dass das Tier komplett verarbeitet wurde.»

Mein Handy läutete. Es war Spön. Er fragte, ob es in Ordnung sei, wenn er zu mir käme, weil er daheim rausgeworfen worden war. Die Ungarin aus der Therme war aufgeflogen.

«Tut mir leid», sagte ich. «Aber hier bei uns fliegen auch gerade Sachen auf. Frohe Weihnachten, Spön.»

Beim Abendessen trank Enzo meinen Weißwein aus. Ich beobachtete ihn still und nahm mir ein Glas Wasser mit Holundersirup und einen von Maksyms Eiweiß-Shakes. Während die beiden Amerikaheimkehrer noch schliefen, hatte ich tagsüber gekocht. Hammelfleisch. Jetzt gab es afghanische Nachspeisen.

«Köstlich», sagte Enzo.

«In New York gibt es auch ganz gute afghanische Restaurants», sagte Nina.

«Wir sind noch völlig in der anderen Zeit», sagte Enzo.

«Das merke ich. Hermann und ich sind hier und jetzt.»

«Gestern waren wir noch am Broadway und haben Pastrami-Sandwiches gegessen», sagte Enzo.

«Crazy», antwortete ich. «Bestellt ihr in Restaurants auch immer Sachen, die ihr gerne esst?»

«Hä?» Enzo nahm einen Schluck Wein. «Na klar. Ich bestell mir doch nichts, was ich nicht mag.»

«Interessant», sagte ich und wischte mir die rosafarbenen Shakerückstände vom Mund. «Ich werde übrigens im Frühjahr wirklich weniger auftreten.»

«Oh», sagte Nina und gähnte. «Dann kommst du ja vielleicht wirklich zum Schreiben.»

«Ja, und ich hab Zeit für Hermann. Jetzt, wo Maksym weg ist. Und wenn ich mal jemanden brauche, die Frau mit der Katze hat gesagt, sie könnte jederzeit einspringen.»

«Welche Frau?»

«Die Nachbarin mit der Sexkatze.»

Enzo lachte. «Das klingt ja nach einem geilen Haus hier.»

«Ja», sagte ich. «Wir machen es mit Radiergummis, wenn wir läufig sind. In Ermangelung von lebenden Partnern.»

Ich brachte Hermann ins Bett. Den kleinen Kosmonautenanzug durfte er anbehalten, bis auf den Helm. Ich lag auf seinem alten Holzdino und erzählte ihm die Geschichte vom Tiroler Bäcker Karl Kipfler, die ich mir ausgedacht hatte. Die *K* ließ ich krachen, als wären wir im verschneiten Oberland und nicht im verregneten Wien. Mein Tirolerisch war albern, es gab kein Tal, wo man so sprach wie ich, aber für Hermann war ich ein Tiroler und mein Dialekt Tirolerisch.

«Der Bäcker Karl Kipfler konnte nit mehr. Immer muasste er Krapfen backen, das war ihm scho fad. Und so hat er begonnen, Busse und Straßenbahnen zu backen. Aus Teig. Die Leit hom es gliabt und fraßen während der Fahrt alles auf, sodass sie am End auf dem Popsch gsessen san.»

«Auch das Lenkrad?»

«Ois. Die Räder, das Dach, alles homs aufgfressen. Und auch die Bushaltestellen hat er gebacken. Die Busfahrer ham nimmer gwisst, wos hoiten sollten, weil die Leit die Haltestellen auch aufgfressen hom. Und dann wollten die Leit ...»

«Sind das Leit, weil das vom Leid kommt? Weil es ihnen leidtut?»

«Ja, kloar. Die ham wolln, dass der Bäcker Karl Kipfler Flugzeuge baut, ober er hot gsagt: Seids narrisch? Wenns des auffresst, während ihr fliagt, fallts obi. Dann hat er angfangt, ganz Tirol zu backen. Die Berg, die Straßen, die Kanalisation, die Lifte, ois.»

«Und das haben die Leit aufgfresst?»

«Ois aufgfressn. Tirol war weg, und die Leit lagen nur noch so rum im Nichts. Das war die Gschiacht.»

«Blöde Leit», sagte Hermann.

«Ja, mein Schatz. Frohe Weihnachten», flüsterte ich ihm ins Ohr.

«Im Traum flieg ich zum All. Oder nach Urlaub. Zu Maksym.» Er gab mir einen Kuss.

«Gute Reise, mein Liebling.»

Ich stellte mir vor, der Holzdino habe seine Form in meinen Rücken gestanzt. Stermann, der Mann, der einen Dinoabdruck zwischen den Hüften hat. Vielleicht, weil er schon so alt ist. Ein Originalabdruck, ein Fossil. Ich hatte keine Lust, aufzustehen und zu den beiden New Yorkern zu gehen. Ich konnte mir schon vorstellen, wie der weitere Abend verlaufen würde. Er tränke meinen Wein aus, sie würde unsere Entfremdung zelebrieren, ich würde Dinge sagen, die mir selber peinlich wären. Ich zog den Holzdino unter meinem Rücken hervor und schlief neben meinem Sohn ein, das Urtier in der Hand.

FÜNF HANDSCHUH

Im Februar schickte ich den fertigen Roman nach Hamburg. Maksym hatte mir zu Silvester geraten, über mich zu schreiben. Über mich und ihn. Wir hatten uns am Silvesterpfad im ersten Bezirk aus nächster Nähe von Raketen beschießen lassen. Es war mir egal gewesen. Er beschützte mich. Mein persönlicher Türsteher. Er stand vor mir und ließ nichts hinein, was schlecht für mich war.

«Der Türsteher deiner Seele», sagte er etwas zu emphatisch, die halb geleerte Wodkaflasche in der Hand. Ich griff nach ihr und nahm einen tiefen Schluck. Sein slawisches Pathos tat mir gut, soweit ich überhaupt noch einschätzen konnte, ob mir etwas guttat.

Nach dem Heiligen Abend war ich binnen weniger Tage so verwahrlost, als hätte mich ein Künstlerkollektiv eingemauert, um ein Experiment mit mir zu machen. Ich roch wie Nina in Linz, aber niemand war da, um die Mauer einzureißen.

Das Läuten an der Tür hatte ich ignoriert. Ans Handy ging ich auch nicht, obwohl es oft läutete. Die letzte Textnachricht, die ich gelesen hatte, war von Regula gewesen. Es interessierte mich nicht. Regula Schweizer Kräuterhexe. Ich verließ das Haus nicht mehr. Ich trank den Rotweinvorrat aus. Ich dachte an meine Großmutter, die so gerne

Rotwein getrunken hätte, aber die Flecken! Ich machte Flecken.

Ich trank auf meine tote Großmutter, auf meinen Großvater Hermann Stermann, dessen Vater uns alle zu Bierbaronen hätte machen können. Ich trank auf die Zelle, in der mein Opa auf die Welt kam, und auf die Zellen, die er mir genetisch vererbt hat. Ich trank auf meine Mutter, die nicht mehr bügeln mussste, und ich trank auf meinen Vater, der nirgendwo mehr hineinging, um herauszuschauen.

Einmal wimmerte die Katze, aber nur kurz.

Einmal ging ich in den Hof, um meine «Carpe That Fucking Diem»-Tasse im Müll zu entsorgen. Sie war in so viele Teile zersprungen, dass Herrn Pekareks Gummiarabikum auch nichts mehr ausrichten konnte.

Einmal lehnte ich mich minutenlang gegen den Boxsack. Anlehnungsbedürftig. Als sei der mein letzter Freund. Ein mit Gummigranulat gefüllter Ledersack.

Einmal lag ich in Hermanns Bett und beschloss, liegen zu bleiben. Jede Nacht schlief ich nun in seiner Höhle. Mit seinen Polstern und Decken. Den Dino hatte er mitgenommen.

Es war einmal ein Mann, der hatte keine Kinder mehr.

Kina war irgendwo im Pazifik und Hermann mit Nina in Zürich. Von da aus sollte es nach New York gehen. «Da musst du dich für gute Kindergärten normalerweise vor deinem ersten Eisprung anmelden», hatte Nina mit Stolz in der Stimme gesagt. Stolz darauf, für unseren Sohn einen Platz gefunden zu haben, weit weg von mir.

Nichts von dem sich anschließenden Gespräch ist der Erwähnung wert. Verletzende Minuten und Stunden. Ich erinnere mich an Bilder. Meine Tasse, die fliegt und zerspringt. Mein Sohn, der in seinem Kosmonautenanzug in der Tür steht und weint. Enzo, den ich zu schlagen versuche. Meine Hand, die stattdessen den Türrahmen trifft. Die anschwillt zu einem blauen Handklumpen, die anschwillt, wie meine Verzweiflung. Hermanns Tasche, die sich füllt. Der Banksy, der unausgepackt unter dem Baum bleibt, fliegende, kleine, goldene Boxhandschuhe. Die Tür.

Dann Stille.

Rotwein.

Ein Arzt im AKH. Ein Verband zwischen vielen Verbänden in der Notaufnahme. Das Fest der Hiebe. Das kalte Neonlicht, der Weg nach Hause. Beleuchtete Fenster, Nieselregen, ein streunender Hund.

Allein kommen wir auf diese Welt, alleine gehen wir. Allein kommen wir nach Wien, allein bleiben wir.

Ich stand in der ausgeschalteten Dusche und zupfte mir mit der gesunden Hand meine eigenen Schamhaare. Ich sah sie fallen, neben den Abfluss in die Duschwanne. Wie verloren sie wirkten und unnütz.

Vielleicht sollte ich auch an Gott glauben, hatte ich dem italienischen Pater am Servitenplatz einmal gesagt. Das ist nichts für dich, hatte er gesagt, das ist nur was für schwache Leute. Schwächere als mich?

Wieso hatte ich es nicht verhindert? Wieso hatte ich nicht gefordert, dass Hermann hier bei mir bleiben müsse? Ihr könnt gehen, egal wohin, wenn das euer Wunsch ist. Ins Theater Basel, in die Post Basel, ins Fernwärmezentrum Basel. Ihr habt euch verzeigt, ich kann euch nicht helfen. Aber Hermann wird nicht verzeigt. Mein Sohn bleibt in Wien. Und ich werde noch weniger auftreten. Mein Auftritt als Vater. Und ich werde für ihn bügeln, wie mein Agent für sein Kind und meine Mutter für mich. Es liegen Grauschleier über der Stadt. Ich versuchte, nicht mehr zu schlafen, und wenn ich doch einschlief, bemühte ich mich, nicht zu träumen, und wenn ich doch träumte, zwang ich mich, wach zu werden. Ich warf den Rasierer in den Hof. Kein Dreitagebart, ein Dreißigtagebart, ein Dreißigjahrebart würde es werden. Hermann Nitsch sähe frisch rasiert gegen mich aus und der späte David Letterman wie Markus Lanz. Ich warf die Zahnpasta in den Hof, die Zahnbürste. Nicht eine müde Woche verwahrlosen, sondern ein ganzes Leben. Verwahrlosen für Erwachsene, kein Linzer Kunststudentenblödsinn.

Liebe Mitbewohner, Bartschneider und Pflegeartikel gehören IN die Mülltonne, nicht daneben. Liebe Grüße, Stiege 1, Tür 5 würde wahrscheinlich bald am Aushang stehen.

Ich würde nicht *Heul doch* darunterschreiben. Ich würde *Ich heul doch* schreiben.

Wenn man es will, verklumpen die einzelnen Tage zu einer undefinierbaren Zeitmasse. Ich wunderte mich über meine schwarzen Trauerränder unter den Fingernägeln, ich hatte doch gar nichts getan. Wie konnte Schmutz entstehen ohne Dreck? Oder trauerten meine Nägel mit? Ich würde sie nicht abschneiden, egal, wie lang sie würden, denn sie waren meine Brüder und Schwestern im Schmerz.

Ich gewöhnte mich an den Rotwein. Der gedeckte Tisch vom Heiligen Abend war noch immer nicht abgeräumt. Wie eine Arbeit von Daniel Spoerri sah es aus. Ein Abend, festgehalten für die Ewigkeit, wie ein Gastmahl in Pompeji. Sein Glas mit meinem Wein, afghanisches Gebäck, Yetihandschuhe, Hölderlin und Hammelfleisch.

Ich sah betrunken aus dem Fenster. Ein dicker Mann kämpfte sich auf einem Damenklapprad mit Stützrädern die Berggasse hinauf. Die Berggasse ist der steilste Radweg Wiens. Ich atmete schwer beim Zuschauen.

Mit der Fingerspitze versuchte ich den Dinoabdruck auf meinem Rücken zu finden, verriss mir aber nur die Schulter bei dem Versuch. Ich stöhnte auf und ließ mich auf den Boden fallen.

Die Schulter, die geschwollene Hand.

Und bewegte sich fort.

Ljachow sein, die Erde hinter sich lassen.

Verliebt sein, ein Kirschbaum. Liebe, die Kirschen und dann Würmer.

Ich hätte Enzo zu Beisungur schleifen sollen. Ihm seine schwarze Idiotenbrille abnehmen und blind kämpfen lassen. Den Bären auf ihn hetzen.

Mein Handy läutete schon wieder. Wollte jemand ein Selfie? ORF-Star völlig am Boden. Ich könnte mindestens zehn Euro verlangen. Kommen Sie vorbei, machen Sie ein Bild mit Ihrem Lieblingskomiker. Unrasiert und ungeduscht. Ich verkaufe auch kleine Sackerln mit Schamhaaren von mir. Original. Zehn Cent pro Haar.

Ich schlief ein, wachte wieder auf, blieb liegen.

Cynthia würde Hermann in New York den Penis abbinden lassen.

Vielleicht könnte Erika ihn retten, ihn auf ihrer Couch festbinden, ein Safe House am Central Park. Auf der Couch würde es nach Marilyn Monroe riechen, und vielleicht würde mein Sohn Schamhaare von Woody Allen finden, wirkliche, sich schämende.

Sie würde ihm *Bambi* vorlesen und ihm von mir erzählen oder ihm zuhören, wie er von seinem Vater erzählt, der in Europa geblieben war. Im Servitenviertel, nahe dem Freud-Haus, und sie als Freudschülerin würde ihn kurieren. Er würde mit ihr nach Montauk fahren, an den Strand, und aufs Wasser blicken.

Da drüben ist mein Vater, würde Hermann sagen.

Ja, da drüben ist dein Vater, würde Erika sagen.

Ich nahm nur Tabletten, wenn der Schmerz in der Hand übermächtig wurde. Keine Schmerzen zu haben wäre mir wie Verrat vorgekommen. Ich spülte die Tabletten mit Rotwein hinunter.

Ich schlief ein.

Erwachte.

Und schlief wieder ein.

Das Handy läutete. Ich ging ran, weil ich vergessen hatte, dass ich nicht rangehen wollte.

«Was ist mit dir? Heute ist der einunddreißigste Dezember. In vierzig Minuten fängt die Show an, vergessen?»

Ich sagte lange nichts.

«Hallo? Dirk?»

«Ich muss bügeln.» Meine Stimme klang seltsam. Wie viele Tage hatte ich nicht mehr gesprochen?

«Sehr witzig», sagte mein Agent. «Bist du schon am Weg? Ich hoffe, ja.»

«Ich liege auf dem Boden. Ich werde den Penis meines Sohnes retten.»

«Bist du betrunken? Du sollst erst nach Mitternacht trinken. Komm sofort her!»

Ich zog mich nicht um. Seit Weihnachten trug ich die gleiche Kleidung. Ein schwarzes Hemd und eine Jeans. Beides roch wie das Hammelfleisch. Bald würden Fruchtfliegen kommen, ins Fleisch und in mein Gewand. Ich zog mir nur einen warmen Mantel über.

Auf der Bank neben dem schwarzen Brett steckten meine Zahnbürste und die Zahnpasta in einem Zahnputzbecher für Kinder. *Äpfel, Brot, Karotten ess ich oft und viel, weil ich nur gesunde Zähne haben will,* stand auf der einen Seite des blauen Bechers, *Ich bin klein und manchmal schmutzig, aber meine Zähne putz ich. Was auch immer kommen mag, Zähneputzen jeden Tag,* auf der anderen.

Mein Rasierer lag neben dem Becher.

Liebe Mitbewohner, das ist wohl aus Versehen aus dem Fenster in den Hof gefallen. Ein frohes neues Jahr, Stiege 1, Tür 5.

Ich stopfte alles in meinen Mantel und ging los. Die kalte Luft war wie eine Ohrfeige. Ich ging die steile Berggasse hinauf, bog links ab auf die Währinger Straße und überquerte den Ring.

Mehr als eine Million Menschen war auf dem Silvesterpfad unterwegs. Um zweiundzwanzig Uhr sollte mein Auftritt sein. Mein Agent hatte noch mehrmals angerufen, aber ich hatte nicht abgehoben.

Überall waren Bühnen, Musik dröhnte, Knaller und Raketen wurden gezündet, obwohl es noch zwei Stunden bis zum Jahreswechsel waren. Torkelnde Menschen, die mein Torkeln übertorkelten. Ich ignorierte Leute, die mich um ein Selfie baten.

Meine Bühne war am Stephansplatz, gleich beim Dom. Ein paar Tausend Zuschauer standen schon da und warteten in bester Stimmung auf meinen Auftritt. Ich holte die Zahnbürste und die Elmex aus meinem Mantel, putzte mir die Zähne und spülte den Mund mit Sekt aus. Big Spender. Ich war fünfzehn Minuten zu spät, depressiv und vollkommen betrunken. Die Hand schmerzte, weil die Wirkung der Pillen noch nicht eingesetzt hatte.

Ich ging auf die Bühne, hielt mich an einem Mikrofonständer fest, der keinen guten Halt bot, und fiel auf einen Verstärker. Mit der verletzten Hand versuchte ich mich im Sturz abzustützen. Ich brüllte. Aber es war mir egal. Ich nahm das Mikrofon und trat an die Rampe. Ich war im Licht. Der Bühnenmanager stand an der Seitenbühne und sah mich besorgt an.

Vor mir leuchtete der Stephansdom. Wie hoch er war.

Langsam wurden die Leute unruhig. Also fing ich an. Ich lallte Teile meines Programms, das ich auch scheintot auswendig konnte, aber in meinem Zustand war ich unfähig, Pointen zu setzen. Unfähig und desinteressiert.

Ein Kabarettistenkollege hatte nach einem Schlaganfall die Fähigkeit verloren, Pointen seines eigenen Programms zu erkennen. Nach der Reha trat er wieder auf; er musste alle komischen Stellen penibel auswendig lernen und darauf achten, nach jeder Pointe eine kleine Pause zu machen, damit die Leute lachen konnten. Warum sie das taten, konnte er nicht nachvollziehen. So ähnlich ging es mir auf der Silvesterbühne. Ich war da und gleichzeitig weit fort. Für mich selbst klang ich wie Radioprogramm in einer unbekannten Sprache.

Die Menge vor meiner Bühne wurde kleiner. Irgendwann standen da hauptsächlich noch Russen und Italiener, denen meine Pointen egal waren, weil sie ohnehin nichts verstanden. Ich hatte eine Funkuhr auf der Bühne stehen, um pünktlich zehn Sekunden vor Mitternacht das neue Jahr anzählen zu können, damit die Sektkorken rechtzeitig knallten und die Küsse im richtigen Moment verteilt wurden. Carpe that fucking new year. Mir war das punktgenaue Glück der Leit egal. Ich begann um 23 Uhr, 59 Minuten und 40 Sekunden mit dem Countdown.

10, 9, 8, 7, 6, 5, 4, 3, 2, 1, 0.

Die Partymeilenbesucher umarmten sich, aber nur vor meiner Bühne. Überall sonst erst zehn Sekunden später. Bei mir war eine andere Zeitzone als im Rest der Stadt. Erst Sekunden später begann oben im Turm des Stephansdoms die Pummerin zu schlagen, ertönten Walzerklänge und Raketenschüsse.

Ich hatte meine Zuschauer um ihr neues Jahr betrogen. Ein Mann kam zum Bühnenrand und beschüttete mich mit Sekt. «Du Schwein!», schrie er. «Teeren, federn und aus der Stadt jagen sollte man dich!»

«Hat man schon», sagte ich und ging nach hinten ab.

Ein Techniker kam und spuckte vor mir auf den Boden. «Das war zum Kotzen», sagte er. «Jetzt versteh ich, warum die drei Elvisimitatoren auf der Nachbarbühne doppelt so viel Gage bekommen wie du, Catweazle!»

«Ich verstehe es auch», sagte ich und schnappte mir zwei Champagnerflaschen und eine Flasche Wodka aus dem Kühlschrank im Backstage. Ich stieg gerade die Treppe der Bühne herunter, als mich zwei italienische Touristen anrempelten, denen man offensichtlich schon berichtet hatte, dass ich sie um den großen, unwiederbringlichen Moment betrogen hatte.

«Vaffanculo!» Der größere der beiden gab mir einen Schlag aufs Ohr. Es dröhnte in mir lauter als die Pummerin. Der Italiener holte noch einmal aus und fiel mit einem Mal einfach um. Der andere auch.

Da lagen sie vor mir und rührten sich nicht. Ich spürte eine Hand auf meiner Schulter.

«Komm», sagte Maksym. «Wir verschwinden hier.» Verschwommen nahm ich wahr, dass der Tschetschene auf einem der Italiener saß.

Vahit stand auf, und zu dritt drängten wir uns durch die Menschenmassen. Überall zerbrochenes Glas, Speibe und an uns vorbeifliegende Knallkörper.

«Mitternachtskrieg», sagte Maksym. Ich sah den Tiger auf seiner Jacke und den Bären an seinem Nacken und fühlte mich geborgen. An der Pestsäule tanzten Menschen, am Kohlmarkt gab es eine Prügelei. Maksym und der Tschetschene schubsten die Prügelnden zur Seite wie Slalomstangen.

Ich war müde. Aber mein Jahr dauerte auch schon zehn Sekunden länger als bei den anderen.

Maksym rasierte mich vorsichtig. Kein Luftballon wäre zerplatzt. Er hatte mich in der Früh unter die Dusche gestellt, weil ich wie ein Bär nach dem Winterschlaf roch, wie er sagte. Die Schamhaare im Ausguss nahm er mit der Hand heraus und entsorgte sie im Mistkübel.

Er rasierte mich mit seinem Rasiermesser; mein eigener Rasierer lag mit der Zahnbürste und der Zahnpasta noch in der Garderobe am Stephansplatz.

Weil mein Kühlschrank leer war, frühstückten wir ein Proteingetränk, das er aus seinem Rucksack fischte. Er hatte aufgeräumt. In einem großen Plastiksackerl steckten zwei Dutzend leere Rotweinflaschen. Er hatte auch den Tisch abgeräumt. Nur meine neuen Handschuhe und der Hölderlin lagen noch darauf.

«Sehr hässliche Handschuhe», sagte Maksym. Ich nickte.

«Sehr hässliche Weihnachten», sagte ich. «Wie lang habe ich geschlafen?»

«Lang», sagte er.

Auf meinem Handy waren unzählige Nachrichten. Mein Agent, Spön, Robert, Kina, mein Fernsehproduzent, Nina.

«Es tut mir furchtbar leid, wie das alles abgelaufen ist», stand in ihrer SMS. «Das hast du nicht verdient. Ich habe mit Enzo geschimpft. Es war verletzend. Das habe ich nicht gewollt. Wir reden in Ruhe. Hermann geht es gut. Frohes neues Jahr! Nina.»

Ich zeigte Maksym die Nachricht. Er schaute nur kurz darauf und gab mir das Handy zurück.

«Ich lösche Nachrichten sofort», sagte er, der Herr des fotografischen Gedächtnisses. «Das solltest du auch tun.»

«Aber ich habe es nicht in meinem Hirn gespeichert», sagte ich.

«Eben», sagte er.

Ich löschte die Nachricht.

«Sie sind auf dem Weg nach New York. Hermann wird in den Vereinigten Städten leben», sagte ich. So hatte Hermann die Vereinigten Staaten im Sommer genannt.

«Keine gute Idee», sagte Maksym.

«Nein», sagte ich.

«Du musst Nina Nein sagen. Du musst um Hermann kämpfen.»

«Sie hat es so entschieden.»

«Na und? Hast du es auch entschieden? Du hast nur genickt und getrunken. Ich bin Hermanns Babysitter, richtig? Du hast mich bezahlt dafür, das Richtige für ihn zu tun. Tun wir das Richtige.»

Er kaufte ein und bekochte mich. Ich wollte weiter einfach nur im Bett liegen. Die Decke über dem Kopf. Verschwinden. Aber er zog mir die Decke zurück und zwang mich an den Boxsack. Jeden Tag, trotz der Prellung meiner Hand. Er trainierte mich härter, als ich jemals in Leben trainiert habe. Am Anfang wurde mir sofort schwindlig, aber mit den Trainingseinheiten nahm meine Kraft zu. Fünfzig Liegestütze, hundert Sit-ups, sechsmal drei Minuten Sparring mit ihm. Zweimal am Tag. Dazwischen gingen wir am Donaukanal joggen, machten Klimmzüge in dem öffentlichen Trainingsparcours am Wasser, sprangen über Parkbänke.

Meine Hand war bald wieder vollständig gesund, und wir verschärften das Boxtraining. Montags ging ich zur Fernsehaufzeichnung und machte meinen Job. Die Quoten waren stabil.

Die Kostümbildnerin legte mir einen neuen Anzug hin. Ich hatte abgenommen, meine Schultern waren breiter geworden.

Ich plauderte mit Fußballerinnen und Schauspielern, mit Autorinnen und Geruchsforschern. Während der Gespräche dachte ich an Haken und Geraden, an die Fußstellung und die Drehung mit der Hüfte. Die Gäste spürten nicht, dass ich nur mit einem Ohr hinhörte und im Kopf Boxkämpfe führte.

Nina schrieb aus New York, aber Maksym verbot mir zu antworten.

«Du bist noch nicht so weit», sagte er.

Stattdessen arbeitete ich mit ihm. Trotz der Kälte im Januar waren wir jeden Tag draußen. Nach acht Wochen fuhren wir gemeinsam zu den Käfigkämpfern nach Floridsdorf. Vahit, der Tschetschene, empfing uns am Eingang der Halle. Ich erkannte Slobo wieder, er grüßte mich.

Beisungur war gewachsen. Noch nicht ausgewachsen, aber deutlich größer, als ich ihn in Erinnerung hatte. Seine kleinen Augen fixierten mich, er stand ruhig auf seinen vier Pfoten, aber der Oberkörper bewegte sich gleichmäßig hin und her.

«Ich kann das nicht», sagte ich.

«Doch, du kannst das. Ich bin in der Nähe», sagte Maksym und massierte meinen Nacken.

Ich zog meinen Mantel aus. Es war kalt in der ungeheizten Halle. Ich trug mein Trainingsgewand. Knieschützer, Ellbogenschützer, die gepolsterten Lederhandschuhe, aus denen die Finger hinausschauten.

Beisungur blickte mich überrascht an, als ich in den provisorisch hergerichteten Ring stieg. Wahrscheinlich sah er in mir keinen Gegner, sondern einen Besucher. Er tapste auf mich zu, rieb seinen Kopf an meinem Knie. Ich spürte sein Gewicht. Es fiel mir schwer, mich auf den Beinen zu halten. Jetzt schon.

«Los!», rief Maksym.

Ich hatte nichts zu verlieren. Ich warf mich auf Beisungur.

Die Agentur hatte meine Auftritte im Januar und Februar «aus persönlichen Gründen» abgesagt. Kein Veranstalter traute sich, kritisch nachzufragen. Persönliche Gründe waren der beste Grund, nicht auftreten zu müssen. Hatte Stermann Krebs? War jemand aus seiner Familie gestorben? Es musste schon einen gewichtigen Grund geben, um nicht in Waidhofen an der Ybbs oder in Hallwang aufzutreten. Die Auftritte würden im Herbst nachgeholt werden, es würde keine Pönale wegen Vertragsbruch geben.

Maksym ging morgens zur Arbeit in die Kanzlei, und ich musste ihm versprechen, in dieser Zeit mindestens fünf Seiten zu schreiben. Ich wechselte meine Verbände inzwischen selbst. Die Wunden nässten noch, aber Maksym und meine Ärztin waren mit dem Heilungsprozess zufrieden.

«Oh, mein Gott, wie siehst du denn aus!», hatte sie gerufen, als sie mich erblickte. Wir waren von Floridsdorf sofort zu ihr in die Praxis in die Grünentorgasse gefahren. Ich war seit Jahren ihr Patient. Frau Doktor Helene Zeit. Die Zeit heilt alle Wunden, hatte ich immer scherzhaft gesagt, und auch jetzt stimmte diese Weisheit. An zwei Stellen hatte sie nähen müssen, am Bauch und an der Schulter. Die anderen Wunden waren nur oberflächlich. Ich bekam eine Tetanus-impfung, Salben und Schmerzmittel und musste zweimal die Woche zur Nachsorge in die Praxis kommen.

«Sie sollten den Bären mal sehen», sagte ich.

Am Schreibtisch saß ich sehr aufrecht, weil es sonst zu weh tat. Die Verletzung am Bauch schmerzte, wenn ich krumm saß. Zu straff sitzen tat auch weh, aber ich hatte meine Methode gefunden. So saß ich und schrieb über das vergangene Jahr. Ich schrieb, dass meine erste Frau sich von mir trennen wollte, wenn ich über unser wirkliches Leben schreiben würde. Ich schrieb die «6 Österreicher», und sie trennte sich von mir.

«Wenn ich jetzt über Nina und Hermann schreibe, wird Nina sich auch von mir trennen», hatte ich zu Maksym ge-sagt, und er hatte nur gelacht.

«Sie hat sich schon getrennt, oder etwa nicht?»

Ich schrieb und begann mit der Wahrsagerin. Ich hatte Maksym gebeten, Chabib und den Kosmonauten wieder aufzuhängen. Der Käfigkämpfer und der Kosmonaut be-gleiteten meine Erinnerung an das letzte Jahr.

Wenn Maksym aus der Kanzlei oder vom Gericht nach Hause kam, kochte er mir deftige Fleischgerichte. Manch-mal tranken wir auch Alkohol; ich fühlte mich dazu wieder in der Lage. Er schmierte mir Salben auf die Stellen, an die ich selbst nicht herankam.

Er zeigte mir Fotos seiner Mutter nach dem Schlaganfall. Die Gesichtszüge waren ihr auf Dauer entglitten. Er hatte sie ein paar Tage durch Antrazyt geschoben, in einem Rollstuhl, den er in Wien bei *Bständig* gekauft hatte, der ersten Adresse für Betteinlagen, Stützstrümpfe, Erwachsenenwindeln und anderen Heil- und Pflegebedarf.

«Der beste Rollstuhl in der ganzen Stadt», sagte Maksym stolz. Antrazyt sah auf den Fotos aus wie Duisburg im Krieg.

«Wer hat die Bilder von dir und deiner Mutter gemacht?», fragte ich.

«Meine Schwester. Anastasia. Sie kümmert sich um Mama», sagte er und zeigte mir eine Fotografie seiner Schwester. Sie sah nicht aus wie meine Anastasia. Eher wie Maksym als Frau mit längerem Haar.

Die Tür zu meinem Arbeitszimmer blieb geschlossen. Wenn es an der Wohnungstür läutete, wimmelte Maksym die Besucher ab. «Dirk arbeitet. Er schreibt», hörte ich ihn sagen. Nur einmal kam er mit der Katzenfrau herein. Sie brauchte einen Bleistift mit Radiergummi.

«Der alte ist schon fast aufgerubbelt», sagte sie entschuldigend. «Kommt meine Katze auch vor?»

«Ja, Sie und die Katze.»

«Das freut mich. Vielleicht hilft das anderen in einer ähnlichen Situation, wenn da steht, was man machen kann.»

Nachts schlief ich in Hermanns Zimmer, in unserem Doppelbett wollte ich nicht liegen. Die meisten Spielzeuge und Kinderbücher waren noch da. In seinem Bett schrieb ich vor dem Einschlafen Tiroler Gute-Nacht-Gschiachterln. Vom Büchsen-Gustl, der einen Bären schießen wollte, aber der Bär warf schnell einen Schneeball in Gustls Büchse. Von sprechenden Tannen und dem Skispringer Bernie, der von der Bergiselschanze bis nach Amerika flog und auf dem Kopf eines Indianers landete. *Native Ameri-*

can, schrieb ich in Klammern dazu, damit er sich die Variante aussuchen konnte.

Ich machte eine Liste mit allen Codes für die Tresore aller New Yorker Museen, damit Käpt'n Knalltüte alle Kunstschätze stehlen konnte.

Die Geschichten und die Codes heftete ich zusammen und steckte sie in einen luftgepolsterten Umschlag.

Hermann Stermann, Austrian Cultural Forum, 11 East 52nd Street, New York, NY 10022.

An meinen Lektor schrieb ich auch einen Brief.

«Ich musste noch einen Bären besiegen. Jetzt bin ich bereit. Die Melkmaschine läuft wie eine Schweizer Uhr.»

«Trink weniger», kam Tage später aus Hamburg.

Und von Nina kam ein Video. Hermann stand vor einem dampfenden Gully auf der Wall Street und sang: «So flieg, du flammende, du rote Fahne, voran dem Wege, den wir ziehn, wir sind der Zukunft getreue Kämpfer, wir sind die Arbeiter von Wien.» Dann hob er seine kleine Arbeiterfaust im Zentrum des Kapitalismus und schickte mir einen Kuss. Er trug eine kleine, beigefarbene Yetijacke.

Ich rief Nina im Kulturforum an. Sie meldete sich auf Englisch. Als riefen dort Amerikaner an und nicht immer nur Österreicher.

«Hello?»

«Störe ich?»

Schweigen. «Dirk?»

Ich wartete darauf, dass sie etwas sagen würde. Ich sah vor mir, wie ihr Schweigen zu einem Satelliten gesendet wurde. Leere im All. Ein Funkloch. «MTX antwortet nicht», hatte mein Vater gesagt, wenn ich auf eine Frage nicht sofort antwortete. Ich kannte MTX nicht, verstand aber, dass es um eine unwiderruflich abgerissene Verbindung ging. Zwei in verschiedenen Welten. Maksyms Vater unter Tage, der Kosmonaut im Weltall.

Im Hintergrund hörte ich jemanden sprechen. Vielleicht war das Enzo.

«Danke für den Film», sagte ich schließlich. «Ich bin stolz auf unseren kleinen Revolutionär.»

«Ja, ich auch. Hermann ist toll.»

«Wo ist er gerade?»

«In seinem Kindergarten im East Village. Preschool of the Arts.»

«Im Herzen der Bobo-Kultur», sagte ich. «Auf den Spuren von Andy Warhol.»

«Mach dich nicht lustig. Es ist ein guter Kindergarten.»

«Und? Hast du einen Babysitter, wenn du abends arbeiten musst?»

«Enzo passt auf ihn auf oder Consuela. Sie kommt aus El Salvador.»

«Warum habt ihr keinen Mann genommen? Irgendeinen Narco aus Lateinamerika?»

«Consuela ist sehr lieb, und Hermann lernt von ihr Spanisch.»

«Gut, dann kann er der Hausverkäuferin deines Vaters ja klarmachen, dass sie sich endlich heimdrehen soll.»

Wieder wurde nichts zum Satelliten gesendet.

«Du hast unseren Sohn entführt», sagte ich nach einer Weile.

«Er ist bei mir, bei seiner Mutter.»

«Und ich?»

«Du bist sein Vater und in Wien. Vielleicht verlängere ich hier. Sie haben es mir angeboten.»

Ich war MTX.

«Dirk?»

«Ja.»

«Wie geht es dir?»

«Wie es mir geht? Im Ernst? Ich bestelle mir in Restaurants immer nur Dinge, die ich mag», sagte ich und legte auf.

Bei der Fernseharbeit hatte die Maskenbildnerin noch immer Mühe, die Tatzenabdrücke zu überschminken. Ich scherzte mit den Studiogästen, als wäre die Welt ein guter Ort.

Dann ging ich heim, schrieb die Rechnung und setzte mich an den Laptop oder machte ein nächtliches Training mit Maksym.

Wochen vergingen.

Wenn Leit mich nach Selfies fragten, lehnte ich höflich ab. Aus persönlichen Gründen.

Ich traf mich mit Spön und versuchte ihn zu trösten.

«Lass es», sagte er. «Du bist selbst zu untröstlich, um trösten zu können.»

«Du solltest mit einem Bären kämpfen», empfahl ich ihm. «Schmerzen von Schmerzen verdecken lassen.»

«Der Streit mit meiner Frau war eigentlich auch ein Kampf mit einer Bärin. Ich wohne jetzt mit meinem Nachbarn zusammen. Erinnerst du dich? Der alte Mann, dessen Haus abgebrannt ist.»

«Es ist manchmal gar nicht so schlecht, mit einem Mann zusammenzuleben», sagte ich.

Katharina schrieb mir, ob ich sie in Schnann besuchen wolle, Robert lud mich ins Waldviertel ein. Es war lieb gemeint, aber ich wollte einfach nur meinen Sohn zurück.

Ich träumte viel und unruhig, längst Vergangenes und Fiktives mischten sich in die Realität. Zum Beispiel der

Mann mittleren Alters, der in Düsseldorf vor über dreißig Jahren in mein Taxi gestiegen war.

Ich sollte ihn zu einem Waffengeschäft fahren und vor dem Laden warten. Nach wenigen Minuten kam er zurück und forderte mich auf, zu einem Park zu fahren.

«Was wollen Sie dort», fragte ich.

«Ich muss jemanden erschießen», sagte er so beiläufig, als ginge es darum, im Park ein Eis zu kaufen.

«Was? Und wen wollen Sie erschießen?»

«Der Typ bedroht meinen Vater. Mein Vater ist alt und kann sich nicht wehren. Aber ich.»

Ich bremste abrupt.

«Nein, das werden Sie nicht tun. Wenn Ihr Vater bedroht ist, rufen Sie die Polizei.»

«Polizei?» Er lachte. «Du bist vielleicht naiv. Nein, ich muss ihn abknallen.»

Es klang so überzeugend, so logisch, dass ich den Wagen tatsächlich wieder startete und zu dem Park fuhr. Während ich lenkte, blinkte, bremste und abbog, war mein Hirn wie ausgeschaltet. Ich wusste, dass ich das nicht zulassen durfte, ich ließ es aber zu.

Wir hielten am Hofgarten.

«Warte hier», sagte der Mann, stieg aus und ging langsam in den Park.

Ich blieb sitzen und blickte auf mein Funkgerät. «Wagen dreihundertsieben für Zentrale, habe einen potenziellen Mörder als Fahrgast und warte auf den Mord. Was soll ich machen?»

Aber ich funkte nicht, sondern saß wie erstarrt. Einige Zeit später kam der Mann aus dem Park zurück. Er rannte nicht. Ich hatte keinen Schuss gehört.

Er stieg ein, ich sah die Wölbung unter seiner Jacke.

«Er war nicht da», sagte er.

Ich seufzte erleichtert. «Gott sei Dank.»

«Morgen ist auch noch ein Tag», sagte der Mann.

Im Traum war ich der Mann; ich saß auf der Rückbank eines Taxis in New York. Ich wachte kurz darauf schweißgebadet auf und wusch mir vor dem Spiegel das Gesicht mit kaltem Wasser. Die Kampfspuren waren noch deutlich erkennbar.

In der Küche saß Maksym mit dem Tschetschenen. Sie sprachen russisch oder ukrainisch oder tschetschenisch. Der Tschetschene hatte vor sich ein Glas Kefir stehen. Im Kaukasus das Getränk der Hundertjährigen, so hatte es auf den Kefirbechern meiner Kindheit gestanden. Mein Vater trank jeden Tag ein Glas Kefir, starb aber mit sechsundsiebzig.

«Worüber redet ihr?», fragte ich.

«Über gemeinsame Bekannte», sagte Maksym. Vahit hatte Flugtickets vor sich neben dem Kefirglas liegen. Er sah aus wie der junge Rasputin, mit schwarzen Haaren.

Er sagte etwas, und Maksym nickte, dann stand er auf, steckte die Tickets in seinen schwarzen Ledermantel und verließ grußlos meine Wohnung.

«Es gibt ein Recht, das nicht im Gesetzbuch steht», sagte Maksym, als die Tür ins Schloss gefallen war.

«Was meinst du?»

«In der Ukraine haben wir ein Sprichwort. Umgib dich nicht mit einem Zaun, sondern mit Freunden.»

Jede Woche schickte ich Hermann neue Tiroler Gschiachterln, dazu Fotos von Maksym und mir, von seinem Zimmer, seinen Spielsachen, seinem Wien.

Er schickte mir einen Aufkleber aus New York. «I HERZ New York» stand darauf, und Nina hatte in seinem Auftrag drunterschreiben müssen: «Aber Wien ist besser!»

Meine Kinder.

Maksym musste mir die Nägel der linken Hand schneiden, weil ich in der rechten noch nicht wieder genug Gefühl hatte.

«Bist du jetzt mein Babysitter?», fragte ich ihn, als wir zusammen auf dem Rand der Badewanne saßen, er mit der Nagelschere in der Hand.

«Das war ich doch schon die ganze Zeit», antwortete er und schnitt behutsam weiter.

«Ich bin praktisch fertig», verkündete ich ihm Ende März, während er mit den Trainingspads vor mir stand und ich Uppercuts schlug. «Ich brauche nur noch ein gutes Ende.»

«Mach erst noch eine kleine Serie. Links – rechts – gerade – gerade – rechts – links – Uppercut und Haken.»

Meine Schläge waren immer kräftiger geworden. Ich stand richtig, zentriert, hatte den Schwerpunkt justiert. Ich schlug aus der Hüfte, so wurde die Kraft am besten übertragen.

«Gut», sagte er und reichte mir ein Handtuch. Ich trocknete mich ab.

«Ich habe ein Ende für dich, Dirk. Du erinnerst dich an meine beiden Freunde? An Mondschein? Sie haben Nina besucht.»

Ich ließ das Handtuch sinken.

«Sie haben Nina überzeugt, dass es für Hermann besser ist, hier bei uns zu leben.»

Ich starrte ihn fassungslos an.

«Sie haben Nina bedroht? Die beiden Schläger?»

«Nicht bedroht», sagte er. «Beraten. Vasil ist ausgebildeter Familientherapeut.»

Sechs Tage später fuhren wir gemeinsam nach Schwechat zum Flughafen. Ich starrte aufgeregt auf die Anzeigetafel. Die Maschine aus New York landete zehn Sekunden früher als angekündigt, laut meiner Uhr, die seit Silvester ihrer Zeit voraus war. Wir mussten weitere dreißig Minuten warten, bis sich die Schiebetür öffnete.

«Papa!», schrie Hermann und rannte auf mich zu. Ich sprang über die Absperrung wie ein junger Bub und lief ihm entgegen. Maksym wartete hinter dem Geländer. Diesen Moment überließ er meinem Sohn und mir.

«Erkennst du mich, Papa? Ich bin gewachsen!»

«Ich werde dich immer erkennen, Hermann. Immer!»

Er legte seinen blonden Lockenkopf an meinen Hals. Ich hielt ihn. Wie einen Schatz, der er war.

«Willkommen in deinem Wien», flüsterte ich ihm ins Ohr.

Er nickte, ich spürte die Bewegung seines Kopfes an meinem Hals.

«Schau, wer mitgekommen ist.»

Er hob seinen Kopf, und ich drehte mich so, dass er Maksym sehen konnte.

«Hola!», rief er, rutschte an mir herunter und lief auf seinen ukrainischen Babysitter zu, die Sprache seiner Babysitterin aus El Salvador noch im Kopf.

Jetzt stand ich allein da. Nina kam auf mich zu.

«Sollen wir uns umarmen?», fragte ich vorsichtig. Sie nickte. Sie stellte ihre kleine Reisetasche auf den Boden, und wir nahmen uns in den Arm. Sie begann zu weinen. Ich fuhr ihr durchs Haar und streichelte ihren Rücken.

«Carpe That Fucking Diem», schluchzte sie.

Wir standen da, wie zwei Menschen, die zusammen etwas verloren hatten. Das Foyer, die Schiebetür, die vielen Menschen, es war kein guter Ort für diesen Moment. Aber hätte es einen besseren Ort gegeben?

Ich löste mich von ihr und nahm ihre Tasche.

«Wie lange bleibst du?»

«Ich fliege in zwei Stunden zurück», sagte sie. Wir sahen uns in die Augen, versuchten, optimistisch zu schauen. Optimismus ist die einzige Option im Leben, hatte Erika mir gesagt. Ein Satz und eine Haltung, die in Wien fremd wirkte. Wie die Philosophie eines anderen Sterns, an dem Kosmonauten vorbeifliegen.

«Wir werden alles regeln», versprach ich ihr. «Wie zwei Menschen, die gemeinsam ein kleines Kind lieben.»

Sie hatte Tränen in den Augen.

«Ich komme im Sommer wieder», sagte sie leise.

«Ja, das wirst du, und wir werden uns auf dich freuen. Ich werde dir jeden Tag Bilder von ihm schicken.»

Wir setzten uns in ein Fast-Food-Lokal und tranken gemeinsam eine schlechte Tasse Kaffee. Vielleicht fiel ihr schon nicht mehr auf, wie schlecht er war.

«Sieht nach Regen aus. Aber wenn man genauer hinschaut, sieht man, dass es doch Kaffee ist», sagte ich, und sie lächelte.

«Im Flugzeug saß ein alter Wiener neben uns», sagte sie. «Er ist Jude und war im Krieg ein Baby. Seine Eltern hatten einer anderen Wiener Familie Geld gegeben, dass sie ihn verstecken. Bei jedem Bombenangriff stellten die den Kinderwagen mit dem weinenden Baby auf den Dachboden, dann gingen sie in den Luftschutzkeller.»

Warum erzählte sie mir diese furchtbare Geschichte?

Dachte sie, sie sei wie diese Wiener, oder fürchtete sie, ich sei wie sie?

«Hermann ist hier in Sicherheit. Ich passe auf ihn auf, und wenn ich etwas falsch mache, wird Maksym das Richtige tun», sagte ich.

«Die beiden Gangster haben mir Angst gemacht, weißt du? Aber eigentlich haben sie mir gesagt, was offensichtlich war. Hermann war nicht glücklich in New York. Sie haben mich sehr resolut dazu gebracht, der Wahrheit ins Gesicht zu sehen.»

Hermann stand mit Maksym an der Kassa und suchte sich ein Plastikspielzeug aus.

«Die Wohnung ist so winzig, und ich arbeite so viel und muss so oft verreisen.»

«Ich kenn das, Nina. Ich hätte auch zwei Gangster gebraucht, die mir die Augen öffnen.»

Sie lächelte mich an. «Wir zwei Banksys, was?»

«Aber wir versuchen doch, es so gut zu machen, wie wir es können.»

Hermann kam an unseren Tisch und gab Nina das Plastikmonster mit rot leuchtenden Augen, für das er sich entschieden hatte.

«Gibst du das Consuela und sagst, es ist von mir?»

«Das mache ich, mein Liebling.»

Wir brachten sie zu ihrem Check-in-Schalter. Wir nickten uns zu. Hermann lief noch einmal zu ihr und umarmte sie.

«Ich hab dich lieb, Mama!»

«Und ich dich. Und diese Liebe hab ich in mir drin, wie mein Herz und meine Lunge.»

«Und meine Ohren und meine Nase», rief unser Sohn.

Sie setzte sich eine Sonnenbrille auf. Ich verstand, warum.

Als sie hinter der Sicherheitskontrolle verschwunden war, drehten wir uns um und gingen zum Taxistand, Hermann in unserer Mitte. Rechts ich, links Maksym, mein Sohn an unseren Händen.

Wir riefen: «Eins, zwei, drei, fliiiieg!»

In seinem Kosmonautenanzug flog er hoch in die Luft.

Am darauffolgenden Montag brachte ich Hermann in den Kindergarten. Die Tanten und die anderen Kinder winkten ihm schon durchs Fenster zu. Orhan jubelte.

Ich gab Hermann einen Kuss, dann lief er hinein.

Märzschnee fiel auf die Nussdorfer Straße. Vor der Bank neben dem Kindergarten sah ich eine Frau in Küchenschürze und den Obdachlosen, der wie immer bei der Arbeit war auf seinem angestammten Platz. Ich legte zehn Euro in seinen Hut und ging über die Währinger Straße Richtung Innere Stadt. Herrengasse, Graben, Kärntner Straße, Opernring, über den Volksgarten zurück. Vor dem Burgtheater sprach mich eine Wahrsagerin an.

«Wollen Sie die Zukunft wissen? Ich kann aus Ihrer Hand lesen», sagte sie.

«Aber es ist kalt», sagte ich. «Schaffen Sie es durch die Handschuhe?»

«Ich hab selbst kalte Hände, aber Sie müssen die Handschuhe ausziehen», sagte sie.

Ich zog die Yetihandschuhe aus und schenkte sie ihr. Dann streckte ich ihr meine nackte Hand entgegen, damit sie darin lesen konnte.

Maksym und Hermann spielten Memory.

«Das ist unfair», hörte ich Hermann maulen. «Du hast das Fotovermächtnis.»

Ich saß in meinem Arbeitszimmer und tippte die letzten Zeilen. Mein Großvater sah mich an, er hatte die gleiche Frisur wie Chabib, das fiel mir jetzt erst auf. Die Kampfspuren auf meiner Hand waren fast verheilt. Ich war mit dem Roman fertig.

«Maksym?»

«Ja?»

«Kommst du mal kurz?»

Hermann und Maksym kamen an meinen Schreibtisch.

«Ich bin fertig. Man kann den Roman jetzt abschicken.»

«Toll, Papa», sagte Hermann und gab mir einen Kuss auf mein Ohr.

«Willst du drücken, Maksym?», fragte ich. «Ohne dich wäre der Roman niemals entstanden.»

«Okay», sagte Maksym und drückte auf SEND.

NACHWORT

Dieser Roman ist überwiegend frei erfunden. Manche Personen gibt es in Wirklichkeit, manche Begegnungen gab es, andere sind Fiktion.

Ich erzählte der berühmten amerikanischen Psychoanalytikerin Erika Freeman, dass sie in der Geschichte vorkommt, und fragte die inzwischen Vierundneunzigjährige, ob das für sie in Ordnung sei.

«Ja, aber achte bitte darauf, dass du meinen Vornamen mit *k* schreibst, nicht mit *c*. Ich bin Wienerin, auch wenn ich schon so lange in New York lebe.»

Ich erzählte ihr, dass ich eine Szene erfunden hätte, in der wir uns vor ihrer Praxis am Central Park treffen.

«Weißt du», sagte Erika. «Manchmal schreibt man über Dinge, die man erlebt hat, manchmal über Dinge, die man noch erleben wird.»

INHALT